22, v'là Julie !

Du même auteur

46/38 Guerre et poids, Éditions Michel Lafon, 2008.

Véronique Genest

22, v'là Julie !

Pour Florbella
Bonne balade dans la folle
jeunesse de Julie
et grosses bises

11/04/2013

Michel Lafon

118, avenue Achille-Peretti – CS 70024
92521 Neuilly-sur-Seine Cedex

www.michel-lafon.com

Aux heureux papas de Julie,
Alexis Lecaye,
Jean-Pierre Guérin,
Claude de Givray,
et Étienne Mougeotte.
Merci pour ces vingt-deux printemps.

– 1 –

« Le métier des comédiens est un exutoire par où s'épanche leur déraison. »
Gustave Flaubert

J'aurais pu être vétérinaire, prof de sport, photographe, chauffeur de taxi, toiletteuse pour chiens, vendeuse, paysagiste, du moment que ça me permettait d'être au contact des gens et en mouvement. Le cul sur une chaise ce n'était vraiment pas mon truc. Toute petite déjà, pour mes profs, me garder une heure assise était une prouesse. On me confiait donc toutes les tâches actives, comme distribuer les copies ou aller extraire la poussière de craie du tampon effaceur de tableau noir en le tapotant sur l'arbre de la cour. Malgré ça, je me retrouvais souvent seule sur mon banc, que je cirais de mes glissades d'un de ses bouts à l'autre, et au fond de la classe pour éviter les bavardages intempestifs.

Hyperactive ? Pas vraiment, car je restais gérable, mais régulièrement les profs se demandaient s'il ne fallait pas me prescrire du vermifuge, et quand arrivaient les questions sur nos projets professionnels je n'échappais jamais au fameux :

– Vous, vous serez clown dans un cirque.

Ce n'était pas pour me déplaire et pas si loin de mon choix final. Passer ma vie à faire rire les gens après avoir fait rire les copains, passer ma vie à m'amuser, à jouer, quel pied ! Jouer : quel joli mot plein de promesses ! Jouer à la marquise, aux cow-boys et aux Indiens, au papa et à la maman.

Tous les enfants sont des acteurs en puissance qui se projettent dans mille vies. Les miennes, c'était Mary Poppins, Zorro, une reine, Peter Pan… Le rêve !

Et quoi de mieux que le cinéma pour rêver sans limites ? Il n'y a qu'aux parents que ça fait peur.

– Passe ton bac d'abord ! disent-ils toujours.

– Et à quoi ça va me servir à part me faire perdre mon temps ?

– À acquérir un minimum de culture générale.

– Vu comme ça c'est gonflant, z'avez pas plus ludique comme programme ?

À quinze ans on sait tout et les parents sont dépassés. Peu importe l'époque et leur expérience. À plus forte raison aujourd'hui.

– Avec Internet, quand tu veux savoir quelque chose tu le googlises et puis c'est marre !

– D'accord. Et apprendre à te servir de ta tête, c'est enseigné sur Internet ? Tu peux avoir les plus beaux outils du monde, si tu ne sais pas les utiliser ils ne te serviront à rien.

C'est vrai, de bonnes bases et le bac ou un autre diplôme en poche, ça ne peut pas faire de mal. Ça permet, en cas d'échec, de changer de voie sans trop de dégâts et ça rassure papa et maman.

Bon, moi je dis ça, mais je me suis fait virer en fin de première.

Je m'échappais trop souvent pour monter à cheval et répéter avec la troupe du théâtre de la Table ronde qu'Éric, un pote du lycée, avait montée.

J'adorais aussi traîner dans les couloirs du conservatoire de musique de Strasbourg. J'y accompagnais mon amie et merveilleuse pianiste Élizabeth Sombart. Je n'avais qu'un escalier souterrain à passer pour me retrouver côté Théâtre national. J'y avais fait la connaissance du graphiste[1], qui me laissait me glisser dans une loge du premier balcon pour regarder travailler les acteurs, sous la houlette du nouveau directeur, Jean-Pierre Vincent.

Cette année-là on y répète *Germinal*.

J'entre comme une petite souris dans la salle déserte et me cale doucement dans un fauteuil. Les répétitions viennent de commencer. Ils sont tous sur scène assis autour d'une grande table et parlent du texte, de ses intentions, des personnages. Chacun apporte sa pierre

1. Professionnel de la communication visuelle (affiches, dépliants, programmes, etc.).

à l'édifice. Je suis fascinée. Je bois leurs paroles. Je n'imaginais pas le métier de comédien sous cet angle.

Le rêve de faire l'école du Théâtre national de Strasbourg devient de plus en plus vif mais je sais que je serai incapable de le formuler, certaine que je suis d'essuyer un refus parental catégorique.

Qu'est-ce que je peux bien faire de ma vie jusqu'à ma majorité ? Quel métier choisir qui ne me demanderait pas un trop gros investissement, me laisserait du temps libre pour assouvir mes passions ?

Esthéticienne et maquilleuse. Voilà j'ai trouvé !

Je peux sécher presque tous les cours vu que le niveau requis est le brevet. Juste quelques cours de dermatologie à potasser, apprendre à épiler les jambes et à masser un visage. Fastoche ! Les seuls cours auxquels je suis assidue sont le maquillage et les effets spéciaux. Le diplôme en poche, j'attends. Ça me servira, j'en ai la certitude.

Celle-ci se concrétise un an plus tard avec *La Communion solennelle*, le film que René Féret prépare, sur lequel il embarque quelques acteurs et techniciens du cru. Par chance, la majorité passée à dix-huit ans vient de me libérer de l'adolescence quelques années avant les comptes prévisionnels.

Je me glisse bénévolement dans la charrette, en route pour Béthune, sans poste précis, mais je suis prête à tout faire pour participer.

Un peu de déco avec Hilton McConnico – je ne suis pas manchote et je suis capable de manier le pinceau –, un peu de renfort maquillage et si vous avez besoin de moi pour de la figuration ou pour régler la circulation, ne vous gênez pas, je suis multipass.

Je suis trop heureuse, je participe à mon premier film ! Enfin, si on veut, je n'apparais même pas au générique. Ce qui est sûr c'est que c'est ma première grande aventure. J'y côtoie des acteurs et des techniciens que je retrouverai plus tard, qui n'ont même pas idée de ce que je veux faire et à quel point je me nourris de ce qu'ils font, eux. Je ne sais même pas vraiment qui est qui ni si ce film est important. Pour moi c'est le plus important de tous, puisque c'est celui qui confirme que je ne ferai jamais rien d'autre que ça. À ce moment-là, ce n'est plus le métier d'acteur qui compte, c'est cette communion si solennelle de gens qui avancent tous vers le même but, cette fraternité dans la création où même le plus petit est traité en égal.

Le film se termine à Paris. Je ne suis pas perdue, c'est le berceau familial ! J'y ai passé toute mon enfance. Ma grand-mère paternelle me propose une chambre de bonne près du square des Batignolles. Je lui préfère l'appartement de mon frère Olivier, rue des Prairies. Bon présage ! *Rue des Prairies* est le titre d'un film dans lequel joue Gabin. Peut-être vais-je le rencontrer un soir et va-t-il me plaquer comme Michèle

Morgan contre un mur en me disant « T'as d'beaux yeux tu sais » ?

Olivier prépare HEC à Stanislas. Enfin, ça, c'est sa couverture ! Le pauvre ne rêve que de musique classique et de mise en scène d'opéras mais a eu la mauvaise idée d'être excellent en tout. Chez nous, on ne fait pas un métier de saltimbanques aléatoire quand on a autant de possibilités. Ben oui, saltimbanque, ce n'est pas un métier.

Pourtant, et ça maman et mon beau-père ne le savent pas, Olivier ne fait que ça. L'été il court les festivals, d'Orange à Bayreuth. Il a même réussi à devenir régisseur de plateau des Chorégies d'Orange et s'occupe de la figuration. L'hiver il fait semblant d'étudier et passe de concerts en spectacles à l'Opéra. Il m'a avoué son homosexualité il y a déjà quelques années et nous chérissons nos secrets. L'année plus une semaine qui nous sépare s'est estompée dès mes premiers pas. Nous sommes le yin et le yang, les dix doigts de la main.

Nos matins sont charmés par *La Flûte enchantée*, nous déjeunons de Vache qui Rit et de vache enragée en compagnie de la Walkyrie, nous nous endormons bercés par Chopin après avoir succombé au charme de Madeleine Renaud nous murmurant « Ah, les beaux jours ! ».

Et c'est vrai qu'ils sont beaux !

Pas de téléphone portable ni de téléphone sans fil. Pas de téléphone chez nous, d'ailleurs, on n'a pas les moyens. Trois chaînes de télé en noir et blanc. Pas de Web, pas de réseaux sociaux. Ça ne nous manque pas, ça n'existe pas ! Notre réseau se fait sur le terrain. Quand on attend un appel ou qu'on veut en passer un, on va au bistrot devenu notre annexe. On y croise de tout, on y parle de tout. C'est nourrissant.

À moi Paris ! À moi la comédie, à moi mes rêves ! Ils prennent corps, je peux presque les toucher du bout des doigts.

– Que tu crois ! Car pour y accéder, aux rêves, c'est une autre paire de manches. Vas-y, essaie ! Brise le cercle vicieux. Si t'es personne tu n'as pas accès aux rôles.

– Ah OK, mais alors comment on fait pour être connu ?

– Ben il faut faire un beau rôle !

– Ah oui et comment on fait pour avoir un beau rôle ?

– Le mieux c'est d'être connu.

– D'accord ! Et comment on fait pour être connu ?

– C'est bon ça va. Va en cours, vois des gens, enfonce les portes.

Ah ! Les cours de théâtre ! Tout un programme ! Mais il faut bien en passer par là quand on veut rentrer au Conservatoire. C'est quand même la grande porte, même si c'est pas dit qu'en en sortant on bosse, cela vous offre plus de chances d'être remarqué. Les places y sont très chères. Douze filles et douze garçons sur les centaines qui s'y présentent.

Pour le préparer t'as le cours gratos sur concours d'entrée comme les conservatoires d'arrondissements, ou certaines classes libres. Et puis t'as le cours payant, souvent pas donné, dans lequel tu rencontres soit des gens hypermotivés qui ont un job à côté pour pouvoir se le payer, soit des fils et filles à papa qui ont leur petite vie bien cool aux frais de la princesse comme s'ils faisaient des études de droit ou de médecine. Là, tu vas inévitablement rencontrer la star de cours ; le beau gosse ou la belle gonzesse qui vont tout bouffer, qui font déjà des castings et vont jouer dans le prochain Spielberg. Tu ne peux pas les éviter, ils sont dans tous les cours mais je les ai rarement retrouvés au tas de sable.

Le truc c'est de dénicher le cours qui va te correspondre et tu y arrives rarement du premier coup.

Moi, mon premier, c'est Olivier qui m'y emmène. C'est au théâtre de l'Atelier. En s'y promenant on peut encore sentir la présence de Louis Jouvet.

– Oh ben ça doit pas sentir la rose alors !

Ça y est, voilà mon Diablotin de retour.

Pour ceux qui débarquent et ne sont pas venus en cure avec moi à Brides-les-Bains il y a quelques années[1], je vous présente mon ange gardien autant que facétieux, Diablotin, qui ne se prive pas de pousser mes pensées hors du droit chemin ou de les y remettre.

– Non, Diablotin, pas cette odeur-là. Même s'il

1. *46/38 Guerre et poids*, Éditions Michel Lafon, 2008.

paraît que Jouvet, apparemment un homme plein d'humour, avait souvent des flatulences et qu'en sortant de scène il lui arrivait de lâcher un gaz en disant : « Marche à pied, ça fait trop longtemps que je te porte… » Franchement, vu le nombre d'histoires qui courent sur lui, t'as pas choisi la plus classe.

Moi je préfère celle où il était en train de se démaquiller dans sa loge en présence de son habilleur quand un de ses admirateurs entra pour le féliciter. Un homme assez influent mais rasant.

Louis Jouvet, très respectueux, l'écoute et attend patiemment qu'il daigne le laisser se préparer, ce qu'il ne fait qu'une fois la promesse obtenue de la présence du Maître à son dîner du vendredi.

L'importun enfin sorti, Jouvet se retourne vers son habilleur et s'exclame :

– Vous appellerez cet emmerdeur pour lui dire que je ne peux pas dîner avec lui vendredi !

Mais il voit dans le reflet de son miroir que son visiteur, ayant oublié son parapluie, est entré de nouveau dans la pièce en catimini et a tout entendu. Alors, se tournant vers lui et le désignant de la main, il termine…

– Parce que je dîne avec monsieur.

Quelle belle présence d'esprit !

Et quel acteur ! J'aurais tant aimé être parmi ses élèves dans *Entrée des artistes* !

Tant pis, je me contenterai de l'ami d'Olivier. Il m'a demandé de préparer une fable de La Fontaine. Facile !

J'en connais plein. Depuis que je sais lire j'apprends des poésies, ce sont mes livres de chevet. J'aime particulièrement celles de Victor Hugo qui parlent de sa fille. Elle a l'air de tellement lui manquer et depuis sa mort mon père me manque si cruellement… Je dois faire un transfert.

Pour mon audition, j'ai choisi *Le Chat, la Belette et le Petit Lapin*, elle permet une interprétation très vive et variée. Je m'exécute.

Qu'après ça, le prof arrive à dire que mon emploi sera les servantes me laisse sans voix. Et pourquoi pas les jeunes premières ? Me voilà donc dans les Dorine, Martine, Fantine et toutes les « ine » du répertoire. C'est vrai que c'est sympa et que ça colle bien avec mon tempérament mais c'est tellement convenu. Tout comme l'enseignement du « maître », d'ailleurs. Si loin de ce que j'imagine, si désuet. Moi je rêve de liberté et il impose des préceptes d'un autre siècle.

– Pour parler en scène il faut se camper sur ses deux jambes écartées. Il faut respirer à tel endroit dans les phrases, faire des temps de tant de secondes, entrer toujours au centre, vous voyez ?

Mais pas un mot sur le sentiment ni sur la quête de vérité.

Je pars donc bien vite voir ailleurs si j'y suis.

Que dire sinon que je n'y suis pas, que la prof non plus et que je n'y apprends rien, en dehors de l'art de perdre son temps, à refaire le monde, au bistrot du coin.

Je reprends encore mes cliques et mes claques. C'est qu'en plus ça coûte cher, il faut que je bosse.

Je sais par des potes musiciens que Lionel Rocheman est en train de monter un complexe cinémas et théâtre sur le boulevard Sébastopol : « Le Palais des Arts ».

Lionel Rocheman, c'est un curieux petit bonhomme à moustache, bien sympathique créateur de « Hootenanny », un espace à l'Olympia où l'on peut se produire une fois par semaine devant un public sans avoir été auditionné au préalable. On y rencontre toutes sortes de gens et même de futures vedettes qui ne savent pas encore qu'elles le seront.

Pour son projet de complexe cinémas-théâtre, toutes les bonnes volontés sont les bienvenues et de la bonne volonté, j'en ai à revendre. Je me glisse comme bénévole dans l'équipe. L'après-midi je suis affectée aux réservations par téléphone et le soir, je suis là pour l'accueil et le placement. Payée au pourboire. Il y aura trois salles de cinéma d'art et d'essai et une immense salle de spectacle dont la programmation commence à se faire.

Au programme, one-man-shows et musique. Paco Ibáñez, Bernard Haller, Rufus, Anne Sylvestre et « Les 3 Jeanne », trois filles très drôles qui parlent des femmes. Eh oui, on se libère !

C'est Bernard Haller qui ouvre le bal. Pour la première, le dessinateur Gotlib a décoré le grand escalier de personnages en carton, tirés de ses bandes dessinées. Il a laissé une pile de numéros de son magazine *Fluide glacial* destinée à la vente. Les programmes qu'il a dessinés sur une feuille entourent les sandwichs vendus en salle.

Les sièges ne sont pas numérotés et au fur et à mesure que ça se remplit, les problèmes se multiplient. Les groupes, comme les couples d'ailleurs, ne trouvent plus le moyen de s'asseoir côte à côte, c'est la cacophonie la plus complète, il faut faire quelque chose. Les détendre, les faire rire, ça c'est mon élément. Action !

Me voilà en train de les déplacer, de former des couples, d'en défaire, de faire jouer les spectateurs pour avoir le droit à telle place. Dans la foulée je vends la pile de magazines et les sandwichs. Dans la joie et la bonne humeur tout le monde finit par se parler et se caser. Les lumières s'éteignent, Bernard Haller entre en scène, la salle est chaude, c'est le délire.

Je suis intronisée dès le lendemain « chauffeuse de salle » par Bernard *himself*. Gotlib me file des cartons de *Fluide glacial* invendus et me donne 50 % des bénéfices. Royal ! C'est l'embellie.

Côté cinéma nous accueillons l'avant-première du film d'Agnès Varda *L'une chante, l'autre pas*. J'y fais la connaissance de Valérie Mairesse qui y est superbe. Nous sympathisons et devenons « meilleures amies ». Elle emménage dans un nouvel appartement rue Jean-Jacques Rousseau, j'emménage avec elle.

Via le Palais des Arts je rencontre plein d'artistes. Rufus que je découvre et qui me demande de lui servir de répétiteur. Les Jeanne que je regarde tous les soirs et qui, bien que je connaisse chaque réplique de leur spectacle par cœur, me font toujours autant rire. Moustaki qui a bercé mon adolescence et s'avère être convivial et drôle, et le Bothy Band, un groupe de folk irlandais que je décide d'accompagner quelques mois, en tournée, en Irlande.

Enfin, j'accompagne surtout le manager dont je suis tombée raide dingue.

Ça c'est tout moi. Je suis capable de partir à l'aventure, sur un coup de tête, en trois minutes.

– On prend le bateau demain au Havre pour l'Angleterre. Tu viens ?

– J'arrive.

On réfléchira après. Les voyages forment la jeunesse et j'apprends l'anglais.

En l'occurrence j'apprends surtout à lever le coude. Je peux vous faire un guide très complet des pubs qui jalonnent la tournée et de la faune qui les fréquente. Le pub c'est *l'endroit* auquel on ne peut échapper. On y joue aux fléchettes en dégustant sa pinte de Guinness ; « *Black is beautiful* », hurlent les panneaux publicitaires, vantant sa belle couleur à chaque coin de rue. Moi je préfère la bière ambrée mais je ne le crie pas sur les toits, je me ferais lyncher. On ne plaisante pas avec la boisson nationale.

Cela dit, c'est bien sympa de voir des équipes tirer sur une corde ou grimper à un mât pour décrocher un fanion en chantant des chansons, seulement pas tous les week-ends. Moi, j'aimerais aller au cinéma et au théâtre, visiter des musées et des châteaux hantés, mais à voir les têtes qu'ils font quand je leur en parle… OK je repasserai, la culture ce n'est pas leur truc.

Je finis par m'ennuyer ferme et l'amour ne résiste pas à l'ultime épreuve de l'épaule d'agneau bouillie, massacrée par la mère de mon futur ex-bien-aimé.

Stop ! Il est temps que je retrouve la civilisation et la bonne cuisine.

Retour dans la Ville lumière.

Je reprends ma place au Palais des Arts derrière ma caisse et mon téléphone. Normal : c'est bénévole et pas déclaré, donc personne ne court après.

– Allô ? Oui, c'est bien Paco Ibáñez qui joue en ce moment. Combien de places ? C'est noté. Au revoir madame.

– Qui c'est ? demande quelqu'un en mettant ses mains sur mes yeux…

– Heu…

– C'est Jo !… Joseph !… Georges Moustaki, quoi !

Il vient voir son pote Ibáñez.

Juste rentré de sa tournée au Mexique, il se la joue bronzé alors que moi c'est plutôt navet genre la fille de Ryan. Veinard.

Il a rapporté des tas d'anecdotes et de souvenirs…

et une hépatite virale qui le cloue, quelques jours plus tard, au lit.

– On va bien s'occuper de toi, ne t'inquiète pas.

C'est qu'il n'est pas seul, le Jo. Il y a un monde fou chez lui. Les musiciens qui vivent pratiquement là et ceux qui y vivent carrément. Les copains qui passent. Tout ce beau monde se relaie à son chevet. Moi je squatte la mezzanine.

C'est que Valérie est tombée amoureuse et d'une minute à l'autre je me suis retrouvée SDF. Je pourrais retourner chez Olivier mais Jo m'a recueillie, magnanime. Je fais partie de la troupe. Je les accompagne en tournée. Je rencontre des dizaines de personnes passionnantes et de tous horizons. Après un concert à Vienne, Jo me fait la surprise d'un billet pour Athènes et Spetsai. Je découvre la Grèce, Nata, Andreas, Fassianos. J'ai les yeux grands ouverts et l'oreille à l'affût. Les discussions vont bon train, entrecoupées par la musique et nos fous rires.

Tiens, à propos de musique et de fous rires… Un jour on est tous au bord de l'eau et la discussion tourne autour du rêve de tout musicien : l'oreille absolue. L'expression « oreille absolue » revient donc sans cesse dans la conversation. Derrière nous un petit groupe de Grecs semble se réjouir de ce que nous disons alors qu'il est évident qu'ils ne parlent pas français. Nous sommes très intrigués. Qu'est-ce qui peut bien déclencher leur hilarité ?

Il ne faut pas deux secondes à Andreas, venu nous rejoindre, pour comprendre.

– Ils pensent que vous parlez de belle bite !
– Et pourquoi donc ?
– Parce que, en grec, belle bite se dit *orea psoli.*

Vous vous rendez compte, je parle à peine quatre mots de grec et je sais déjà dire « belle bite » !

Ce sont les premiers mots de mon petit lexique d'apprentissage de la langue par rapprochement phonétique. Depuis j'en ai amassé d'autres qui me permettent de voyager dans le monde. J'ai l'oreille particulièrement douée pour ce genre d'exercice. Par exemple quand j'ai tourné en Yougoslavie, pour appeler le garçon il suffisait de dire :

– Conne au bar !

Oui, ça veut dire garçon. Non, pour une fille ce n'est pas con au bar. Y a pas de logique là-dedans, ne cherchez pas.

Ça marche un peu partout. Si vous allez en Angleterre pour Noël souhaitez-leur un « Mary grimace », au Nouvel An un « papy mouilleur », et au moment de partir un « gousse d'ail » fera l'affaire.

Retour à Paris, où la période de squat post-Mairesse chez Jo aurait pu être un rien végétative s'il ne m'avait régulièrement secoué les plumes.

C'est que, sous ses airs nonchalants, il n'aime pas l'inactivité et a des principes.

Tous les soirs j'y ai droit. Debout au pied de mon lit, il m'invective.

– Tu crois que les metteurs en scène vont venir te voir et te dire « Mademoiselle, c'est vous que je cherchais » ? Bouge-toi, va faire des spectacles de rue.

Il a raison, il est temps que je redéploie mes ailes.

J'emménage rue Mouffetard dans une cheminée sur cour d'à peine neuf mètres carrés salle de bains comprise, et cinq mètres cinquante sous plafond. De mon unique chaise je peux tout faire en tendant le bras. Ouvrir le frigo, cuisiner, ranger mon armoire. J'accède à mon lit, coincé sous le chauffe-eau de la mezzanine, par une petite échelle.

À peine suis-je installée qu'on frappe à ma porte. Qui débarque ?

C'est Jo. Mais qu'est-ce qu'il fout là ?

– T'es occupée ? me demande-t-il dans un grand sourire.

– Non, pourquoi ? dis-je, pensant à une invite pour une balade à moto.

– Va chercher du boulot pendant que je me repose. Il y a trop de monde chez moi, je ne peux pas dormir.

C'est tout ce qu'il a trouvé pour que je ne reste pas plantée à ne rien faire !

Le pire c'est qu'il n'a pas tort. Un bon coup de pied au derrière, rien de mieux pour reprendre du poil de la bête.

Allez je m'attaque à la pub. J'y vais au flan. Me voilà dans le hall de l'agence Clapbord International avec quelques photos. D'autres futurs comédiens pleins d'espoir attendent là qu'on veuille les recevoir. Comme à mon habitude, je fais le pitre pour détendre l'atmosphère.

– Vous voulez bien passer un casting ? me demande un homme en s'approchant de moi.

– Non, voyons. Je suis là pour laver mon linge, ai-je envie de répondre.

Heureusement que Diablotin me file un coup de poing dans l'estomac car je m'entends dire :

– Et comment que je veux, je suis là pour ça !

Nous partons dans une pièce où trône une petite caméra, seule sur son pied. Ce n'est même pas impressionnant.

– Bon. Vous savez comment ça se passe ? s'enquiert le bonhomme, décontracté.

– Oui, oui j'ai l'habitude.

– Oh la menteuse !

– Attends, Diablotin ! Je ne vais pas lui avouer que c'est mon baptême caméra. Tu ne sais pas que les novices font peur ? Tu te rappelles ? La première fois que j'ai joué au basket, je ne connaissais pas les règles. Si je l'avais dit je ne serais jamais entrée dans l'équipe. J'ai appris en écoutant et en regardant les autres.

Et puis ça ne doit pas être très compliqué, un casting, surtout quand c'est pas prévu, il n'y a même pas à savoir un texte, juste à se laisser bercer. En plus le metteur en scène de la pub, Jean-Luc Voulfow, est très sympathique et tout auréolé de la gloire de son film *Le beaujolais nouveau est arrivé* qui vient de faire un carton.

Je décline mon nom, mon âge, suis ses indications et décroche mon premier contrat. Vous voyez que ce n'est pas compliqué. Il suffit d'être là au bon moment.

C'est sympa et inquiétant aussi, une première fois, mais je n'en montre rien.

On va tourner deux spots. Un de vingt secondes où je parle à une dose Mir et un de dix où je dois faire un câlin à un bidon. Oui, oui, allez-y, marrez-vous !

On a deux jours pour les réaliser parce que la dose et le bidon doivent s'animer et question effets spéciaux on en est encore à la démerde manuelle. Un trou dans le plan de travail, un bidon sans fond, un accessoiriste dessous et en avant les marionnettes !

Évidemment ça ne marche jamais, il faut sans cesse recommencer. Tellement qu'à la fin je ne comprends plus un traître mot à ce que je raconte, les phrases n'ont plus aucun sens. Où se coupent les mots, ce qu'ils signifient, je n'en ai plus la moindre idée. La petite phrase « Oh ! Ben t'es pas jaloux toi mon grand, hein ? » qu'à chaque prise je redis avec amour au bidon se transforme en : « Obein tepaj aloutoi mongr anhein ? »

Un enfer ! On dirait le sketch de « la chandelle » que je tournerai pas mal d'années plus tard dans *Le Docteur Apfelglück*.

Enfin, peu importe, on en vient finalement à bout.

Et c'est le début d'une grande aventure avec la pub ! Knorr, Saint-Yorre… Non, pas Dior, gros malin, mais

Le Dindonneau du Père Dodu. Pourquoi, c'est pas chic ?

On peut dire que maintenant j'ai un pied dans ce métier. Non ? Bon d'accord, un orteil... Oui, un ongle, si tu préfères. C'est bon, là, je peux continuer ?

Ce qui est sûr, c'est que grâce aux royalties qui tombent dans ma boîte aux lettres avec une régularité impressionnante, je peux voir l'avenir avec calme et sérénité... ou presque. J'ai en tout cas les moyens de reprendre des cours.

On m'a parlé d'un certain Andréas Voutsinas, émule de Strasberg de l'Actors Studio à New York.

La méthode d'enseignement qu'on y dispense, inspirée de la méthode Stanislavski, a fait naître les Marlon Brando, Steve McQueen, Dustin Hoffman, Jack Nicholson, Barbra Streisand et bien d'autres. Tant d'acteurs merveilleux que je rêve d'égaler... C'est une nouvelle façon de jouer, plus si nouvelle aujourd'hui, forcément, basée sur la recherche du naturel et la psychologie des personnages. C'est tout à fait ce que je cherche. J'y vais.

Voutsinas, acteur d'origine grecque, est pour le moins étrange. Sur un confortable et grand fauteuil, il trône au centre de la pièce, entouré de ses ouailles qui, assises à même le sol, se pâment à chaque commentaire du maître sur la scène que des élèves passent devant eux.

– Stop ! les interrompt-il avec son accent… grec, je crois. Quand vous prenez une… une… la…

– La tasse, maître ? s'empresse de dire une des groupies qui bave d'admiration.

– Oui, la tasse… continue-t-il, la précipitant au bord du malaise. Quand vous prenez la tasse sur la… la… la… Ah, comment dit-on ?

– La table, maître ? tente rapidement une autre recrue en pâmoison.

– Oui la table… On ne sent pas que tu es… Heu… Tu es… Heu…

– Paumé, maître ?

– Non. Heu… Tu es…

– Ébranlé… ?

– Non.

Arrrgh ! Deux erreurs ! Elle n'est pas au bord du suicide mais presque.

– On ne sent pas que tu es triste. Voilà ! Triste.

Ils sont trop dépités de ne pas avoir trouvé le mot juste…

À ce rythme-là j'aurais aussi vite fait d'aller directement à New York. Une heure pour démouler une phrase qui ne nous apprend rien, ça fait cher le mot.

Heureusement on ne paie pas pour voir…

L'Actors Studio mal compris, ça donne des acteurs qui se tortillent et regardent leur partenaire par-dessous leur jambe pour faire plus naturel. Moi je ne suis pas venue pour faire contorsionniste ni pour jouer à contretemps. Ne pas avoir peur des silences d'accord, mais dans une comédie, quand tu as le temps de piquer un roupillon sur scène après chaque réplique, t'as de fortes chances de finir seul dans ton théâtre.

Vous m'avez regardée ? *Hasta la vista, baby !* Je vous laisse vous bouffer le cerveau, moi je pars-avant chinois. Vive les calembours bien nases, ça remet les pendules à l'heure.

Après plusieurs essais pas plus fructueux, j'atterris enfin dans le cours de Daniel Mesguich, jeune acteur, metteur en scène plein de promesses. Oui, je dis « enfin » parce que c'est là que je pose mes valises. Au théâtre de la Contrescarpe.

Quelle éclate ! Avec lui tout est fantasque et libre. Nous pouvons donner libre cours à notre imaginaire et épouser le sien. C'est avec lui et Aurélien Recoin pour partenaire que je prépare le Conservatoire. Nous nous amusons beaucoup de la mise en scène que Daniel fait de *La Jalousie du barbouillé*, petite pièce en un acte de Molière. Avec pour tout élément de décor une chaise, nous nous transformons tour à tour en porte, en fenêtre, en volets, nous claquons au vent, hululons dans la nuit. C'est à la fois drôle et frais. Malheureusement c'est une des scènes d'Aurélien sur laquelle je ne concours pas et les miennes doivent être moins convaincantes car il est admis et moi recalée au deuxième tour.

Oh, de pas grand-chose, mais recalée quand même. J'ai juste le droit à une entrevue avec Rosner, le directeur de l'école, et la permission d'assister aux cours en tant qu'auditeur libre.

Bof ! Qu'est-ce que ça va m'apporter si je ne peux pas passer les auditions de fin d'année ? Me voilà repartie.

Et tant pis si je ne fais pas le Conservatoire national de Paris ou de Strasbourg, je ferai le « sur le tas de Démerde City » ! On peut apprendre aussi à l'école de la vie et du culot. Je vous l'ai dit, dans ce métier, pas de modèle type.

Munie du *Film français*, hebdomadaire dans lequel figurent tous les films en préparation et en tournage, je me jette à l'assaut des productions. Me voilà, ils n'ont qu'à bien se tenir.

Et ils se tiennent… bien chaudement chez eux : impossible de les apercevoir !

Pas grave, vous verrez : un jour je serai assise à côté de vous et on boira le thé ensemble. Ce ne sont pas des petits obstacles qui vont me démotiver. Ils ne savent pas ce qu'ils perdent, il faut juste que je le leur fasse savoir.

Côté pub, c'est mieux parti, j'enchaîne les castings. C'est une école comme une autre et c'est par cette petite faille que je vais pouvoir me glisser dans le système. Car les directeurs de castings sont les mêmes pour les pubs, les films télé et cinéma. Les assistants sur les pubs aussi. Il n'y a pas deux mondes comme je le pensais mais un seul, tout se tient et tout se sait.

D'ailleurs aujourd'hui je suis convoquée par un assistant, rencontré par hasard, pour un minuscule rôle dans *La Banquière* de Francis Giraud, celui d'une femme de ménage qui échange une ou deux phrases avec Romy Schneider. Non vous ne rêvez pas, la grande Romy Schneider, le monstre sacré.

On ne va pas passer d'essais pour ça. Il me connaît, l'affaire est faite.

– Viens, je vais te présenter le metteur en scène.

Je le suis, il ouvre la porte d'un bureau, me présente.

Francis Giraud me regarde et s'écrie :

– C'est elle !!!

– …

– C'est elle qui joue dans la pub Knorr !

Que voulez-vous, chacun ses lettres de noblesse, on va pas cracher dans la soupe.

L'assistant semble ne pas comprendre. Francis lui explique.

– Je t'avais dit de me trouver la fille qui joue dans Knorr, c'est elle que je veux dans le rôle de madame Radignac !

– Et c'est quoi, madame Radignac ? je tente.

C'est un très joli rôle avec quelques scènes, dont une où elle flirte en dansant avec Romy Schneider.

Ah oui ? Là c'est du sérieux ; je passe, du balai, à un ballet dans les bras de Romy. Rien que ça ! On peut laisser tomber le Schneider et on peut même se tutoyer, qu'est-ce que vous en dites ?

OK. C'est peut-être un peu prématuré.

On va quand même passer des essais ? Sans problème ! Les essais, maintenant, j'ai l'habitude.

En sortant, je file direct au studio Francœur. Je sais que Pathé-Cinéma y prépare *Nana*, sous la direction de Maurice Cazeneuve. Il faut que je leur dise que c'est moi le personnage. Si, si, je suis sérieuse, c'est moi.

Elle n'a pas l'air de me croire, la petite dame des castings, vu la façon dont elle me toise.

– Non, pour ce rôle il faut une actrice confirmée.

– Ah oui, confirmée à vingt ans ! À part Brigitte Fossey ou Shirley Temple qui ont eu le temps de faire leurs preuves, je ne vois pas, moi. Sinon vous pouvez faire comme Renoir et en prendre une de trente. Ça va être frais !

– Là, Diablotin, faudrait la fermer parce qu'elle va pas aimer, la dame. On devrait plutôt lui faire notre plus beau sourire et être convaincante. Tu veux ?

Peine perdue. Elle a son idée et n'en démord pas. J'insiste.

– Mais je ne pourrais pas rencontrer le metteur en scène ?

– On ne le rencontre pas comme ça. Laissez une photo, on vous écrira.

– Tenez !

J'en laisse une et pas n'importe laquelle. Je viens de la faire pour le casting d'un film de Lorenzo sur Victor Hugo. Je postule pour le rôle de sa sœur, modèle de peintres. J'y figure dans le plus simple appareil. Je suis très pudique, alors autant vous dire que la séance de photos a été folklo. Bon, j'ai gardé mes chaussettes alors ça va.

Mais non je blague ! Ça, c'était quand j'étais petite. Je voulais bien me promener nue à condition de garder mes chaussettes. Maintenant si j'ai du vernis ça suffit ! Bon, j'arrête de délirer.

La photo est très suggestive, on voit surtout la courbe du corps. C'est artistique !

Et me voilà dehors.

– Mais c'est pas vrai. Quelle conne !

Quoi ? Non je ne l'ai pas dit. Je l'ai pensé très fort mais je ne l'ai pas dit.

Il faut que je voie Maurice Cazeneuve coûte que coûte et je sais comment faire. Ma voisine de cheminée sur cour est apprentie journaliste et a une copine qui connaît très bien Fabrice Cazeneuve, son fils.

Quelques jours plus tard, assise en tailleur devant mon téléphone, le précieux numéro en main, je réfléchis à ce que je vais lui dire.

– Salut, c'est moi votre Nana, si vous ne me rencontrez pas vous êtes vraiment nase.

C'est sûr, il va m'accueillir à bras ouverts ! Il ne sait même pas qui je suis. Il faut que je peaufine le discours, que je le persuade en peu de mots que je suis cette femme encore enfant et que je décroche un rendez-vous. Je l'appellerai demain.

Je ne rentre pour ainsi dire plus chez moi depuis que je me suis réveillée sous le regard goguenard de Minnie petite souris. J'ai trouvé refuge dans le studio de ma copine et laissé les lieux à son chat et à celui qu'elle vient de m'offrir et qu'elle a baptisé Scoop.

Fort heureusement, j'ai hérité du répondeur automatique de Valérie. Début 1980 c'est encore un luxe inouï. Il est énorme et il faut appuyer manuellement sur un bouton d'ébonite pour passer de message en message. Ça fait des gros « clonc », mais c'est le mien et je l'adore ! Il trône par terre à côté du téléphone, je lui rends visite tous les jours pour relever les messages et passer ce fameux coup de fil que je repousse encore et encore. Mais aujourd'hui ça y est, la lumière s'est faite, le discours est clair dans ma tête, je suis gonflée à bloc. Qu'est-ce que je risque après tout, à part être envoyée sur les roses ! Je m'en remettrai. Qui ne tente rien n'a rien.

Voilà, j'y suis ! Mon cœur bat la chamade. J'ai le trac.

J'ai un message. Je vais commencer par l'écouter et je me lance.

Je pèse de tout mon poids sur le bouton. Il faut bien ça.

– Bonjour, c'est Maurice Cazeneuve ! Pourriez-vous me rappeler, je voudrais vous rencontrer pour le casting de *Nana*… appelez-moi au…

Je compare à mon papier, c'est le même numéro. *Rewind*, réécoute, recompare, *rewind*, re-recompare, *rewind*…

– C'est bon, tu le connais par cœur ? Y a pas de doute c'est lui, confirme Diablotin.

J'ai les jambes en coton, je n'y crois pas, comment est-ce possible ?

Quelques jours plus tard, emmitouflée dans ma doudoune en velours prune et attifée avec les moyens du bord, me voici rue de Lille devant la gigantesque porte d'un appartement bourgeois.

Je sonne, il ouvre, me regarde.

« Qu'est-ce que j'ai bien fait ! » pense-t-il très fort. Si fort qu'encore aujourd'hui je suis certaine de l'avoir entendu.

J'entre, il m'observe, j'ôte ma doudoune, il me fait marcher, tourner, me parle du rôle, me dit qu'il a vu ma photo dans le dossier des écartées. Il le consulte de temps en temps car il n'a pas encore trouvé sa Nana. Il a rencontré environ cinq cents filles et il arrive au bout.

– Lisons quelques scènes.

Je m'exécute, il me donne la réplique, a l'air ravi, me met en confiance…

Ça y est, j'ai décroché une place pour la dernière série d'essais dans une semaine ! Deux séquences en costume, une dramatique, une de comédie pure.

Au milieu de la dizaine de comédiennes présentes aux essayages et au maquillage, je sens qu'il compte sur moi. Il m'encourage du regard, me rassure d'un murmure.

– Montre-leur ce que tu sais faire.

Il n'est pas tout seul à décider et si à mon avis son choix est fait, il doit l'imposer à ses producteurs. C'est un rôle énorme, vais-je tenir le coup ?

Pour moi ça ne fait aucun doute, pour lui non plus.

C'est si long d'attendre un verdict. Je n'ai plus d'ongles, plus de doigts. Je ne veux pas y croire. C'est mon petit secret, personne ne sait que j'ai passé ce casting, j'ai trop peur que ça me porte la poisse et puis Valérie aussi est sur le rôle, comme tant d'autres.

Aucune raison que ce soit moi, parfaite inconnue aux cinq pubs et au cheveu sur la langue. Un cheveu ? Que dis-je… une moumoute !

Malgré l'angoisse de l'attente, au chaud sous ma couette, je dors comme un bébé. Je ne connais pas l'insomnie. Sereine ou angoissée, telles les poupées de mon enfance, je ferme les yeux dès que je pose la tête sur l'oreiller et je rêve. Je suis transportée dans un monde fantastique et inexplicable. Cernée par des téléphones qui sonnent, qui sonnent.

– Réveille-toi, Cendrillon.

– Hein quoi ?

– Le téléphone sonne.

– Oui, allô ?

– Véronique ? C'est Maurice Cazeneuve. Ça y est la décision est prise, tu es Nana.

– 2 –

« Fais de ta vie un rêve, et d'un rêve une réalité. »

Antoine de Saint-Exupéry

1991.

– Salut ma chérie, je te réveille ?

La voix de ma copine Caroline Huppert me sort des brumes de la nuit.

– Non, dis-je, trahie par le ton rauque de la fumeuse que je suis encore. Qu'est-ce qui se passe ?

– Je voudrais te proposer le pilote d'une série policière pour TF1.

– T'es mignonne d'avoir pensé à moi, ma Caro, mais je t'arrête tout de suite : TF1 ne veut pas de moi, ils m'ont jetée d'un film il y a quelques mois alors que le metteur en scène m'avait choisie et qu'on en était à essayer les costumes.

– Non, non. C'est bon, ils sont d'accord.

– Hou hou Caro ! C'est moi, ta copine. Ta copine Véro ! Véronique Genest, pas Véronique Jannot.

– Non, c'est pas une blague, je te jure, c'est bon.

Heureusement que je suis couchée, ça m'évite de tomber sur le cul.

Serait-ce mon passage dans l'émission « Surprise sur prise » qui me vaudrait cette mise en grâce ? À coup sûr c'est un truc comme ça. C'est dingue ! Après *Nana*, Maupassant, une bonne vingtaine d'autres films télé et cinéma et quelques pièces de théâtre, je me vois adoubée par TF1 pour avoir été piégée dans « Surprise sur prise ». T'y crois, toi ?

Ça me fait penser à l'histoire de Rockefeller. Vous savez comment il a fait fortune ? Il a trouvé une pomme, il l'a lavée, astiquée, s'est donné un mal de chien pour la faire briller puis est parti la vendre au marché. Avec les sous il a pu en acheter trois. Il en a mangé une, puis s'est appliqué à faire briller les deux autres, qu'il a revendues. Son bénéfice lui a permis d'en racheter cinq, qu'il a rendues éclatantes et qu'il a bien négociées. Avec cet argent il a racheté un cageot de pommes et au bout de quinze jours… il a hérité !

Moi c'est pareil, j'ai donné tout ce que j'avais dans des super films et un jour jackpot, pour un truc qui n'a rien à voir.

Et encore une gagnante, encore une veinarde ! Et un tour gratuit pour la queue du Mickey !

– Alors raconte, Caro : c'est quoi ?

– C'est tiré d'un roman d'Alexis Lecaye. Une femme commissaire de police qui se débat dans un milieu d'hommes et qui vit seule avec ses deux filles. On va traiter de sujets de société. Je te fais porter le scénario.

Génial ! Je suis tout à fait réveillée maintenant.

Bon, je ne tire pas de plans sur la comète, elle a parlé d'un pilote mais on les connaît les pilotes, très peu débouchent sur des séries. Et puis est-ce vraiment raisonnable de se lancer là-dedans ? J'ai plein d'autres projets. Je viens de tourner pour le cinéma *Association de malfaiteurs* de Zidi. Pour Antenne 2 un film de Joyce Buñuel avec Marie-Christine Barrault. Et en ce moment je joue au théâtre. En fait, depuis *Nana* je n'ai jamais cessé de bosser.

Je n'ai toujours pas rencontré le rôle qui fera basculer ma vie, mon Camille Claudel à moi, mais je sens que ça va venir. C'est tellement bon d'être en devenir, d'une seconde à l'autre tout peut arriver…

D'un autre côté, je fais confiance à Caro, à son bon goût et à son talent. Je la connais bien. On s'est rencontrées en 1983 à une fête de Nouvel An chez Jean-Michel Ribes. Puis on s'est retrouvées quelque temps plus tard célibataires entre deux amours. Caro avait déjà deux enfants et une séparation tumultueuse, et moi je venais de recouvrer une liberté revigorante. Je ne m'étalerai pas là-dessus, ce serait trop long.

Mais pendant cette période nous sortions tous les soirs ou presque chez Natacha, rue Campagne-Première, où nous rejoignions une flopée de copains qui comme nous cherchaient la chaleur d'une famille. Ce n'est pas là que nous allions dénicher l'homme de notre vie, mais c'est là que nous pansions nos chagrins et polissions nos rêves.

On n'en était pas à notre coup d'essai, toutes les deux. En 1989 j'avais tourné *Une gare en or massif*, avec Caro. Eh oui ! Un polar, déjà ! Mais là je n'étais pas du bon côté de la barrière. D'ailleurs c'est amusant, le nombre de salopes hors la loi que j'ai jouées avant Julie.

Dans celui-là j'avais pour partenaire Daniel Duval, belle gueule ravinée de charmeur désabusé auréolé du succès de *La Dérobade*. Pas facile, le Daniel ; comme pas mal d'acteurs de cette époque d'ailleurs. Ils ont un peu disparu, ces acteurs qui brûlaient la vie par les deux bouts. Notre jeunesse aujourd'hui est beaucoup plus consensuelle. Dans le genre déjantés de la vie, je m'étais déjà frottée à Philippe Léotard et à Stéphane Jobert dans *Les Sirènes de minuit*. Là j'avais fait le doublé. C'était sympa quand ils étaient à jeun, autant dire que c'était pas souvent et rarement ensemble, mais au final je les aimais bien quand même. C'est mon côté saint-bernard, ça. Je ne peux pas m'empêcher de ressentir de la tendresse pour les abîmés de la vie. Parfois je me demande comment je suis sortie de certaines galères sans un bon « pet au casque ». Quelqu'un d'un peu fragile peut y laisser des plumes, voire un peu de peau. Mais ramer muscle le moral et ouvre l'appétit.

Et moi, l'appétit, je l'avais féroce. Autant le vrai que celui de vivre. Une boulimie de l'existence.

Et puis ramer, peut-être, mais sur une mer d'huile parce que jusqu'ici la vie avait été plutôt cool avec moi. Une succession de hasards avait bien fait les choses.

Le hasard, juste après *Nana*, d'accompagner mon ami de l'époque à Budapest sur le film de Márta Mészáros où Marie-José Nat tournait. Le hasard que Michel Drach, son mari, l'ait accompagnée aussi.

Que font deux accompagnateurs abandonnés toute la journée dans une belle ville étrangère ? Ils se promènent ensemble, discutent et sympathisent.

Michel Drach était un trésor de culture et de gentillesse.

Quelques mois plus tard, à la sortie de *Nana*, je suis invitée au Festival de Cannes et Toscan du Plantier demande à me rencontrer. Il déclare désirer ma présence dans le prochain film de… Je vous le donne en mille : Michel Drach. J'ai appris par la suite que c'était évidemment une idée de Michel et compris plus tard que les gens adorent s'approprier la paternité des idées qu'ils trouvent bonnes et s'en dissocier si le vent tourne.

Je revois donc Michel avec plaisir. Il me remet le scénario.

– J'hésite, me dit-il, entre le rôle de Fanny, le premier amour de Maupassant, et la Dame en gris, une femme mystérieuse dont Maupassant est totalement fou. Lis-le et choisis.

C'est bien gentil de me refiler le bébé mais après lecture je suis dans l'embarras. Impossible de faire un choix.

Fanny est assez proche de moi et de Nana. C'est une jeune fille en fleur, pétillante et ironique, alors que la Dame en gris est une grande bourgeoise très classe mais un rôle quasiment muet. Il est évident que si je veux progresser il faut que je tente la Dame en gris mais le rôle de Fanny est tellement charmant. Dilemme, dilemme…

Je demanderai à Michel de trancher le jour de mon anniversaire puisqu'il y est convié ainsi que de nombreux amis.

Le 26 juin, en plein milieu de la fête, le téléphone sonne. C'est lui, il s'excuse de ne pas pouvoir venir mais il a mon cadeau et il veut me dire ce que c'est.

– J'ai décidé que tu ferais les deux rôles. Fanny parce que je ne vois pas qui pourrait l'interpréter mieux que toi, et la Dame en gris parce que j'ai imaginé que le mystère qui la rend si importante aux yeux de Maupassant, c'est sa ressemblance avec Fanny, son premier amour déçu.

Vous voyez : la vie me gâtait dès le départ.

Mais je n'aime pas la facilité. J'ai besoin de prendre des risques, de tenter des aventures comme celle, en 1983, du film de Jean-Jacques Grand-Jouan, sympathique dandy qui se pointe avec un scénario délirant de Philippe Dumarçay, scénariste des *Valseuses*. Il n'avait pas un rond, pas de producteurs, on avait envie de le faire, on allait se débrouiller.

Debout les crabes, la mer monte ! Quelle aventure !

Pas simple, car le tournage des *Crabes* se faisait à Nantes mais, dans le même temps, je tournais en semaine au Touquet avec Jean Sagols *Emportez-la avec vous*, une bonne télé des familles tous publics pour FR3, équipe au complet, maquilleuse, coiffeuse, table régie et hôtel pas luxueux mais confortable. Dès le vendredi soir, je courais prendre mon train pour Nantes via Paris. À peine arrivée, j'attaquais les séquences de nuit de *Debout les crabes* et nous tournions sans discontinuer jusqu'au dimanche soir où je refaisais le trajet inverse pour Le Touquet, pas très fraîche mais heureuse de ce bain de trivialité. Un vrai bonheur que ce film très politiquement incorrect, sans production, sans distributeur, sans un sou.

Je n'étais pas la seule à avoir été conquise. Tous les acteurs contactés avaient répondu présent à l'appel. De Martin Lamotte à Virginie Thévenet en passant par Richard Bohringer, Dominique Lavanant et Luis Rego : un casting digne d'une superproduction. Nous avions une équipe réduite mais de taille. Eduardo Serra, un sublime chef opérateur qui pour l'occasion savait se transformer en électro multifonctions et qui ne pouvait donc s'en prendre qu'à lui-même si un projo faisait défaut. Un laboratoire ami nous avait donné de la pellicule, très peu, juste de quoi faire une prise et quart par plan, autant dire qu'il ne fallait pas se planter. Pour les costumes c'était *home made*, le maquillage c'était moi avec mes quelques notions d'esthétique et une assistante faisait office de scripte. Pour elle le travail était très simple, quand on se gourait elle mettait une croix et on faisait un plan de coupe, c'est-à-dire le gros plan du verre d'eau qu'on posait sur la table ou du balai qu'on était en train de passer, ou un plan d'écoute d'un autre personnage de la scène pour pouvoir sucrer l'erreur au montage. Système débrouille, système délires, système déconnades et rigolades sans fin. Au total nous avons tourné deux ou trois week-ends, et n'avions qu'une heure dix de film qu'une sympathique monteuse acquise à notre cause avait accepté de monter gratos. Et par le plus grand des hasards c'était qui, cette monteuse ? La sœur d'Yves Rousset-Rouard, le sympathique producteur des *Bronzés*, entre autres. Je dis sympathique parce que je l'avais déjà rencontré quelques années auparavant en 1978 à l'occasion d'un déjeuner à Val-d'Isère. Toute la troupe du Splendid était là pour écrire *Les Bronzés font du ski*. Je les avais déjà vus maintes fois au théâtre du Splendid rue des Lombards avec Valérie Mairesse, et nous nous retrouvions pour skier ensemble et déjeuner. Ce jour-là, j'étais à table en face de lui et il s'était gentiment enquis de mes projets.

Comédienne bien sûr ! Cela n'avait pas eu l'air de le surprendre et tout naturellement il s'était tourné vers Josiane Balasko, pièce maîtresse de la troupe, pour lui demander s'ils ne pourraient pas m'écrire un petit rôle. Ce à quoi Josiane, très fair-play, avait répondu :

– Si on doit écrire quelque chose à toutes les filles que tu as envie de te sauter !

Enfin, un truc dans le genre, je ne jurerais pas de l'exactitude des mots mais l'idée était là.

Ça ne m'a pas blessée, j'ai mis ça sur le compte de son humour qu'elle avait déjà très corrosif, d'autant que ce monsieur ne donnait pas à penser que c'était son style de draguer des minettes.

Toujours est-il que quelques années après cet épisode alpin et après avoir vu un prémontage de notre chef-d'œuvre, il décide de le prendre en main pour le sortir en salle et rachète une partie de nos droits. Nous tournons les vingt minutes qui nous manquent. Valérie Mairesse et quelques autres se joignent à nous et notre petit bijou voit le jour.

Bon, je vais arrêter de remonter dans le temps, sinon je vais finir en couche-culotte.

Revenons juste avant le moment où Caroline me propose de faire le pilote de *Julie*.

*
**

Je suis en train de jouer *Le Crépuscule des lâches* au théâtre de la porte Saint-Martin avec le même Martin Lamotte.

– Non Diablotin, si j'avais joué à la porte Saint-Denis il ne se serait pas pour autant appelé Denis Lamotte. Je dis « le même » parce qu'il était aussi dans *Debout les crabes, la mer monte*…

C'est une période clé pour moi. Autant dans ma vie professionnelle que personnelle. Je suis en train de quitter l'appartement que nous partageons, mon frère Olivier et moi, rue de Malte, près du cirque d'Hiver.

Dix ans se sont écoulés depuis le tuyau sur cour de la rue Mouffetard. Dix années durant lesquelles Olivier et moi avons été atteints de déménagite chronique, au gré de nos histoires sentimentales, faisant cause commune dans nos moments de célibat. Au milieu de tout ça nous avons pris le temps d'ouvrir ensemble Courrier Sud, le petit resto de nos rêves d'enfants bercés par Saint-Exupéry. Nous l'avons peint avec amour aux couleurs mexicaines de Tintin et Milou et la magnifique fresque de mon petit frère Frédéric venu vivre avec nous terminait cette invitation au voyage.

Cette fois-ci nous quittons la rue de Malte – notre dernier domicile – pour emménager chacun de son côté avec l'élu de notre cœur. Olivier, rue de Rochechouart avec son compagnon ; Frédéric et moi avec Meyer, mon futur époux, dans un très joli appartement rue Béranger. Vous me direz que ce n'est pas très loin de la rue de Malte. En fait toujours entre République et Bastille. J'aime ce quartier, je me sens chez moi entre le marché d'Aligre et celui des Enfants-Rouges de la rue de Bretagne.

Dans ces années-là, ma vie est plutôt rock 'n' roll *and* bordélique. Les copains, le boulot, pas d'enfants, pas de contraintes. Du haut de mes trente ans tout me semble possible. Je suis prête à épouser tous les rôles.

Peut-être pas dresseuse de chat, pourtant. Oh là, là, le transfert de Bébert, le chat d'Olivier, de la rue de Malte au restaurant ! Ça n'a pas été une sinécure !

Bébert n'était pas un chat tigré mais un tigre chatté !

Il était énorme ! Moi qui ai tenu des petits tigres dans mes bras chez les Gruss, je peux vous dire qu'il n'avait rien à leur envier niveau taille, avec sa tête grosse comme un gros melon.

On avait vu une souris à Courrier Sud, ça la foutait mal ! Vous me direz qu'une souris à Paris, ce n'était pas la première et ce n'était pas un scoop. Ce qui en serait un, c'est un lieu qui en soit exempt.

Donc nous avions décidé d'affecter le soldat Bébert à la chasse aux rongeurs. C'était nécessaire et ça nous ferait des vacances parce qu'à cause de Bébert, notre cuisine personnelle s'était transformée en Fort Knox. Il était tellement voleur ! Il ouvrait et dévalisait quotidiennement le réfrigérateur. On ne savait plus quoi inventer pour l'en dissuader.

On avait commencé par incliner le frigo vers l'arrière pour que la porte se referme malgré les tentatives du félin. Vous pensez que ça l'a découragé ? Pas du tout. Alors on a fini par coucher carrément le frigo… jusqu'au jour où l'on a retrouvé le Bébert enfermé dedans et finissant de se délecter du magnifique saumon destiné au brunch de nos chers clients.

Ça nous a fait flipper. Et s'il n'avait pas pu ressortir ? On a jugé ça trop dangereux, même si avec le gras qu'il trimballait il pouvait tenir des semaines au pôle Nord. Le but n'étant pas de le supprimer, nous avons mis des sacs de litière sur la porte… que Bébert s'est empressé d'éventrer et de répandre dans la cuisine. Fallait y penser…

On s'est finalement résolus à fermer le frigo à l'aide d'une chaîne et d'un cadenas. Pratique pour se servir un verre de lait !

Vous comprenez mieux pourquoi nous l'avons banni de l'appartement, non ?

Je vous passe le voyage entre mon appart et le resto, où Bébert a fait la connaissance avec terreur des merveilles du monde extérieur et nous avec ses griffes. Ceux qui m'ont côtoyée les semaines suivantes étaient persuadés que je sortais des répétitions d'un remake du *Balafré*.

C'est qu'il était sauvage, le bougre ! Nous on se disait : « Au moins elles vont trembler, les petites souris. »

Espoir vite déçu car Bébert, après avoir fait le tour du propriétaire, a décidé que l'endroit le plus intéressant était la cuisine. Il passait donc ses journées à se lécher les babines, accourant à sa place de guet au moindre crissement d'ouvre-boîte ou bruissement d'un couteau sur de la viande. La souris pouvait passer et repasser à quelques centimètres de lui, il n'en avait cure.

Qu'à cela ne tienne ! On lui a coupé les vivres. Minnie finirait bien par devenir un mets de choix. Je sais c'était dur pour elle mais ç'aurait été encore plus dur si elle s'était décidée à faire sa petite balade au moment où la salle était pleine de clients.

– Quoi « cruelle », Diablotin ? Elle pouvait décamper, aussi, et ne plus revenir. J'aurais rien dit, elle ne savait même pas faire la ratatouille.

Non, c'était la solution, on en était certains. Dans quelques jours, quand Bébert aurait tellement les crocs, elle pourrait commencer à numéroter ses abattis.

Contre toute attente, c'est le cuisinier qui a numéroté les siens. Du haut de son mètre quatre-vingt-dix, il trouvait vraiment louche la façon dont Bébert le toisait des pieds à la tête en se léchant les babines alors que la souris, toujours fringante, continuait ses allées et venues sans contrainte. Il nous appelait au secours pour qu'on l'aide à sortir. Si, je vous jure, il fouettait vraiment et pas que de la crème.

Il ne nous restait plus qu'une solution : dresser Bébert.

On a acheté une petite souris mécanique et, à quatre pattes, on lui montrait chacun son tour ce qu'il devait faire. À la manière qu'il avait de nous regarder, placide, en penchant un peu la tête de côté, je ne suis pas sûre qu'il ne nous prenait pas pour des demeurés. Remarquez, je suppose que si des gens s'étaient pointés à ce moment-là, il n'aurait pas été le seul à le penser.

Bilan du dressage : des balafres, un cuisinier prêt à se barrer et une souris toujours opérationnelle.

Il disait n'importe quoi, Disney. Les chats ne chassent pas forcément les souris. Je devrais porter plainte pour toutes ces années d'endoctrinements animés.

Oh et puis non ! Parce que, indirectement, Disney fait un peu partie de ce moment charnière de ma vie.

Je vous explique. Cette année-là, Michel Fugain me propose *C'est comme une histoire d'amour*, un duo que Maurane avait refusé.

Ne vous emballez pas, c'est le titre du duo ! J'ai pas eu d'aventure avec Michel. C'est un copain, comme le dit la chanson : « Copain, copain, mais sans jamais aller plus loin. »

Quand on fait une chanson, il y a la promo et toutes les émissions de variétés qui vont avec, et à cette époque il y en avait en masse.

Il y avait surtout une émission québécoise, *ostie câlice*, qui s'appelait « Surprise sur prise » et qui piégeait les vedettes.

Et de qui se sont-ils servis pour me piéger ? De Nicolas Dunoyer de Segonzac, le producteur réalisateur du disque de Michel.

Mon passage dans l'émission, plébiscité par le public, a été rediffusé le mois suivant. Christophe Dechavanne m'a invitée à « Ciel, mon mardi ! » et j'ai été choisie pour enregistrer une émission de Noël à Disney.

Tout cela juste avant que Caroline m'appelle.

Vous voyez, la boucle est bouclée. Vous n'imaginez pas le nombre de gens à qui je dois tout.

*
**

Voilà donc, en gros, où j'en étais quand *Julie* s'est proposée à moi.

Bien sûr, en très gros mais faut faire un choix, j'ai décidé de vous parler de *Julie*, alors revenons-y.

J'accepte le pilote.

– Non c'est vrai ? Cool ! On ne s'en doutait pas ! On est contents de l'apprendre !

– OK Diablotin, je l'admets ! Une telle lapalissade ne pouvait pas passer inaperçue. Vingt-deux ans dans la peau d'un personnage, on se doute que je ne l'ai pas refusé et que le pilote a marché. Mais laisse-moi raconter dans l'ordre. Enfin dans mon désordre.

Je reprends.

– Julie a deux filles, tu veux les choisir avec moi ? me propose Caroline.

Quelle bonne idée !

Une des filles de Julie a six ans et l'autre neuf. Ça va être coton.

Ce n'est pas facile de jouer avec des enfants. En règle générale on joue et on s'arrête quand l'enfant a réussi sa prise. Peu importe si pour vous ce n'était pas celle où vous étiez la meilleure, on prend celle où l'enfant est bon. Vous avez intérêt à être sur le coup parce que, à moins que vous vous soyez vraiment plantée et que ça soit inmontable, c'est cette prise-là et puis c'est marre.

Et je ne vous dis pas les idées qui vous traversent l'esprit quand après une scène d'émotion où vous avez tout donné vous vous détendez enfin, vidée, heureuse, et que le metteur en scène dit « on la refait » parce que le chérubin n'a pas cessé de regarder la caméra. Il faut sacrément prendre sur soi.

On a beau se dire qu'ils n'ont pas demandé à être là, que ce n'est pas eux qui ont écrit que Julie avait deux filles, c'est crevant et ça énerve.

Mais finalement comment leur en vouloir, à eux si petits, de ne pas comprendre tous les rouages de ce métier quand certains acteurs ne les comprendront jamais ?

Donc bien choisir les marmots est important parce que si en plus c'est le genre tête à claques qui la ramène en permanence… je ne promets rien.

Autant mettre toutes les chances de son côté, surtout pour un pilote de série. Imaginez que ça dure vingt-deux ans !

Caro a déjà fait un petit tri et nous voici devant huit gamines toutes plus mignonnes les unes que les autres, mais d'entrée j'ai le coup de foudre pour deux d'entre elles, et il faudrait qu'elles soient sérieusement mauvaises pour me faire changer d'avis, ce qu'elles ne sont pas, loin de là. Je regarde et j'écoute les autres mais Julie vient de s'éveiller. Elle a choisi, et contre un cœur de mère on ne peut pas lutter. Hein ma Julie ?

Caroline le sait et son choix tout naturellement se porte où va mon cœur.

Babou et Sarah sont nées. Joséphine-Babou est novice mais marche dans les traces de son grand frère Volodia qui jouait au côté de Jennifer-Sarah dans… *Génial, mes parents divorcent !* de Pascal Braoudé. Que le monde est petit !

Elles sont adorables, jolies comme tout, intelligentes et drôles, ça va être du gâteau.

La famille monoparentale est formée. C'est un phénomène de société qui explose et tout le monde se jette dans la brèche. Navarro abandonné par sa femme élève déjà seul sa fille. Julie a quitté son mari et élève seule les siennes. À cette nuance près que Julie, poussée par mon désir, celui des auteurs et l'arrivée de François Marthouret en cours de route, va garder des rapports ambigus avec son époux.

Pour l'anecdote, dans le pilote le minuscule rôle du mari n'est pas tenu par François. C'est au quatrième épisode, avec le développement du rôle, que Josée Dayan l'a choisi.

Dans d'autres cas, et le plus souvent sur *Julie*, ce sont les acteurs qui font naître leur rôle. Ce fut le cas pour Alexis Desseaux-Motta et Jean-Paul Rouve-Léveil. Prévus pour une seule réplique, ils ont imposé leurs univers et le rôle nommé « Un flic » s'est vu attribuer un nom et un visage.

Dans le pilote, Alexis n'est rien d'autre qu'une silhouette dans le commissariat qui, à l'arrivée de Julie, donne sa réplique. Mais son allure, sa bonhomie et son envie nous séduisent au point d'avoir envie de lui en offrir plus. Tout naturellement, il s'impose comme le quatrième larron du trio Julie, Trémois, N'Guma.

Mouss, c'est moi qui le présente à Caroline. Elle cherche un Noir pour le rôle.

« Si, si je vous jure, il est noir et ses parents le savent… Non pas qu'il est noir, qu'il tourne avec une Blanche. »

OK, j'arrête, je ne vais pas vous refaire le sketch de Muriel Robin même si je l'adore.

Je connais Mouss, sa présence et son charisme, pour l'avoir fréquenté dans mille soirées, souvent accompagné de Stéphane Ferrara en pleine ascension cinématographique. Nous nous sommes aussi retrouvés en 1989 sur *David Lansky*, la série télé avec Johnny Hallyday.

Il n'a pas encore un grand métier mais il possède un magnétisme hors du commun et l'art de séduire. Cette séduction opère sur Caroline, qui ne va pas chercher plus loin son N'Guma. Quand c'est évident pas la peine de se torturer.

Jérôme Anger, je ne le connais pas. Mais si Caroline l'a choisi il doit être bon.

Je sais que Julie a une aventure avec lui, et la seule chose qui m'importe c'est que je sois capable de l'embrasser. Vous êtes marrants, ça n'a l'air de rien mais quand la personne en face ne vous inspire pas ou vous débecte, l'embrasser tient de la cascade. Je sais de quoi je parle. Dans *Nana* j'ai dû m'en embrasser quelques-uns de tous âges, de tout poil, en file indienne. Ben oui je vous rappelle que Nana était pute, au cas où vous l'auriez oublié, et je peux vous dire qu'il y eut des moments difficiles. Ceux-là en faisaient partie.

Donc, on organise une rencontre avec Jérôme. Non, pas pour s'entraîner, bande de vicieux lubriques, juste pour me faire une idée.

Il est formidable Jérôme, très séduisant et j'en connais plus d'une qui en ferait volontiers son quatre-heures. Pas moi, je suis amoureuse et fidèle. En tout cas me voilà rassurée, je sais que tout se passera bien. Et puis il ne s'agit que d'un baiser, pas d'une scène de baise torride… Heureusement !

Les scènes d'amour, c'est mon calvaire. Je suis pudique, j'estime que ce sont des choses tellement personnelles que les étaler m'est très pénible et honnêtement, à mon sens, ce simulacre rarement bien filmé n'apporte pas grand-chose. Je trouve la suggestion beaucoup plus intéressante. Mais va faire comprendre ça à un metteur en scène qui est décidé à montrer crûment l'acte. Dans ce cas-là on s'exécute ou on refuse le rôle.

Ça me rappelle le tournage de *Maupassant* où Miou-Miou, dès les premières discussions avec Michel Drach, avait négocié pour les scènes dénudées un cache-Miou sous forme de légère nuisette. Veinarde ! Elle avait le pouvoir de dire non, moi pas encore. Qu'est-ce qu'ils ont pu me foutre à poil !

Mais là pas de risque. *Julie* est un programme tous publics, familial.

*
**

Nous allons tourner à Meaux, me dit Caro.

Meaux ! Ce n'est pas vrai ça ! Je suis meldoise ! Je suis née dans cette ville et j'ai grandi rue Saint-Christophe, à deux pas de la cathédrale. Je n'arrive pas à y croire.

Le commissariat de *Julie* n'est autre que le commissariat aujourd'hui désaffecté, sur la place de la mairie, où j'ai fait ma première carte d'identité sur laquelle j'ai apposé la première signature de mon drôle de nom : Combouilhaud, vieux patronyme du terroir ardéchois.

– Un nom à coucher dehors avec un billet de

logement, disait ma grand-mère, très portée sur les expressions imagées.

Le premier jour de tournage, je suis comme aspirée par l'espace-temps. J'ai sept ans, je vais à l'école rue Tronchon, aux cours de danse classique de madame Baraduc à la mairie. Je joue avec les copains sur les remparts du jardin Bossuet, et avec nos voisins et amis nous faisons de grandes parties de cache-cache au milieu des réserves du magasin de chaussures de leurs parents. J'ai les cheveux courts, me prends pour Claude du Club des Cinq. C'est notre jeu favori. On a chacun son personnage. Mon teckel c'est Dagobert, mon grand frère c'est l'intellectuel, François et les copains font Annie et Michel. Les jeudis après-midi…

Pourquoi les jeudis ? Parce que jusqu'en 1972 le repos scolaire du milieu de la semaine c'était le jeudi et on travaillait le samedi.

Donc le jeudi après-midi nous nous inventons des enquêtes, prenons les gens en filature. Inspirés par des séries télé comme *Belphégor* que nous n'avons pas le droit de voir mais que nous nous arrangeons pour entrevoir, nous observons la statue de Bossuet dans la cathédrale.

– Mais si, je te jure, elle a bougé. Regarde ! Sur mon croquis la main est plus haute. Elle a bougé je te dis !

Des heures, cachés derrière un pilier, à observer une statue, ça peut donner des hallucinations.

Mais qui entre par la petite porte sur le côté à cette heure ?

C'est notre bon curé, invité régulier des repas dominicaux chez les notables du fief. On l'a tout de suite reconnu malgré sa grande cape qui dissimule mal son air conspirateur.

Génial ! On tient notre victime. Notre Belphégor à nous. Espionnons-le sans nous faire remarquer. Nos carnets de notes se remplissent d'annotations diverses.

– 16 heures, il entre dans la sacristie. Quel crime !

– Quel crime ! s'exclament quelques jours plus tard les bigotes effarouchées en apprenant que la sacristie a été dévalisée.

– Quelle horreur ! répondent les notables quand ils comprennent que le cambriolage récent de leurs villas n'est pas étranger à cette succession de faits.

« Quelle coïncidence ! » pensons-nous très fort en comprenant que la victime de notre jeu est le coupable !

Encore une coïncidence ? Ma vie n'est faite que de coïncidences.

Sont-elles seulement, comme le dit la romancière Kate Atkinson, des explications qui attendent leur heure ?

Pour ma part je le pense. Il est évident qu'à la lumière de ce que nous vivons, nous éclairons les événements de notre vie.

En ce qui me concerne, la boucle est bouclée, je renais sur mon lieu de naissance.

Les moyens financiers du pilote ne sont pas énormes : vingt-trois jours de tournage, une maquilleuse mais pas de coiffeur et pour certains costumes nous piochons dans notre propre garde-robe le petit blouson en cuir ou le pantalon qui va bien. L'équipe est excellente, j'en connais déjà quelques-uns, rencontrés au gré de précédents tournages.

Au mois de juin, c'est parti… Nous prenons tous nos marques. Tout est à créer.

Julie commissaire de police.

Les femmes commencent tout juste à accéder à des postes encore réservés aux hommes et l'une d'entre elles s'est fait remarquer : Martine Monteil. Jeune et jolie, entrée à l'école de police peu de temps après son ouverture au sexe féminin, sortie major de sa promotion, elle est une des premières femmes commissaires et la première à diriger la brigade des stups et du proxénétisme.

Julie, elle, se veut une femme menant de front et avec brio sa vie de mère célibataire et sa vie professionnelle.

Une femme dirigeant un monde d'hommes. Voilà de quoi faire rêver ces dames.

Moi, autant vous dire que je n'ai pas une conscience extrême de cet état de fait. Ayant toujours voulu être Zorro ou un pirate, délaissant les tenues de marquises pour des haillons et une jambe de bois et ayant mené à la baguette les garçons de ma tribu, je suis dans mon élément.

Mon yang ne l'emportant pas sur mon yin, quand il s'agit de dorloter mes ficti-filles, mon instinct maternel en mal de progéniture s'éveille. Je suis née pour être maman et si je n'ai pas encore franchi le pas, j'y pense sérieusement. En plus, ça se confirme, Babou et Sarah sont faciles à aimer.

Le tournage se déroule dans la gaieté et la bonne humeur. Ce que deviendra ce pilote, ce qui se passera après c'est de la fiction. Un film fini, en route pour le suivant, les projets, les rêves.

La vie est une échelle sans fin dont le bout se perd dans les nuages, un éternel devenir.

Le jour de la diffusion du pilote, le 9 janvier 1992, je suis à Avoriaz, mon festival préféré avec celui de Deauville. Dans la neige tout le monde se ressemble et sur les skis même le plus grand acteur ne la ramène pas, à part peut-être les frères Mallet et Thierry Lhermitte qui sont nés avec des skis aux pieds.

Nous nous retrouvons tous les matins devant les Dromonts, le grand hôtel où tout se passe, pour ne pas dire le seul de cette petite station. Il y a Pierre Richard, Jugnot, Lhermitte, Brasseur, Anconina et bien d'autres. Nous chaussons nos skis et partons pour la journée en groupe, encadrés par quelques moniteurs qui, au fil des années, sont devenus des amis. Nous nous arrêtons pour déjeuner et rejoindre d'autres copains au soleil, sur la terrasse d'un restaurant de piste, et arrosons nos dégustations de tartiflettes de quelques bons verres de fendant qui ne nous aident pas à retrouver nos paires de skis. Et c'est dans d'immenses fous rires que nous dévalons les pentes vers la station pour ne pas manquer le film de 17 heures. Nous arrivons, bruyants et joyeux, skis aux pieds devant le cinéma où nos sièges nous attendent. Toujours chaussés de nos chaussures de ski et vêtus de nos combinaisons, nous somnolons, enrobés de la douce chaleur de la salle obscure, et bercés par les hurlements que poussent les victimes des films fantastiques du festival du même nom.

Le lendemain matin, le 10 janvier donc, comme tous les autres matins, je viens prendre mon petit déjeuner autour du feu et embrasser les copains.

Poivre d'Arvor est là. Pourquoi applaudit-il ? J'ai vraiment la tête de quelqu'un qui a trop fait la fête ? C'est ma combi ? Elle est géniale à ce point ? Devant ma mine étonnée il s'explique.

– Tu as fait un carton hier soir, avec *Julie Lescaut* !

Et il me cite des chiffres : 42 % de parts de marché. C'est la première fois que j'entends parler de parts de marché, jusqu'à présent je ne connaissais que l'indice de satisfaction. Il est vrai que, comme je vous l'ai dit, je n'avais pas beaucoup tourné pour TF1, peut-être même jamais. Pas banquébeul ! Moi c'était surtout Antenne 2 et FR3.

Patrick me raconte à quel point la pénétration chez la ménagère a été bonne. Je me dis qu'il faut qu'il se calme. Mais non je plaisante, j'ai parfaitement compris qu'il veut parler du pourcentage obtenu chez cette fameuse ménagère qui décide de notre avenir. Celle qui achète, poussée par sa progéniture.

En fait, et je l'apprendrai beaucoup plus tard, c'est plutôt celle qui ne regarde pas la télé et que tout le monde cherche à asseoir devant le poste, la poussant ainsi à faire des infidélités aux dîners en famille et à la vaisselle. « Fous-moi la paix, répondra-t-elle bientôt, je regarde *Julie Lescaut.* »

Ce n'est pas qu'elles soient nombreuses, ces ménagères, même pas 20 % de la part totale des téléspectateurs, mais elles pèsent lourd et il vaut mieux les avoir dans sa poche, car ce sont elles qui déterminent le coût de la minute de pub. Personne n'en réchappe.

Ça tombe bien, la ménagère adore Julie, elle s'identifie à elle, ses enfants aimeraient l'avoir comme maman, et les maris fantasment. Ma Julie plaît à toute la famille.

Et dire qu'elle a failli rester dans un tiroir à cause d'une sombre affaire de bavure sur un gamin de banlieue qu'elle avait foutu en garde à vue ! Il était diabétique et avait fait une crise en cellule. T'avoueras que pour un pilote, ça la foutait mal. Cerise sur le gâteau, l'attaque du commissariat imaginée par les auteurs, suivant cet incident, s'était mise à coller étrangement avec la triste réalité qui émergeait de nos cités. De là à dire que les scénaristes s'en étaient inspirés il n'y avait qu'un pas, que les médias avaient très vite franchi dans la promotion, oubliant comme à l'accoutumée qu'il faut environ un an entre écriture, tournage et post-production pour pondre un épisode.

Mais notre bien inspiré Mougeotte, ne lâchant pas le morceau tant il croyait à cette série, avait laissé sa femme et ses enfants trancher sur le sort de madame le ou madame la commissaire. Eh oui, à cette époque, on hésitait encore entre le ou la. Le vocabulaire avait du mal à suivre.

– Et alors ?

– Et alors quoi, Diablotin ? Il n'y a pas de suspense, tout le monde se doute que la famille Mougeotte a aimé !

Ça tient quand même à peu de chose, la vie d'un personnage.

*
**

Un mois plus tard, me voilà donc au Fouquet's pour un petit déjeuner avec Étienne. Eh oui, Étienne ! Le succès rend familier.

Mon producteur Jean-Pierre Guérin, mis à mal par l'arrêt brutal de la cinquième chaîne et des films qu'il y avait signés, attend beaucoup de cette entrevue. Une série, pour une production, c'est la promesse de rentrées régulières, la possibilité de faire des projets à long terme et il espère bien en signer treize à la douzaine.

Il doit être en train de se ronger les ongles dans son bureau.

Il serait certainement en train d'attaquer la deuxième phalange s'il connaissait mes véritables envies. Ce sont celles-là que je veux vendre à Étienne. Cette multitude de projets dont *Julie* ne fait pas partie. En fait je la trouve trop polie, trop lisse, trop assistante sociale, trop bourge, enfin trop pas assez quoi ! Je suis branchée à fond sur un pilote de série que Gérard Jourd'hui m'a fait lire. C'est une comédie policière, genre *Clair de lune*, la série qui a lancé Bruce Willis. Rien à voir avec Julie, beaucoup plus farfelue, bien plus proche de ma vraie nature. J'adore jouer avec les mots, les idées, délirer.

Et ce n'est pas tout. Je n'ai pas passé les derniers huit mois à me croiser les bras en attendant que ça tombe, c'est pas dans les habitudes de la maison. Je suis en train de négocier une minisérie pour France 2, *Secrets de famille*. Donc dès que j'ai su que Mougeotte voulait me voir, j'ai appelé la productrice qui n'était pas encore décidée et lui ai dit : « Si vous me voulez pour votre film, c'est maintenant. Demain ça risque de ne plus être possible. »

Elle a signé dans la journée. Pas folle la guêpe.

Nous voilà donc au Fouquet's, on est assis et nous échangeons les gentilles petites phrases d'usage. Même si, l'usage étant chez moi plutôt brut de décoffrage, je m'applique puis ni une ni deux je me lance :

– J'ai en main un pilote de série génial, c'est la fille très originale d'un magnat de la presse qui s'est mis dans la tête de…

Il me coupe.

– *Julie Lescaut* c'est formidable ! J'y ai toujours cru. On va en faire treize puis treize puis treize puis treize jusqu'à ce que vous en ayez marre.

– Mais j'en ai déjà marre ! hurlé-je dans mon fort Boyard intérieur. On ne pourrait pas commencer par six ?

– Non, non, douze ! me dit Jean-Pierre Guérin, que j'ai rejoint à l'issue de ce rendez-vous et qui sourit aux anges.

Il me parle des futurs scénarios dans lesquels je pourrai mettre mon grain de sel, du personnage que je pourrai m'approprier. Son bonheur et son enthousiasme communicatifs me font rendre les armes.

Ça y est je suis fonctionnaire de police !

Mais pas pour de vrai, pour de faux.

C'est mieux de le préciser, parce qu'il y a des gens qui y croient et même plus qu'on ne le pense. Je n'ai pas calculé les « bonjour Julie » que j'ai pu entendre dans la rue en vingt ans, les « Comment vont vos filles ? » Les « bonjour patron » quand je croise un flic. Les « salut inspecteur ! » Vous vous rendez compte ? Inspecteur ! Alors que je suis commissaire !

Blague à part, c'est fou ce que les gens vous identifient à ce que vous jouez. En tout cas quand il s'agit d'un personnage de série aussi populaire, on nage dans la confusion.

Combien de personnes m'ont dit que je fumais trop, alors qu'elles avaient juste vu la condensation de mon souffle parce que je tournais dans un camion réfrigéré par moins dix !

Dans un autre ordre d'idées, combien ont été étonnées d'apprendre qu'il faut vingt-deux jours pour faire un épisode… Les questions les plus fréquentes concernent les secrets de fabrication d'un film, et la demande la plus récurrente est celle de venir assister au tournage de *Julie*.

J'ai satisfait quelques-unes de ces demandes mais aujourd'hui je vais les satisfaire toutes. Je vais vous emmener en balade avec moi dans les coulisses d'une folle journée qui a duré vingt-deux ans. Je sais que ça vous tente.

Allez, en voiture Simone !

– 3 –

« On croit que les rêves, c'est fait pour se réaliser. C'est ça, le problème des rêves : c'est que c'est fait pour être rêvé. »

Coluche

6 heures ! Debout ! C'est le grand jour ! Faudrait pas arriver en retard. On vient nous chercher à 7 heures.

Comment c'est tôt ? Mais qu'est-ce que vous imaginez ? Que dans ce métier on fait la grasse matinée ? On la fait le week-end ou quand on ne tourne pas, et c'est déjà bien assez fréquent pour ne pas râler quand on a la chance de tourner.

Ce n'est pas tous les jours comme ça. On ne fait pas tout le temps les mêmes horaires et on n'est pas forcément de toutes les séquences. Moi, en général, je suis sur presque toutes. Ben oui, ça s'appelle *Julie Lescaut*, c'est un peu normal et c'est pas pour me déplaire. J'adore travailler.

En dehors des mixtes (horaires où l'on tourne moitié jour moitié nuit) ou des nuits (horaires où l'on ne tourne que de nuit et qui finissent en général avec le lever du jour), il y a deux horaires classiques. Non, on ne choisit pas. C'est en fonction des séquences qu'on tourne. On peut faire un 9 heures-18 heures ou midi-19 h 30.

Je suis sûre que si vous aviez le choix vous me diriez « je prends le second ». On fait tous ça au début. Je vous comprends, la journée a l'air moins longue. Eh bien détrompez-vous parce que je vous parle des horaires de tournage, pas de présence.

Quand on fait midi-19 h 30, on doit être au HMC (habillage, maquillage, coiffure) à 10 heures, pour déjeuner à 11 – déjà faut avoir faim à cette heure-là – et être PAT (prêt à tourner) à midi. Ensuite c'est non-stop jusqu'à la fin. À ça vous ajoutez les temps de transport et les bouchons. J'adorerais me téléporter mais, depuis que j'ai vu *La Mouche*, j'hésite. J'ai pas envie de me retrouver avec un pied à la place du nez, ça fait désordre. Bref ça donne en gros une journée où je suis debout à 7 h 30 et rentrée à la maison au plus tôt à 20 h 30, l'estomac dans les talons quand je ne me suis pas jetée sur les sandwichs de 17 heures.

En revanche, quand on fait 9 heures-18 heures, certes il faut être au HMC à 8 heures et PAT à 9 mais on déjeune une heure tranquille vers 13 heures et on reprend jusqu'à 18. Donc levée en gros à 6 heures et rentrée vers 19 heures.

– Non Diablotin, je ne triche pas. J'ai enlevé une demi-heure de transport parce que le matin très tôt ça roule mieux. C'est pour ça que je préfère les horaires matinaux et aussi parce que depuis que Sam est né, je suis de toute façon debout à 6 h 30 pour l'école, alors autant enchaîner.

J'ai de la chance, j'ai peu de problèmes pour me lever.

Pour veiller, au contraire, c'est une autre histoire.

Mes amis me surnomment Cendrillon.

Pas parce que je suis en haillons, mais parce que je veille rarement plus tard que minuit. Il peut y avoir le pape chez moi ça ne change pas grand-chose. Passé une certaine heure je pique du nez et si d'aventure en revenant de la cuisine je décide de m'asseoir cinq minutes dans l'entrée sur le joli canapé où vous avez posé votre manteau, il est possible que vous m'y retrouviez profondément endormie au moment de partir. Vous pourrez alors extraire votre vêtement sur lequel j'aurai glissé, chanter à tue-tête, frapper sur une batterie de casseroles, il y a peu de chances que j'ouvre un œil.

Par contre le matin, dès que le réveil sonne, un pied par terre et debout.

J'ai bien tenté dans ma jeunesse, comme tout le monde, le « encore cinq minutes » d'où tu émerges une heure après tellement à l'ouest que tu ressembles au jouet extraordinaire de Claude François qui va dans tous les sens et se cogne partout.

J'ai aussi joué les prolongations sous la couette et les préparatifs précipités où, comme par hasard, et parce que tu es à la bourre, tu ne vas pas trouver le scénario, les clefs, le téléphone, les lunettes, de quoi partir d'une humeur de chien.

Pas bon pour moi.

Je déteste être en retard, ce qui ne veut pas dire que je ne le suis jamais mais, comme ligne de vie, j'ai opté pour la ponctualité. On dit qu'elle est la politesse des rois, moi je pense surtout qu'elle est respectueuse des autres. Dans mon métier, chaque minute qu'on grappille en amont se répercute sur la fin de la journée. Car le tournage ne s'arrête pas quand l'aiguille arrive sur le 12 ou sur le 30. Non, on termine la journée même s'il faut faire des heures supplémentaires. Un décor a été réservé pour un nombre de jours et pas un de plus. Si le lendemain on est sur un autre décor il faut en avoir fini avec le précédent, coûte que coûte.

Tout est millimétré, orchestré comme une partition. Sur un grand plan de travail tout est prévu jusqu'au moindre objet nécessaire au film. En un coup d'œil vous savez ce qu'on tourne tel jour, qui seront les acteurs présents, sur quel décor, à quels horaires. Tout est prévu, je vous dis. Même le nombre d'heures sup.

Et puis c'est serré, surtout à la télé. Parce que le temps c'est de l'argent. On a moins de temps à la télé qu'au cinéma parce que la télé rapporte moins. Qu'est-ce qui rapporte en télé ? La pub. Un programme qui marche attire les annonceurs et plus il est regardé plus les annonceurs paient cher. Vous imaginez quand il n'y avait que quatre grandes chaînes qui se partageaient le gâteau. Un gâteau de vingt-cinq millions de spectateurs en moyenne !

C'était la grande époque. Celle des méga-scores. Avec *Julie* on faisait rarement moins de neuf millions et demi de spectateurs et 40 % de parts de marché – c'est-à-dire le nombre de personnes qui regardaient la télé ce soir-là toutes chaînes confondues. Et t'avais pas intérêt à descendre en dessous de 35 % si t'avais pas un bon parachute. Et encore, 40 % c'étaient les petits scores, parce que sur neuf ou dix épisodes diffusés par an, rediffusions comprises, on en mettait au moins cinq dans le *top ten* ! Entre dix et douze millions, vous vous rendez compte ? Quand on descendait en dessous on ne faisait pas la gueule mais presque.

Ensuite il y eut le câble, mais c'était payant alors ça ne nous enlevait pas grand-chose, même pas 5 % du pactole.

C'est à l'arrivée de la TNT – télévision numérique terrestre – que tout a explosé. Ils avaient bien choisi son nom. TNT ! Un vrai bâton de dynamite dans le paf. On se retrouvait à dix-neuf sur la mule et les scores baissaient doucement mais inexorablement d'année en année.

J'avoue que c'était assez dur à suivre. Fallait garder un œil sur la globalité des audiences pour comprendre que c'était pour tout le monde pareil, sinon tu perdais vite le moral. Même moi qui suis pourtant assez cartésienne, j'ai eu du mal à m'y faire. À tel point que, lorsque je tombais sur quelqu'un qui me disait « Génial tu as fait sept millions », je me retournais pour voir à qui il s'adressait. Tu parles ! La dernière fois que j'avais entendu ce chiffre c'était dans la bouche d'une amie dont la série venait de se faire éjecter.

Les temps changent. Aujourd'hui, même avec seulement six millions de spectateurs ils te disent que tu fais un malheur. Et finalement ils n'ont pas tort. C'est presque plus fort de faire ça, face à vingt-cinq chaînes, que le double face à trois.

C'est plus fort mais ça rapporte moins. C'est le serpent qui se mord la queue.

Comme on se partage les spectateurs, faut aussi se partager la pub, au moins son pognon. Il y a moins de spectateurs donc les annonceurs paient moins cher, et donc moins d'argent dans les films et la qualité s'en ressent.

La télé c'est le petit écran alors c'est sûr, on ne va pas y caser Ben-Hur et les jeux du cirque avec des milliers de figurants. C'est vrai, en plan large, ça ou des chiures de mouches, on ne fait pas la différence. Tout au plus, on peut y faire entrer Ben-Hur Marcel et ses copains de bistrot en train de refaire le monde, en gros plan. Ça ne nécessite pas grand-chose mais ça limite sérieusement l'horizon.

Ben oui, quand t'amènes un scénario sur une fête foraine et sa foule bigarrée et que tu ne peux te permettre que le manège de chevaux de bois du square et ses quatre clients… ça limite. Et quand en plus tu te retrouves face à des séries *made in USA* avec dix fois plus de moyens, tu peux difficilement lutter.

Mais tu peux ! *Julie* a résisté toute sa carrière, haut la main face aux experts de tout poil, car il y a un truc que les Américains n'ont pas et n'auront jamais, c'est cette *French touch* qu'ils nous envient. C'est les copier qu'il ne faut surtout pas faire.

Ils font leurs trucs, on fait les nôtres.

Ce qui ne nous empêche pas de prendre ce qu'ils nous apportent de bien.

Je les remercie de nous avoir permis les ellipses : ce moment du récit que l'on ne montre pas mais que l'on comprend par déduction ou après coup. Ce n'est pas qu'on ne voulait pas en faire ou qu'on ne savait pas, mais avant la mode des séries américaines, il y avait un cahier des charges énorme sur le nombre de gros plans, sur les arrivées et les départs. C'en était sclérosant. « Tu dis où tu vas et on te voit y arriver. » On n'en sortait pas. Des fois que les Français pris de cystite squattent trop les toilettes, ça leur laissait le temps d'y aller sans rien manquer.

Je me moque gentiment parce que j'ai souvent trouvé qu'on ne faisait pas assez confiance à l'intelligence du public.

Bref, tout ça pour vous dire que sur un tournage il n'y a pas de place pour le moindre caprice.

– Et les caprices des stars qui viennent quand bon leur chante et si ça leur chante ?

C'est très anecdotique. Peut-être qu'à une époque, pour créer la légende il fallait faire des caprices. Peut-être même que les studios en créaient pour écrire l'histoire.

Certes on pourrait tous, quand on acquiert un certain pouvoir, se permettre d'imposer des choses qui peuvent passer pour des enfantillages. Mais c'est vraiment faire une mauvaise utilisation de son autorité. De nos jours les priorités ont changé. On respecte les gens qui ne vous font pas perdre de temps. Je ne vais pas vous réexpliquer pourquoi, on vient d'en parler.

En trente-quatre ans de carrière j'ai connu peu d'acteurs insouciants face à leurs responsabilités. Je ne dis pas qu'il n'y avait pas, chez des sujets à forte personnalité, des moments un peu *space* mais même dans un état proche de leur maillot, ils finissaient toujours par rentrer dedans.

Celui qui m'a le plus fascinée par sa capacité à avoir l'air de ne pas dépendre de la machine de guerre qu'est un film, c'est notre légendaire Johnny. Lui, il naviguait hors limites avec un naturel tellement confondant qu'on ne pouvait que plonger.

Sur *David Lansky*, il pouvait se pointer avec deux ou trois heures de retard. Nous tournions, en l'attendant, tous les plans où il n'était pas. Il arrivait souriant et, jugeant que c'était l'heure de déjeuner, repartait aussi sec. Mais pas à la cantine, non ! Au super Italien du coin qu'il connaissait, entraînant une bonne partie de la troupe, dont moi, bien sûr.

Évidemment, comme nous dépassions allègrement l'heure dévolue à cet exercice mandibulaire bien arrosé, un assistant stagiaire débarquait dans le resto pour nous inviter à regagner le plateau.

En moins de temps qu'il n'en faut pour le dire, il se retrouvait assis, dégustant le sublime tiramisu que Johnny lui avait immédiatement commandé et auquel il n'avait pas su dire non, malgré son arrière-goût amer de possible future ANPE.

Un deuxième assistant arrivait, finissait très vite à côté du premier, suivi de près par le chef assistant qui se pointait, l'air fermé de ceux qui ne sont pas contents, et terminait assis au beau milieu de la brochette de dégustateurs de desserts italiens.

J'étais fascinée, partagée entre la révolte et l'amusement. C'est le genre de chose que je suis totalement incapable de faire, je culpabilise trop. Je ne pouvais m'empêcher de penser que Johnny devait avoir une dette à faire payer à la production pour agir de la sorte.

Cruel pour les assistants ? Non ! Aucun n'a jamais été viré, Johnny ne l'aurait pas accepté. C'est quelqu'un de profondément gentil.

Notre première rencontre avait eu lieu sur le tournage d'*Un père et passe*, dans lequel j'avais Eddy Mitchell pour partenaire.

Comme j'étais pressentie pour incarner la coéquipière de David Lansky dans le dernier épisode de la série, Johnny était passé sur le plateau avec le réalisateur Hervé Palud. Même si je connaissais bien Hervé pour avoir déjà tourné avec lui, c'est Eddy qui m'a présentée au monstre sacré.

Je me rappelle les recommandations qu'il lui a faites à mon sujet et je m'amusais de l'admiration que Johnny avait pour lui. Devant Eddy, on aurait dit un petit garçon. Il était aussi très modeste et avait peu confiance en son talent d'acteur alors qu'il n'avait qu'à être là : sa personnalité suffisait à écraser tout ce qui était autour.

Sur le tournage il se faisait très protecteur et, le soir, nous rejoignions de temps en temps Eddy pour un petit dîner dans un bar à tapas.

Souvenir, souvenir, je t'ai gardé dans mon cœur… eur !

Donc j'ai opté pour la ponctualité.

Ça n'exclut pas l'acte manqué que constitue souvent la bonne vieille panne d'oreiller. Vous savez, quand vous ouvrez les yeux avec cette désagréable sensation de n'avoir pas mis le réveil et que vous ne l'avez effectivement pas mis.

Pendant un moment, c'est le brouillard, vous ne savez plus comment vous vous appelez, ni à quelle heure on vient vous chercher, ni même à quelle heure il fallait vous réveiller, vous mélangez tout. Rares sont les fois où vous vous rendez compte avec soulagement qu'on est samedi, qu'aujourd'hui vous ne travaillez pas et qu'il n'y a pas d'école, mais ça arrive. Dans ces cas-là, quel bonheur de se reglisser dans son lit tout chaud et de repiquer un somme ! Il est tellement bon, le sommeil où vous avez conscience que vous dormez.

Mais comme je vous l'ai dit, c'est rare. La plupart du temps, vous constatez que vous vous levez à l'heure où vous devriez partir et vous vous retrouvez avec votre téléphone sous la douche en train d'essayer d'appeler la régie qui comme par hasard ne répond pas. Pour peu qu'en sautant trop vite dans votre pantalon vous vous emmêliez les pinceaux, vous voilà par terre avec une furieuse envie de pleurer.

Si, si, je l'ai déjà fait. Il n'y a pas plus difficile que de courir en enfilant un pantalon. Il y a forcément un moment où ça coince. Essayez, vous allez comprendre. Le moment le plus dur à négocier c'est celui où juste avant de le remonter, un pied dans chaque jambe, on ressemble à un pingouin. Vous y êtes ?

Maintenant courez. Vous voyez ?

Cela dit, en vingt-deux ans je n'ai pas eu des masses de pannes. Allez, on va dire une dizaine maxi. Ça va, non ?

Celui qui n'était jamais à l'heure c'était Mouss.

En fait, ce n'est pas tout à fait juste. Il n'était pas en retard, il était à *son* heure. Il entrait dans sa calculatrice personnelle – et très particulière – l'heure de préparation et l'heure où il devait être prêt, faisait une estimation du retard de tout un chacun et après une règle de trois, bien à lui, en sortait son heure d'arrivée.

Et puis pas la peine d'essayer de lui expliquer quoi que ce soit.

– Je ne suis pas en retard, vous n'avez pas encore commencé à répéter.

Il n'avait pas vraiment tort mais ne prenait pas en compte le staff maquillage, coiffure et habillage, qui venait beaucoup plus tôt pour préparer tout le monde et avait poireauté en l'attendant, ni les angoisses de la production qui se demandait s'il ne s'était pas réveillé ou s'il avait eu un accident.

Mais c'était fait avec une telle innocence et un tel aplomb qu'il ne nous serait même pas venu à l'idée de lui en tenir rigueur. On gueulait un coup, sans trop y croire, pour la forme, et on faisait avec. La plupart avaient même fini par se procurer la même calculatrice que la sienne. Il avait fait école.

Oh là là le temps file, je papote, je papote avec mes potes…

Et je me laisse piéger par le temps.

C'est fréquent chez moi, ça. J'ai le temps, j'ai le temps, et hop, je suis à la bourre. Il n'y a que quand on s'ennuie que le temps ne passe pas.

Allez je saute du lit à la douche et lavage de cheveux quotidien s'il vous plaît. Oui, moi c'est tous les matins. On ne va pas imposer à son pauvre coiffeur des cheveux sales et gras.

– Oh là, bonneu mèreu ! comme dirait Jérôme qui démêle, coupe, coiffe. C'est bôcoup plus courang que vous ne l'imaginez et je vous assureu que par momeng il faut avoir le cœur bien accroché. Heing !

Voilà, vite fait bien fait, je sors de la douche, pas la peine de les sécher je partirai les cheveux mouillés sous un bonnet.

Vite, un bon petit déjeuner en regardant les infos.

Ah ben oui, obligatoire, je suis une infos-addicte. J'aime aussi les matinales comme celles de Bruce Toussaint que je ne manquais presque jamais. J'ai besoin de ce moment solitaire, sans paroles. Je préfère me lever une heure plus tôt s'il le faut pour garder cet espace « réveil des neurones » en douceur avant de réveiller mon garçon.

Bon, on s'habille.

– Qu'est-ce qu'on met ?

Pas notre robe de cocktail, c'est évident, sauf si ce soir nous partons directement à un dîner sans rentrer chez nous.

Mettons une tenue confortable pour le trajet, rapide à enlever parce que dès qu'on va arriver on va se glisser dans les fringues du personnage et on n'en ressortira plus que pour se remettre dans la voiture.

Aujourd'hui je vous emmène visiter l'univers de Julie.

Jusqu'en 2005 elle a été en poste aux Clairières et c'est pas la porte à côté, Les Clairières, faut compter une bonne heure de route voire une heure trente quand ça bouchonne.

– C'est dans quel coin ?

– J'en sais rien, moi ! C'est n'importe où !

Les Clairières c'est la banlieue en général. Ouest,

sud, nord, est, ça dépend de ce qu'on a choisi comme décor. Il n'y a que le commissariat qui est à Vanves.

J'ai béni Julie quand elle s'est installée à Paris. Pas seulement pour la beauté de cette ville si photogénique devenue un des personnages principaux du film, mais pour les heures que je gagnais tous les jours en transports.

Je pouvais enfin prendre mon scooter et parfois même mon vélo.

La liberté retrouvée.

– Oui c'est vrai, Diablotin, le scooter, j'avais pas vraiment le droit à cause des assurances, mais je prenais le gauche.

Pour le reste, les changements ne se sont pas faits sans douleur mais la série avait déjà seize ans et c'était ça ou s'arrêter. C'était la première fois que j'entrevoyais cette possibilité et je dois dire que je n'étais pas convaincue qu'il faille continuer. Ce dont j'étais persuadée, en tout cas, c'est qu'il ne fallait pas changer de format pour passer en cinquante-deux minutes. Tout le monde cédait à cette mode mais *Julie* était en quatre-vingt-dix minutes et pour moi pas question de changer, je préférais laisser tomber.

Cela n'avait aucun sens. En cinquante-deux minutes on ne peut traiter que l'intrigue policière et les personnages principaux, mais on ne peut pas traiter correctement les rôles secondaires dans des histoires parallèles. C'était pourtant la spécificité de *Julie Lescaut* !

S'attacher à tous les personnages, c'est ça qui faisait la différence. C'est l'humain qui rendait *Julie* si particulière, qui faisait que ce n'était pas juste une série parmi tant d'autres. Ce sont ses personnages si français, attachants, qui lui donnaient la *French touch* dont je parlais tout à l'heure.

Mais bien d'autres changements incontournables s'imposaient à nous.

Babou, craignant que le personnage ne la marque trop, s'était envolée vers d'autres aventures théâtrales. J'ai eu beau lui dire qu'il était un peu tard pour avoir ce genre de crainte, rien n'y a fait. J'ai été très triste de la voir partir, mais je respectais son choix.

Renaud Marx, avec nous depuis le seizième épisode, avait été remplacé malgré mes protestations. Là-haut, on voulait quelqu'un de plus jeune, plus dynamique, qui saurait séduire et faire rêver les ménagères. Moi ce que j'aimais chez Renaud, en dehors de notre grande complicité, c'était justement son côté un peu chien battu qui le rendait si différent et si charmant.

***

Mouss, qui avait été mis à l'écart pendant deux épisodes, avait décidé de ne pas reprendre *Julie*.

Ça avait commencé avec « La Ferme célébrités ».

Il nous avait déjà cueillis à froid quand, à quelques semaines du tournage, nous l'avions vu entrer dans ce poulailler. Mais qu'est-ce qu'il pouvait bien foutre dans cette aventure ? Et comment allions-nous faire pour tourner s'il ne sortait pas dans les trois premières semaines ? Moi, ce qui m'étonnait le plus, c'est que Mouss accepte de se séparer de son portable, interdit à « La Ferme ». Il l'avait greffé à l'oreille toute la journée. En fait, il ne s'en était pas séparé et je ne tardai pas à recevoir son premier coup de fil… qu'il passait, me disait-il, planqué aux toilettes. Je ne vous cache pas que j'étais assez énervée.

– Mais pourquoi t'as été t'enfermer là-dedans ? Tu sais pas qu'on tourne dans quinze jours et que c'est trop tard pour réécrire ? Débrouille-toi pour sortir ou arrange-toi pour te faire foutre dehors.

Je crois qu'il ne s'était pas rendu compte, emporté par son envie d'agir pour son association. Il était très embêté.

Moi j'étais surtout remontée après TF1 qui ne devait pas ignorer qu'on avait besoin de lui.

Quinze jours après il était toujours là-bas. De notre côté on avait commencé à tourner. On jonglait tant bien que mal, le retirant de certaines séquences, laissant de côté tous les plans dans lesquels il était indispensable. On faisait de la dentelle, on perdait un temps fou et on pestait beaucoup.

Nouveau coup de fil.

– J'ai une idée, me dit-il, tu viens au *prime* et tu me sors.

– Moi ? Ah non. Franchement, les émissions de téléréalité, c'est pas mon truc. De plus je suis déjà assez furieuse, si j'y vais je risque de déborder. Demande à Jean-Pierre.

Jean-Pierre, en producteur consciencieux et dévoué, y est allé et a dû promettre de verser par-dessus le marché une somme à l'association pour laquelle Mouss jouait. Est-ce que cela a fait partie du contentieux qui les a opposés ? Franchement, je ne saurais le dire.

Toujours est-il qu'une fois sa salopette de fermier rangée, la notoriété de Mouss avait tellement explosé qu'il ne tenait plus en place. Les gosses dans la rue lui sautaient dessus. C'était totalement dingue. J'ai eu beau lui dire de faire attention, qu'une carrière se bâtit lentement sur du solide et pas sur du fait divers ou de l'événementiel *people*, qu'il n'est pas difficile de nos jours d'être connu mais que le plus difficile c'est de l'être pour les bonnes raisons et de le rester, qu'une fois le soufflé retombé c'est sur son travail qu'il serait jugé et pourrait durer, Mouss se laissa séduire par le reflet que lui renvoyait ce miroir aux alouettes. Persuadé qu'on ne pourrait lui dire non, il se lança dans un bras de fer avec la production.

Il me prenait sans cesse à témoin sur la validité de ses demandes.

– Je ne veux pas d'augmentation, je veux juste qu'on me signe vingt-quatre jours de présence au lieu de trente, pour le même prix.

J'ai tenté de lui expliquer que travailler moins pour le même prix et une augmentation c'était kif-kif. Mais le calcul et Mouss ne faisaient pas bon ménage.

– Mais c'est pas moins puisque c'est ce que je fais depuis quelques tournages.

– Oui Moustic, parce qu'on fait tous des efforts pour te libérer quand tu le demandes, mais par contrat, on t'a écrit un rôle sur une base de trente jours. Et une somme divisée par trente, c'est pas pareil que par vingt-quatre.

J'essayais de le raisonner mais en vain. Il voulait du temps pour faire autre chose, ses one-man-shows, du cinéma, de beaux rôles.

Bien sûr que je le comprenais, même si je pensais qu'il n'avait pas besoin de quitter *Julie* pour ça.

Je partais plaider sa cause à la production mais de nouvelles difficultés surgissaient.

– Il ne signe jamais ses contrats, me disait Jean-Pierre. C'est trop risqué.

De mon côté je constatais avec tristesse son désintéressement soudain. Il n'avait jamais été très studieux mais s'investissait tellement sur le plateau ou dans les répétitions qu'on s'en contentait avec joie.

Nous nous servions tous mutuellement de répétiteur depuis toujours, nous enfermant ensemble dans les loges pour décortiquer les scènes, les faire vivre entre nous, redistribuer les répliques ou organiser une action parallèle à chacun, ou une impro, afin que tout le monde soit partie prenante de l'action. C'étaient des moments de partage extraordinaires. Mais depuis un moment, le cœur de Mouss n'y était plus. Il se faisait tirer la jambe et n'avait vraisemblablement même pas lu le scénario. Il était pendu au téléphone. Nous avions des accrochages inédits. Je ne le reconnaissais pas.

Entre les aménagements des plans de travail que ses absences de plus en plus fréquentes pour son spectacle nous imposaient et ses exigences jugées inappropriées, son sort fut scellé.

J'ai souvent tenté de le prévenir de ce qui se tramait, cela ne changea rien. Il nous quitta.

Pour moi il était difficilement concevable de continuer sans lui.

Ce n'était pas la première fois que son avenir était discuté au sommet. Je l'avais déjà sauvé à plusieurs occasions d'une balle perdue, il fallait que je le sauve encore.

– Il va réfléchir, Jean-Pierre, laisse-lui une dernière chance.

Mais les deux prochains épisodes étaient déjà en train de s'écrire sans lui.

– Et vous l'avez prévenu ?

– Non parce qu'il n'a pas signé son contrat et peut décider du jour au lendemain de ne pas venir tourner. Il ne faut pas le lui dire.

– Je ne peux pas faire ça. Vous vous rendez compte de la situation dans laquelle vous me mettez ? Je ne sais pas mentir, je ne pourrais plus le regarder en face.

– Si tu le lui dis, tu prends le risque de stopper le tournage et de mettre toute une équipe au chômage et la boîte de production dans de sacrés problèmes.

– Je connais Mouss, c'est pas une planche pourrie, il ne fera jamais ça.

Dans le même temps j'entrevoyais une solution.

– OK. Alors je ne dis rien, mais tu laisses la porte ouverte et tu le réintègres sur les suivants.

Jean-Pierre, tout aussi désolé que moi, a accepté, certain que cette leçon le remettrait dans le droit chemin.

C'est Mouss qui a refusé. Malgré les difficultés financières dans lesquelles cette décision pouvait le mettre, son orgueil a pris le pas. Il n'est pas revenu.

Grosse tristesse. J'étais d'autant plus peinée que je lisais dans les journaux ses déclarations peu sympathiques sur la série. J'ai mis ça sur le compte de la déception. Comment lui en vouloir ?

Et comment ne pas tomber dans les bras l'un de l'autre quand nous nous sommes revus à l'émission de Paul Wermus ? Je venais pour la promotion de *Madame Butterlight*, mon seule en scène, il venait pour son bouquin *Humour noir* et parlait de *Naturellement humain*, son futur one-man-show.

– Faut que tu viennes, tu vas être fière de moi, j'ai bossé comme une bête.

C'était mon Mouss, de toujours, bourré de charme et de talent, avec ses qualités, ses défauts. C'est vrai que Meyer et moi ne lui avons pas trouvé très bonne mine ce jour-là, mais nous avons attribué ça à la fatigue.

De mon côté, dans ma tête, j'élaborais déjà le scénario qui le ferait revenir. Il me manquait terriblement. Il n'y aurait eu que moi, nous n'aurions jamais cessé de travailler ensemble.

*
**

Sans Mouss et Renaud le commissariat de Vanves avait perdu sa saveur. Nous piétinions à essayer de faire entrer de nouveaux acteurs, même talentueux, dans les traces indélébiles des disparus. À mon goût, les scénarios s'encroûtaient. La vie privée de Julie, son nouvel amant, Pierre, qu'on avait installé à la maison, son nouvel enfant adopté étaient une pâle resucée de sa vie d'avant avec Paul et les filles.

Un jour, la place de l'église est devenue piétonne et il a été dès lors impossible d'y tourner les entrées et les sorties de commissariat. On en a trouvé un autre, ressemblant.

Tout s'étiolait. Côté famille l'histoire d'amour avec Pierre s'essoufflait sous la plume des auteurs et dans l'affect de Julie. Il s'éloignait progressivement de la maison, elle ne le retenait pas. Elle était mûre pour vivre seule.

Alors quand Takis Candilis, le patron de la fiction avec qui je déjeunais, m'a proposé d'enlever mes charentaises et de libérer Julie de ses contraintes familiales, j'ai sauté sur l'occasion et j'ai tout mis à la poubelle.

– Tant qu'à faire changeons tout, me suis-je entendue lui répondre. La vie privée de Julie et aussi le commissariat.

– Banco, a répondu Takis.

Après tout, Julie à Paris dans un beau commissariat high-tech sous verre avec lumière bleutée et ville qui défile sous les fenêtres, tant apprécié de nos amis outre-Atlantique, ça ne serait pas mal. Ça aiderait à faire disparaître les fantômes.

Pauvre Jean-Pierre, encore un coup dur ! La tête qu'il a faite quand je lui ai annoncé la nouvelle ! Encore une fois j'y étais allée au feeling, sans prendre en compte les problèmes que cela engendrait pour lui.

Deux scénarios presque finalisés à la poubelle, ça la fout mal. Huit mois de perdus. J'en étais désolée mais au fond nous savions tous que c'était nécessaire.

Huit mois de repos forcé, je n'en avais vraiment plus l'habitude.

Oui, il y avait bien des temps d'arrêt entre les tournages qui pouvaient aller jusqu'à deux mois, mais ce n'étaient pas réellement des vacances. Entre le travail sur les nouveaux textes, les interviews et émissions pour les diffusions, les synchros, tout le boulot de préparation, je ne pouvais pas vraiment décompresser, me laisser aller. Cette fois-ci c'était l'occasion de me reprendre en main, de prendre soin de moi, de profiter de ma famille.

Tout à coup je pouvais céder à la fatigue et on sait tous qu'elle se manifeste quand on s'arrête.

*
**

Fatiguée ? Je ne l'avais jamais été, à part peut-être quand j'ai eu Sam.

Parce que faut le savoir, faire un bébé ça fatigue.

Moi je n'y croyais pas mais ça commence quand on est enceinte. Il est vrai que j'ai cessé de tourner à presque sept mois de grossesse et que j'ai repris quand Sam avait deux mois.

Je n'avais aucune idée de ce qui m'attendait quand j'ai accepté ces conditions. J'ai toujours eu tendance à présumer de mes forces. Normal, j'ai été élevée à la méthode Coué.

– Non, Diablotin, pas Cauet, Coué, Émile Coué. La méthode de ce bon vieil Émile est basée sur l'autosuggestion. Tu sais, du genre : je vais bien tout va bien, je suis gaie tout me plaît.

Donc pour moi, enceinte pas enceinte, ça changeait quoi, hein ?

Et j'avais raison. Jusqu'au troisième mois, tout allait comme avant. Je tournais un épisode à Genève, mon bébé commençait tout juste à faire sentir sa présence, je pouvais encore mettre tous mes pantalons.

– Oui, oui, je vais être honnête, Diablotin. Au début du tournage je les fermais et plus à la fin. Mais ça c'était normal, c'était pas à cause de ma gourmandise… ou pas seulement.

C'est quand j'ai tourné les épisodes suivants avec Josée Dayan, entre le cinquième et le septième mois, que ça s'est corsé.

En préparation, la directrice de production m'avait fait part de sa décision d'engager une doublure. Je me suis tout de suite rebellée.

– T'en fais pas un peu beaucoup, là ? À quoi ça va servir ? Je déteste déléguer, j'ai le désagréable sentiment de rater quelque chose et puis je ne suis pas malade, je suis enceinte.

– Bien sûr, mais c'est juste au cas où. On t'a aussi prévu un petit lit de camp pour les coups de pompe quand on est trop loin des loges.

– C'est une blague ? Tu me connais, les coups de pompe, j'ai plutôt l'habitude de me les mettre au popotin et puis ça repart.

– Je sais. Le lit de camp sera là mais tu n'es pas obligée de l'utiliser.

– Non mais vous êtes sérieux ? Vous me foutez la honte. Je ne m'allongerai jamais là-dessus, je vous dis. En plus je suis incapable de faire la sieste au milieu de tout le monde. Oh et puis ça va, les filles ! Arrêtez vos petits clins d'œil complices genre nous on sait, on est déjà passées par là. Je vous dis que c'est pas la peine.

Et comme promis je les ai boudés, le petit lit et l'oreiller qui me suivaient partout… au moins les quatre premières semaines. Et puis un jour, j'ai pris comme un grand coup de massue derrière la nuque et je me suis mise à m'endormir partout. Au maquillage, sur un fauteuil entre les prises, assise à mon bureau, en pleine phrase.

Fanny, mon habilleuse, me proposait sans cesse de me reposer un peu. Je dédaignais l'invitation. On a sa fierté, quand même.

– Je sais que tu n'es pas fatiguée mais je te l'ai mis dans le petit coin tranquille, là-bas, me disait-elle, goguenarde. Pas pour dormir, bien sûr, mais si tu as envie de t'allonger cinq minutes.

Évidemment que j'en mourais d'envie et comme ce n'était pas pour dormir, hein ! Y a pas de mal à se faire du bien.

– Bon je m'allonge, mais juste pour réviser mon texte.

… zzzzzz…

– Véro, réveille-toi, ça va être à toi et Dominique veut te faire un raccord maquillage.

– Hein quoi ? Comment, « réveille-toi » ? Mais je ne dors pas !

– Non, mais tu fais tellement bien semblant depuis vingt minutes ! Alors continue à ne pas dormir et vas-y.

– Mais puisque je te dis que je dormais pas.

Là vous venez de rencontrer Véronique Genest multi-7 d'or de la mauvaise foi. C'est mon jeu favori. Presque un art.

Ce petit lit de camp a été ma bouée de sauvetage. Je l'aurais volontiers gardé à vie. Tout comme ma doublure. Ça aussi, c'était agréable. On mettait la scène en place avec le réalisateur et pendant que la technique éclairait, hop un plongeon dans les bras de Morphée et le tour était joué.

Mais chut ! Pour l'équipe je n'avais pas sommeil et je ne dormais pas. Non mais !

N'empêche qu'au début du septième mois, j'étais contente que ça s'arrête. Je pensais que j'avais connu le summum de la fatigue. J'en pouvais plus. Vivement que j'accouche. Le dernier mois est un enfer.

Que c'est mignon, un ventre qui bouge !

Tout le monde veut sentir et pose sa main. T'es devenue la Géode. Tu te dis que si tu faisais payer chaque visite, tu ferais fortune.

Il y a même un moment où l'on peut s'abstenir de toucher et se contenter du visuel tellement ton ventre prend des formes inattendues. Oh un pied, oh une main ! Oh un…

– Non Diablotin, on s'arrête là, je te vois venir. Oui c'est un garçon, on sait.

Le mien, ça lui prenait souvent pendant les déjeuners, et si ça pouvait être un déjeuner important c'était encore mieux. Je n'irai pas jusqu'à dire que je me prenais des pains dans la figure avec ses pieds mais ce n'était pas loin. J'en avais le souffle coupé et tout le monde s'arrêtait de parler pour regarder le spectacle.

Ça lui prenait aussi et surtout le soir, juste au moment où je sombrais.

Je ne savais pas qu'il me préparait ainsi doucement à ce qu'allaient être mes nuits quand il serait enfin là.

*
**

Cette fois-ci c'était pas pareil, je n'étais pas enceinte, à part peut-être d'un gâteau au chocolat.

Mon repos forcé m'a permis de partir quelque temps en cure, de me mettre à écrire, d'envisager d'autres perspectives.

J'en suis revenue gonflée à bloc et dégonflée physiquement.

Pendant ce temps une nouvelle vie s'était écrite pour Julie.

Une Julie solitaire et prête pour de nouvelles aventures policières et sentimentales. Nouvel appartement, nouveau commissariat.

Nous avions élu domicile quai d'Ivry chez Édouard Leclerc. On n'y était pas mal, la vue était belle et la cantine excellente. J'étais plutôt contente de ne plus sacrifier à la sacro-sainte entrée au commissariat vers la main courante en m'exclamant : « Alors, la nuit a été calme ? »

Je l'étais moins du vide laissé par notre Bulot et par Héroux. Le Bulot, c'est le surnom dont Sophie Arthur s'était auto-affublée et qui collait parfaitement à Christelle, toujours collée derrière son bat-flanc à l'accueil. Avec Pierre Cognon qui nous campait Héroux, un flic un peu bas de plafond, ils formaient un couple de comédie détonnant dont les petites histoires rompaient la monotonie du commissariat.

Pierre Cognon n'avait pas remplacé Jean-Paul Rouve, notre Léveil, il avait créé un personnage pour qui les auteurs avaient eu envie d'écrire. Ç'avait été la même chose pour Léveil, d'ailleurs quand Jean-Paul était arrivé sur la série, c'était pour apporter un petit pot à un bébé. Une saynète qui avait scellé son destin. Il nous avait plu, était devenu « Léveil », un flic auquel nous avions donné ce côté Jean de la Lune qui nous avait charmés.

Il était particulier. Il n'aurait pas percé ici, il aurait quand même fait son chemin.

Avec le nouveau commissariat, c'est toute cette époque qui disparaissait. Fini N'Guma, Kaplan, Léveil, Héroux, Christelle et la chaleur qu'ils apportaient aux Clairières. Ils laissaient un grand vide.

Heureusement la venue de mes trois nouveaux lieutenants l'a, en partie, comblé. Beaux, jeunes, sympathiques. Quelle bonne surprise ! Je les ai tout de suite aimés.

D'abord Jean-Charles Chagachbanian. Avec son charme, son œil pétillant, son esprit d'escalier, le bon petit diable qui l'habitait. Ç'a été immédiatement une évidence, un coup de foudre amical. On faisait partie de la même famille.

Pour Guillaume Gabriel, avec ses yeux trop bleus, sa grande jeunesse et sa maladresse, alors là, pas évident. À cause de son physique, j'aurais même pu passer à côté de la belle personne qu'il était si d'une pichenette humoristique il ne m'avait retournée dans la seconde comme une crêpe. Eh oui ! On peut être beau et intelligent et sensible et généreux et travailleur. C'est sûr, c'est pas facile à avaler, tant d'injustice.

Quant à mon troisième larron, c'était une larronne et pas n'importe laquelle : Isabelle Vitari. Adorable Isabelle, gentille, bonne camarade. Elle ne faisait pas ses premiers pas mais presque, avec une nature, une liberté, une vérité impressionnantes. Elle n'avait pas besoin de s'imposer, elle était. Tout ce que j'aime.

Dommage pour moi, TF1 a dû flasher autant que moi pour me l'enlever aussi vite au profit de *Seconde chance*. J'ai essayé de lui conseiller de ne pas lâcher *Julie*, bien que j'aie compris son envie devant une telle proposition, elle est partie.

J'ai été triste pour elle de l'échec de ce programme. J'ai tenté de la récupérer, mais on ne me l'a pas permis. Sans doute avait-on pour elle d'autres perspectives. Aujourd'hui, je suis heureuse de son succès dans *Nos chers voisins*, c'est mérité.

On a quitté Leclerc peu de temps après pour la tour Montparnasse.

Là j'ai adoré. Nous étions vraiment au cœur de la capitale. En faisant le tour du décor on voyait tout Paris. Je pouvais tenir la tour Eiffel dans ma main. On s'extasiait tous les matins devant de sublimes levers de soleil.

On y est restés un long moment. Puis nous avons dû la quitter.

Le dernier décor, ç'a été La Défense. Bof, bof et rebof. Un peu trop ambiance carcérale à mon goût mais vous me direz, pour un film policier…

Voilà. Je crois qu'on a fait le tour des commissariats de Julie. On en a pas mal changé quand même.

*
**

– Ça y est. Vous avez enfilé un jogging ?

La voiture est en bas, on y va.

Je vais en profiter pour revoir un peu les séquences de la journée. Eh oui j'ai du bol, je ne suis pas malade en voiture. J'ai juste du mal avec l'odeur de la clope froide dans les cendriers ou du plastique neuf du tableau de bord. C'est fou ce que les odeurs me dérangent le matin.

Ce que je ne supporte pas non plus, ce sont les conducteurs timorés. Ça me donne envie de prendre le volant. Je ne demande pas des excès de vitesse mais un minimum de célérité. J'ai tellement l'impression de perdre mon temps en voiture…

D'un autre côté je comprends que le stagiaire qui assure mon transport fasse des excès de zèle dans la prudence. On ne se voit pas confier la superbe voiture de fonction de Julie, et Julie en prime, sans appréhension. Pour lui c'est un peu comme s'il conduisait le camion rempli de nitroglycérine du *Salaire de la peur*. C'est une lourde responsabilité, au moindre faux pas, ça peut lui péter à la figure.

En même temps, je ne regrette pas de ne pas être dans le véhicule qu'il utilise habituellement. Par nature un stagiaire est jeune, inexpérimenté, a un salaire de stagiaire et donc la première voiture d'occase qui va avec. Genre la poubelle avec les poignées à l'intérieur qui avait pris Coluche en stop dans un de ses sketchs. Vous voyez ? J'ai eu la mienne aussi. C'était une deux-chevaux. C'est le type de véhicule qui nous emmène quand on débute dans le métier et on est déjà extrêmement heureux de ne pas se retrouver dans le bus des figurants.

Le bus des figurants, c'est ce que je prenais sur *Nana*, je l'attendais aux aurores dans un café à une porte de

Paris et il nous conduisait sur le lieu de tournage, souvent à une bonne heure de route. Je pensais que c'était normal, je ne disais rien, déjà bien contente de ne pas avoir à utiliser les transports en commun.

Les figurants arrivent souvent en premier car il faut leur trouver des costumes, les maquiller, les coiffer. Ils sont nombreux donc ça prend du temps. En conséquence, j'étais très en avance par rapport à ma convocation et repartais généralement très tard car même si j'avais terminé plus tôt, ce qui se produisait de temps en temps, je devais attendre que les derniers figurants soient payés pour que le bus démarre.

Au bout d'un mois de ce rythme, j'étais sur les rotules.

Il faut dire aussi que j'étais pratiquement de toutes les séquences, que je portais des costumes très lourds, que les corsets, en dehors de me couper la respiration, me cisaillaient la taille et qu'une fois rentrée à la maison, je devais apprendre des pages de texte pour le lendemain.

Même si c'était un plaisir, la fatigue me fragilisait et quand arrivèrent les scènes où mon bien-aimé Fontan me transformait en punching-ball cela devint très dur. Alors de temps en temps je m'enfouissais dans les crinolines de la salle d'habillage et, ainsi dissimulée, me vidais de mon stress et de mes larmes avant de piquer un bon somme. C'était ma soupape.

Qui est allé le rapporter à Maurice Cazeneuve ? Je ne le sais toujours pas. Ce que je sais c'est qu'un jour il m'a débusquée et passé un de ces savons !

– Il fallait le dire, que tu n'étais pas capable de supporter la charge de ce rôle ! Moi j'ai cru que j'avais affaire à une battante et tu t'effondres au bout d'un mois. Il nous en reste trois avant la fin du tournage et tu craques ? Mais c'est pas possible ! Dors au lieu de faire la fête le soir.

J'étais anéantie.

– Non je ne sors pas, non je ne fais pas la fête.

Mais mes paroles se noyaient dans mes sanglots. Sans doute avait-il raison, je n'étais pas assez costaude.

– Bon arrête de pleurer maintenant et rentre te reposer, dit-il plus calmement. Qui te ramène ?

– Le bus…

– Quoi le bus ?

– Faut que j'attende le bus, commençai-je à pouvoir articuler.

– Quoi ?

À la façon dont il tourna les talons et fonça en hurlant le nom du régisseur, j'eus l'impression d'avoir ôté la soupape du couvercle d'une Cocotte-Minute.

Je l'entends encore vociférer.

– En bus ! Et je m'étonne qu'elle soit fatiguée ! Mais vous êtes fou, vous voulez qu'elle tombe malade ? Vous devez aller la chercher et la ramener en voiture. Vous n'avez pas compris qu'elle tient le film sur ses épaules ?

Je ne l'avais jamais vu dans un tel état. Ce monsieur si bien éduqué, si vieille France, était sorti de ses gonds. C'est la seule fois où je l'ai vu ainsi.

De mon côté j'étais en train de comprendre le

système. On ne prête qu'aux riches et on met du temps pour le devenir.

Sur *Maupassant*, mon deuxième téléfilm et premier film de cinéma, retour à la case départ.

Allez ! Dans le bus.

C'est très hiérarchisé chez nous. Le transport, la loge privative, le staff HMC, tout se discute en amont entre la production et les agents. Il faut croire que le mien n'avait pas su me défendre mais à sa décharge le casting était prestigieux, Brasseur, Carmet, Signoret, Miou-Miou, Gélin, alors j'étais un peu la dernière roue du carrosse.

Cette fois-là c'est Simone Signoret qui m'a « upgradée ».

Quelle femme ! De ce tournage je garderai surtout le souvenir des déjeuners où je l'écoutais raconter des histoires. Je buvais du petit lait. C'était mon modèle.

Elle était à la fois sûre d'elle et pleine de doutes. Et très attentive aux autres. C'est elle qui, passant près de moi un soir et me voyant attendre, assise sur les marches du bus, est allée exiger sans rien me dire qu'on mette une voiture à ma disposition.

Je ne l'ai appris que plus tard. Généreuse et discrète.

Prête à se battre pour les autres.

Arrivée à un certain niveau de notoriété tu n'as plus à te battre, ça se fait automatiquement et souvent même avec un peu trop de componction à mon goût, au point que tu te demandes si dans cinq minutes on ne va pas t'appeler « Votre Altesse ». Non seulement tu es gâtée, tu as ta voiture, on te ramène dès que tu as fini de travailler, on vient te chercher juste à l'heure où l'on a besoin de toi et en plus on enfile cinquante paires de gants pour te demander si tu aurais la bonté d'accepter que tel comédien qui habite pas loin de chez toi profite de ta voiture. Rien que pour leur montrer l'absurdité de leur question tu as envie de leur répondre :

– Non, il n'a qu'à rentrer à pied.

Y a-t-il vraiment des acteurs assez cons pour exiger d'être seuls dans une voiture ? Moi je n'en connais pas, mais ça doit exister pour que les gens du métier soient à ce point tétanisés devant les comédiens confirmés.

Moi c'est le contraire. Je n'aime pas être seule et j'adore bavarder et rigoler.

Le matin le stagiaire derrière son volant est la première personne du tournage que tu vois, et lui il te voit comme personne. Si tu veux passer une bonne journée il faut qu'elle commence bien, donc il faut le choisir avec soin parce que ça risque de devenir un de tes meilleurs potes.

Sur *Julie*, j'en ai eu trois mémorables : Bigrat, Guigui et Kraté.

Non pas trois parce que je voulais en changer, au contraire, je les aurais bien gardés avec moi. Trois parce qu'ils ne restent pas stagiaires toute leur vie et heureusement pour eux ! Tous sont au sommet aujourd'hui.

Normal, s'ils m'ont plu c'est pour leurs qualités et leur esprit d'initiative. *Julie Lescaut* c'est une école, un creuset, les bons montent en grade au fur et à mesure.

Leslie est arrivée première assistante, est passée directrice de production pour finir directrice artistique. Björn Andrén, notre dernier directeur de production, a débuté comme stagiaire chez *Julie*. Pour ne citer que ceux-là, mais les exemples sont nombreux.

Ça peut paraître un peu prétentieux dit comme ça, mais c'est la réalité et, pour moi, une grande fierté.

La fidélité ! Voilà le mot qui peut résumer les années *Julie*. Certes il y a eu des ratés, des contre-exemples, des incompréhensions, des séparations douloureuses, mais ils n'étaient pas du fait de l'équipe. Elles venaient de plus haut, de considérations qui échappent au sentiment familial.

Quant aux mésententes et aux mésalliances, il y en a eu aussi, on ne vivait pas chez les Bisounours. Mais elles ont finalement été assez rares.

***

On ne doit plus être très loin maintenant. J'ai jeté un coup d'œil à la journée. Il y a du taf. On doit faire quatre minutes quarante.

Ce n'est pas énorme, la moyenne c'est cinq minutes utiles par jour.

Quand je dis « minutes utiles », ce n'est pas le temps de travail de la journée, parce que j'en vois qui commencent à dire « Ben ils se foulent pas » ou « C'est bien payé pour cinq minutes de boulot ».

Non. C'est cinq minutes qui, une fois montées, vont se retrouver dans le film. Le reste poubelle.

C'est une moyenne, il y a des jours où on fait plus et des jours moins, comme par exemple ceux où l'on tourne des scènes de cascades. Ça nécessite beaucoup de plans et c'est souvent très long à mettre en place.

Non : on ne filme pas les chutes du Niagara, on filme des cascades avec des cascadeurs.

Ce sont des journées assez chiantes en général. Tu poireautes beaucoup, la doublure fait tout ce qui est amusant et il ne te reste plus que la partie comédie où tu alignes les phrases intellectuelles, genre « Haut les mains peau de lapin la maîtresse en maillot de bain ».

D'accord c'est une caricature mais on n'en est pas très loin.

– Lâche ton arme… C'est fini pour toi… Tu ne t'en sortiras pas.

On peut faire des variantes.

– Pose ton arme… C'est terminé… T'as pas d'issue.

Je crois que je les ai toutes faites en vingt-deux ans et j'allais bientôt les tenter en chinois histoire de me dépayser un peu.

Nous voilà rendus. Regardez, ils sont tous là à prendre leur petit déjeuner autour de la table régie.

On est nombreux, hein ! Vous n'imaginiez pas voir autant de monde.

Une quarantaine. Et ça c'est l'équipe minimum. Huit à la régie, cinq à la mise en scène, la scripte, trois au son, six à l'image, quatre à l'électricité, quatre à la machinerie, quatre au HMC, six à la déco, l'accessoiriste et les comédiens.

Et les jours où il y a des figurants ou des plans avec des grues ou des cascades, on est encore plus nombreux parce que les chefs d'équipe prennent des renforts.

La régie arrive toujours en premier et repart en dernier. Je ne sais pas trop quand ils dorment. Le HMC aussi est là très tôt en fonction du nombre de personnes qu'ils doivent préparer. Tout le reste de l'équipe débarque environ une heure avant le tournage pour sortir son matériel des camions et pré-éclairer le décor.

Venez, on va au maquillage, il y aura des boissons chaudes et des croissants.

Allez zou !

– 4 –

« Le maquillage est le linceul de la beauté. »
Tahar Ben Jelloun

Roulement de tambour. RRRRRRRRRRRRaaaa.

– Et voici les loges !

Elles méritent d'être annoncées comme la principale attraction de la journée : c'est « L'ENDROIT ».

Peu importe où elles sont, que ce soit dans des cars comme quand on est en extérieur ou dans les caves de la maison de Julie, qu'elles sentent la rose ou le salpêtre, ce n'est pas le lieu qui compte, ce sont les âmes. Celles qu'on retrouve chaque fois, avec qui on partage tout, les joies comme les peines. Celles qu'on connaît par cœur, qu'on aime avec leur caractère et même avec leurs sautes d'humeur, avec qui on aime en rire et qu'on est prêt à soutenir contre vents et marées. Celles dont on a vu naître et grandir les enfants. La famille, quoi !

Elle s'est formée au hasard des rencontres. Sa base est pratiquement toujours la même. Au départ pas très nombreuse, elle a accepté avec chaleur ceux qui en ont épousé les codes assez simples et basiques comme la franchise, l'honnêteté, la gentillesse et l'humour. Elle est avant tout travailleuse et joyeuse.

Travailler dans l'amour, la joie et la bonne humeur, telle est ma philosophie.

Rire c'est mon oxygène, mon poumon, mon mouvement perpétuel.

Ce n'est pas forcément facile. Il y a les jours sans. Que ce soit dû à la mauvaise nuit passée parce que le petit a fait ses dents, que vous vous soyez déchirée avec votre mari ou disputée avec votre mère, que vous affrontiez votre maladie ou celle de vos proches, il faudra arriver sur le plateau fraîche, dispose et opérationnelle.

C'est ici, dans les loges, que la transformation se fait. Vous avez une heure montre en main pour vous maquiller le corps et le cœur.

Je vous présente mes petites fées.

On commence par le staff costumes.

Les costumes, ça se passe dans ma loge. Ma loge à moi toute seule que j'ai.

Bien sûr que je plaisante. C'est ma loge mais tout le monde y est bienvenu. La porte n'est fermée que quand je me change.

– Ben oui, quand même !

N'imaginez pas que c'est un palace. C'est une pièce où il y a la place pour un canapé, un miroir en pied, un portant et une machine à café. C'est ma seule exigence car je n'aime que le très bon café et j'en bois beaucoup.

Petite pièce, mais très suffisante pour le temps que j'y passe.

La doyenne de notre fine équipe c'est Framboise, dite Zézé dite Zézouille puis Zézouille ma nouille et pour finir madame Ouille.

Ça c'est inévitable. Les surnoms pleuvent et se transforment au gré des situations.

Ma Zézé est là depuis le début. C'est ma costumière. Elle crée les costumes mais n'est pas tout le temps présente sur le tournage. Elle a fait les trois premiers épisodes comme habilleuse, donc assurait le suivi et l'entretien de tout ce qui avait été prévu par la costumière et habillait aussi les acteurs.

Je dois vous dire honnêtement que je ne me rappelle plus le nom de la première costumière, et je ne vais pas tricher en allant le rechercher dans mes listes. Elle ne m'a pas marquée et pour cause, les costumes des deux premiers épisodes ne me correspondaient pas vraiment. Je me sentais trop embourgeoisée par les choix qu'elle me poussait à faire et quand je découvrais un costume qu'elle avait prévu et que nous n'avions pas vu ensemble c'était pire.

Je me souviens comme si c'était hier du déshabillé et des mules sur lesquels elle avait jeté son dévolu pour une séquence de nuit. Waouh ! Une robe de chambre en satin avec de la plume genre boa qui vole partout et chatouille le nez. Vous imaginez ?

– Oui c'est très joli mais on n'est pas dans *Absolutly Fabulous* là, on est dans *Julie.*

Mais si j'aime bien *Absolutly Fabulous* sauf que ce n'est pas vraiment le même genre de personnage. Moi, Julie, je la voyais plutôt à poil ou avec un grand tee-shirt.

À poil… sous les draps bien sûr ! C'est tous publics quand même.

Heureusement…

Zézé est arrivéééee[1].

Sans s'presseeerrr.

C'est ma Zézé, sacrée Zézé…

Elle a sauvé la situation.

Devant mon air accablé, elle a fait surgir, de derrière son dos, la tenue bis à laquelle elle avait pensé et qui comme par miracle collait pile-poil à l'idée que je m'en faisais.

Sacrée Zézé va ! Ha, ha !

Pourquoi je n'avais pas ouvert ma grande gueule avec la costumière ? Oui, c'est un fait, j'aurais pu mais je n'osais pas encore imposer ma vision du personnage. Je lui avais pourtant laissé entendre que le look ne me convenait pas, que je la voyais moins fifille, plus *working girl sexy*, mec. Alors est-ce que je n'avais pas bien articulé ? C'est ce que je me suis demandé quand Zézé m'a tendu le joli pull rayé multicolore genre Deschiens que je devais enfiler. Ça piquait les yeux, j'ai pas pu.

---

1. Sur l'air de *Zorro est arrivé*, d'Henri Salvador.

– Ça ne te plaît pas ? Change ! m'a dit Josée Dayan venue réaliser le troisième épisode. C'est toi Julie, et personne d'autre. Si tu veux t'approprier le personnage, ça commence par les costumes.

Du coup la proposition bis est devenue LA proposition et tout naturellement, puisque Zézé faisait tout, j'ai demandé qu'elle passe costumière dès les épisodes suivants.

Accepté ! *Yes !*

Zézé est donc revenue avec Fanny, sa fille, comme habilleuse. Fanny, c'est la grande gigue que tu vois là, dans la loge, et qui n'a pas bougé depuis vingt ans. On peut dire que c'est elle qui en a fait le plus parce que Zézé s'est arrêtée avant la fin.

Je devrais dire « parce qu'on l'a arrêtée » avant la fin. Non, elle n'est pas en prison rassurez-vous mais à la retraite un peu anticipée, gentiment poussée vers la sortie par le « château ».

Le « château » ? C'est la boîte de production.

– Aïe aïe aïe, tais-toi malheureuse !

– Mais t'inquiète, Diablotin. Je les connais bien au château, ils sont cool. Jean-Pierre Guérin et Véronique Marchat ne sont pas seulement mes producteurs, ce sont mes amis. Et puis, c'est pas méchant de dire « le château », c'est le nom de la rue qui abrite la prod.

Bon, comme ça ne leur plaisait pas et qu'on est sympa, on a changé et on a dit « *From the castle* ».

– Oui ça veut aussi dire « du château » mais en anglais. C'est mieux non ?

Donc ma Zézé zélée est partie *because the castle* mais Fanny est restée jusqu'au bout avec notre nouvelle costumière, la charmante Sophie Puig.

Fanny ! Que vous dire de cette infatigable demoiselle, mère de Jules et de Léo dont je suis la marraine ? Ça risque d'être long et compliqué car Fanny est complexe. Un sacré caractère, ne mâchant pas ses mots souvent justes ? Un petit oiseau fragile que la vie n'a pas épargné déguisé en aigle inatteignable ? Une joyeuse délurée pince-sans-rire et piquante ? Une battante, fidèle et courageuse ? Oui c'est tout ça Fanny, et surtout celle qui m'a vue le plus souvent en slip. Ça crée des liens et une grande complicité.

Maintenant on va aller dans la loge réservée au maquillage-coiffure.

Ils doivent déjà être en train de préparer les autres acteurs. Moi je passe en dernier. Privilège du rôle : je suis là tous les jours donc j'ai le droit de dormir un peu plus.

– Quoi privilège de l'âge ? T'es pas bien, Diablotin ? Quand *Julie* a démarré j'avais à peine plus de trente balais.

Je vais d'abord à la coiffure, toujours !

C'est le poste où il y a eu le plus de changements. Certes c'est très important la coiffure, mais j'ai un cheveu plutôt facile. Le principal pour moi c'est la coupe et ma coupe, depuis *Nana*, c'était mon ami Jacques Moisant qui s'en chargeait. Surtout après que j'ai vu œuvrer notre première coiffeuse. Ouille ! Je ne lui aurais même pas confié ma mèche à raccourcir. Elle ne coiffait pas mal mais elle coupait vraiment comme un pied et encore, mon pied, à côté du sien, c'était Jacques Dessange. Une catastrophe !

Parce qu'elle aimait ça, en plus. Donc elle ne cessait de proposer des petits rafraîchissements de coupe aux acteurs qui passaient et réussissait à choper ceux qu'on n'avait pas eu le temps de mettre en garde.

Sur *Ville haute ville basse*, le pauvre Jean Benguigui avait eu droit au super trou dans la couronne de cheveux. Déjà qu'il en avait pas des tonnes !

Il valait mieux en rire qu'en pleurer, alors quand on arrivait trop tard et que la victime, en train de passer à la casserole, croisant notre air accablé dans le miroir nous demandait :

– Qu'est-ce qu'il y a ? Y a quelque chose qui va pas ?

... On répondait à l'unisson :

– Non, pourquoi ? Tout va bien c'est super !

Et sans plus attendre, nous nous mettions à chanter en chœur :

Avoir des bons copains
C'est ce qu'il y a de meilleur au mon... on... onde.
Oui car des bons copains
C'est plus fidèle qu'une blon... on... onde...

Vous la connaissez ? C'est un air très entraînant.

Ce n'était pas gentil pour la coiffeuse ?

Oui pas très gentil mais d'abord elle ne comprenait certainement pas puisque la plupart du temps elle chantait avec nous. Ensuite ce n'était pas faute de l'avoir prévenue. Je lui avais dit gentiment qu'il ne fallait pas qu'elle coupe, que franchement, les escaliers c'est bien pour changer d'étage mais que ça n'a rien à faire sur une tête. Je lui avais même décroché un stage gratuit chez Moisant pour qu'il lui apprenne les dernières techniques. Mais non, elle n'en avait pas besoin, elle savait.

Elle s'entraînait même de temps en temps sur les assistants à l'heure du déjeuner. Comment ils en ressortaient, ça c'était leur problème. Après tout c'était très avant-gardiste : la mode hérisson perdu dans les escaliers.

Je l'ai gardée pourtant sur quelques épisodes. Si elle avait accepté le stage je n'en aurais pas changé mais après son refus ce n'était vraiment plus possible. Pour la suite je suis allée chercher à la source. J'ai débauché Balthazar de chez Moisant. À partir de là ç'a été le bonheur pendant de longues années. Quand Balthazar a dû partir pour raison familiale j'ai été très triste mais Frank, un garçon qui venait de temps en temps en renfort, a pris sa place et a su gagner ma confiance. Jérôme est le dernier en date et occupe la place depuis quelques années. Il a beaucoup de caractère, il est adorable et me fait beaucoup rire avec son accent du Sud et son discours fleuri, mais surtout c'est un coiffeur hors pair ! Cerise sur le gâteau : il s'entend bien avec ma maquilleuse Dominique.

Mais qui ne s'entend pas bien avec Dodo, notre Doudou, notre dame de Grand Popo ?

Elle est arrivée en même temps que mon fils il y a dix-sept ans. Elle m'a conquise avec ses yeux de braise, sa bouche en fraise, ses doigts de fée et son rire communicatif. Dodo c'est la gentillesse, la bonne humeur, la tendresse. Elle est à l'aise partout, dès qu'elle se pointe tout le monde l'aime. C'est mon repère et je me débrouille pour qu'elle me suive partout sur tous les films et les émissions. Elle m'a même accompagnée au Québec quand j'ai tourné *On n'est pas là pour s'aimer* avec Arditi.

J'aurais bien emmené tous les autres mais avec les budgets il faut souvent choisir et c'est toujours le maquillage et Dodo qui l'emportent.

Il faut vous dire que pour le maquillage, je suis un peu chiante. Dans la vie, je ne me maquille jamais et je déteste être maquillée. Très vite j'ai le sentiment d'être sale. Surtout quand il fait chaud et que je transpire, j'ai l'impression d'avoir un masque collé sur le visage, donc il faut que le maquillage soit léger, rapide et qu'il tienne parce que moins on vient me tripoter mieux je me porte. J'ai du mal à me regarder avant de jouer. Ça me bloque de penser au physique.

J'ai toujours été un hiatus entre mon être et mon paraître…

Ça a démarré à la puberté vers douze-treize ans, quand des formes apparaissant sur mon corps sont venues détendre par endroits mes pulls marins et mes jeans. Quand les regards qui se posaient sur moi me ramenaient à ce que mère Nature m'avait faite : une fille.

Et elle avait été généreuse avec moi, la nature ! Niveau bourgeons, elle n'en avait pas abusé sur mon visage mais s'était rattrapée en cochant la case « gironde », terme des plus élégants pour désigner des formes généreuses.

Pourquoi n'ai-je pas eu la chance d'être androgyne ? Je les enviais tellement, ces filles sans hanches et sans seins qui faisaient les beaux jours des magazines féminins.

Et puis comment désirer être distribuée dans le sous-rôle de fille ? Car c'est de ça qu'il s'agissait encore, à la fin des années 1960 ! Et même si le ventilateur mis en route par les aînées commençait à souffler un vent de liberté, il n'en restait pas moins que dans mon petit univers, l'injustice de ne pas être sur un pied d'égalité avec mon frère, tant au sujet des tâches ménagères que des sorties, m'avait fait préférer le rôle du garçon.

Pourtant ma mère était plutôt progressiste mais cela consistait surtout à me répéter sans cesse :

– Travaille ma chérie, surtout ne dépends jamais d'un homme.

Elle qui avait toujours bossé et été indépendante se retrouvait, par décision commune, prisonnière financièrement de son deuxième mari et en souffrait. Sûr, je n'allais pas suivre ce chemin-là. Je mènerais ma vie comme un homme et il n'était pas né, celui qui me dicterait ma conduite.

Cela n'émoussait pas l'attirance que j'avais éprouvée pour les garçons dès mon plus jeune âge, cela n'altérait en rien mon désir de devenir mère un jour, c'était juste un statut plus enviable et aux robes de princesses je préférais, telle George Sand, les costumes masculins.

J'ai mis du temps à accepter ma féminité. J'en doutais tellement que j'en jouais à l'extrême et plus j'en doutais plus j'en jouais, comme si exagérer la chose la rendait vivable.

Comme à l'inauguration de Canal+ en 1984. Comment oublier…

Le Tout-Paris était convié rue Olivier-de-Serres pour fêter l'événement. Dès qu'une soirée ou un festival se présentait nous dévalisions les salons de presse des couturiers à la mode. Échange de bons procédés car si cela intéressait les couturiers de voir leurs créations portées et admirées, cela nous ravissait d'être magnifiquement vêtues pour pas un rond. Le seul hic, c'étaient les tailles. Pas que j'étais bien grosse à l'époque, mais même avec un chausse-pied je ne suis jamais rentrée dans un 36. Ma créatrice préférée, habillant la femme-femme, était Chantal Thomass. Elle mettait en valeur ma taille faite au tour et mes hanches pleines brassensiennes. Mais cette fois-ci un couturier qui avait le vent en poupe m'avait proposé ses services et je me retrouvais dans l'atelier show-room d'Azzedine Alaïa, un tout petit bonhomme très *friendly* qui me tendit un body et une jupe en laine sèche lie-de-vin.

Ne voulant pas le vexer, je me suis retenue de lui dire que le côté moulant de la chose ne m'irait sûrement pas, il s'en rendrait compte lui-même. Une robe mal portée peut être aussi dévastatrice pour un créateur de mode qu'un film mal joué pour un producteur. J'enfilai donc le body qui ne dissimulait rien, mais à ce niveau-là je n'avais encore rien à dissimuler.

– Passons la jupe maintenant… Aïe… Dommage que le drapé soit devant.

Je sors de la cabine d'essayage, monte sur les escarpins qu'il me tend, pendant qu'il m'entoure et me serre la taille d'une large ceinture de cuir rigide qui accentue encore le galbé de mes hanches.

– Si vous voulez jouer un petit air de violoncelle, je suis prête… dis-je, afin de le pousser à avouer sa déception.

– C'est magnifique ! s'exclame-t-il. C'est exactement comme ça que ça doit être porté.

Ah bon ? Moi je rajouterais bien une longue veste très épaulée histoire de rétablir les proportions. Parce que je n'oserai jamais me trimballer comme ça. Ce qui se traduit dans ma bouche par :

– Et on ne met rien par-dessus ?

– Non, comme ça c'est sublime.

Je ne vais pas le vexer, après tout je ne suis pas obligée de porter ce truc, il n'en saura rien. Je vais remettre ma robe *vintage* bleu turquoise, ma belle robe années 1950 qui met en valeur la poitrine et la taille et cache si bien le reste.

C'était sans compter mon amie Micky Sébastian, venue me piquer une robe dans mon placard.

– Une robe Azzedine Alaïa ! Fais voir ! Mais c'est magnifique ! Et tu ne veux pas la mettre ? T'es folle ! Passe-la au moins, que je te dise. (Ne lisez pas cette réplique avec la voix de Nabilla mais avec la jolie voix chaude et spirituelle de Micky.)

Elle dut être persuasive, car nous voilà quelques poignées de minutes plus tard, Micky, mon ensemble Azzedine et moi-même à la soirée. C'est bondé de monde, ce qui me remplit de joie car personne n'a le recul suffisant pour me voir en pied. Je me détends, papote avec les uns et les autres.

– Tu es déjà passée ?

– Pardon ? Passée où ?

– Dans l'émission, tu es sur ma liste. Viens on y va maintenant, m'ordonne un jeune homme d'un ton sans réplique.

Je le suis et voilà-t-il pas qu'il emprunte le grand escalier au centre du hall. Glups ! Je bloque. À part monter à reculons je ne vois pas comment échapper à l'étalage de mon popotin en Cinémascope.

Il est déjà loin, je peux faire demi-tour et lui dire que je l'ai perdu de vue. Voilà, c'est ça que je vais faire.

– Je suis là Véronique ! me dit la voix à l'autre bout de la main qui se pose sur mon épaule.

– Cool c'est trop gentil, j'ai eu peur de vous perdre ! m'entends-je dire avec un sourire forcé.

Là, ma grande, tu peux plus reculer.

Dans un moment pareil, qu'est-ce que je fais à votre avis ? Je monte à reculons et en priant que personne ne me voie ? J'envoie une bombe de l'autre côté de la pièce histoire de détourner l'attention ? Je m'évanouis ?

Rien de tout ça. Je les grimpe, ces putains d'escaliers. Je les prends à bras-le-corps et me lance dans un déhanché voluptueux et provocateur. Ah vous voulez du sexy, du bandant, je vais vous en donner !

Le pire c'est que ça a plu, vu les applaudissements nourris qui accompagnèrent la redescente de l'enfer.

Mais de toute façon peu importaient les conséquences, c'était ça ou disparaître. Comme je n'étais pas magicienne, j'avais opté pour la provoc.

Difficilement imaginable pour une fille qui a interprété Nana, non ?

Et pourtant. Même après avoir été choisie pour ce rôle qui m'a fait démarrer, je doutais. Je me souviens de la panique qui m'a saisie quand je me suis plongée dans la lecture du scénario.

Six heures de film. Six longues heures de lecture au cours desquelles je me décomposais. Le scénario, très descriptif, était sur deux colonnes. Celle de droite les dialogues, celle de gauche les didascalies. Et que disaient ces didascalies ? Elles parlaient de Nana descendant sur sa balancelle des cintres du théâtre où l'on donnait *La Blonde Vénus*, et la description qui en était faite me donnait des sueurs froides.

Elle arrive, elle est sublime, magnifique, somptueuse, il n'y avait pas assez d'adjectifs pour qualifier la merveilleuse créature. Comment allais-je faire ? J'étais anéantie.

Il fallait que je dise à Maurice Cazeneuve que ce n'était pas moi, qu'il faisait fausse route. Il fallait que je le voie tout de suite.

J'avais couru au studio Francœur et, tout essoufflée, lui avais presque crié :

– Je n'y arriverai pas ! On s'est trompés. Je suis désolée de vous avoir fait perdre votre temps mais je ne saurai pas être sublime, merveilleuse, resplendissante…

Je me souviens de sa mine d'abord déconfite qui s'illumina d'un gentil sourire, puis il me dit en riant :

– Occupe-toi de la colonne de droite. La colonne de gauche c'est mon travail.

Au fond j'étais heureuse de cette réponse et soulagée de m'être déchargée du problème. Il ne pourrait pas dire que je ne l'avais pas prévenu. Restait plus qu'à me laisser aller sans y penser.

J'ai besoin de distance pour m'apprécier. Je ne regarde jamais les films quand je viens de les terminer et faire les synchros est pour moi un calvaire.

C'est quoi la synchro ?

C'est refaire le son de quelques passages parce qu'il y a eu du bruit, ou qu'on ne comprend pas bien. On doit redire le texte qui défile sous l'image. Moi, si je pouvais juste voir la bande ce serait génial, mais il y a les images et en synchro on les voit, les revoit et on a même droit à des arrêts sur image des plus ravissants. Tu sais, du même genre que la photo que tu as déchirée parce que tu étais juste en train de parler et que tu avais l'air d'une débile ! Autant te dire que si t'as pas le moral, t'as intérêt à cacher les médocs.

En fait, il faudrait toujours se regarder quelques années plus tard quand le temps a fait son œuvre et que vous pouvez vous dire : « Finalement je n'étais pas si mal. »

Je ne connais pas beaucoup de femmes folles de leur corps et celles que je connais et qui le sont ne font pas partie des plus brillantes. Soit que la conscience de leur beauté et sa contemplation suffisent à emplir leur quotidien, soit que la préoccupation de leur physique et les heures qu'elles passent à se pomponner les empêchent de penser à inventer la poudre, mais c'est un fait, j'ai rarement connu des intellectuelles qui s'auto-kiffaient. Cela ne veut pas dire qu'elles sont moches, cela veut juste dire qu'elles n'ont pas conscience de leur beauté, qu'elles en doutent. C'est le doute qui fait avancer. Sans doute pas de questions, et sans questions pas de réponses.

Ça s'est un peu apaisé au fil du temps. On s'est apprivoisés mon corps et moi, on a appris à cohabiter. On s'est même bien accordés pendant un bout de temps. Enfin disons qu'on a décidé de s'accepter. C'est un vrai travail sur soi-même qui demande beaucoup d'énergie et la conscience profonde de la pérennité des choses. La beauté n'est pas éternelle, la jeunesse ne l'est pas non plus, alors il vaut mieux ne pas tout miser sur le même cheval. J'ai connu tellement d'actrices qui, ne jouant que de leur physique, ont vécu ce que vivent les roses l'espace d'un instant, et des hommes magnifiques si insipides qu'ils en devenaient très vite laids. En revanche, le cœur et la beauté intérieure s'épanouissent et une femme ou un homme moins gâtés à la base peuvent devenir sublimes. De même qu'une très belle jeune personne, si elle ne mise pas que sur sa splendeur, peut durer même quand le physique change.

Donc voilà : s'accepter est le maître mot. Y a plus qu'à !

Ma mère avait raison, facile à dire quand on a la jeunesse.

Parce qu'un jour tu t'assois devant le même miroir de la même loge, tu croises ton image et…

– C'est quoi ces rides, cet empâtement, ce respect qu'on me témoigne, ces « Madame » ? Hé oh ! C'est moi, Véronique, toujours la même avec ses doutes, ses passions, ses angoisses. Toujours prête pour la déconnade, l'aventure, prête à prendre des risques avec la même énergie.

– Oui ma grande ! Je sais, mais avoue, le reflet n'est plus le même.

– Qu'est-ce que je dois faire ? Faut-il que je sacrifie au dieu Chirurgie esthétique ? Que je prie saint Botox de me momifier, que je fasse un pèlerinage à Sainte-Injection-dans-les-ridules trois fois par an ? Désolée mais j'ai trop peur de ne pas me reconnaître, trop peur des aiguilles, j'y passerai à la Saint-Glinglin.

A-t-on vraiment besoin de ça ?

Pour l'instant rien ne presse, mais je ne peux pas dire que je n'y pense pas.

Je fais l'autruche, je me regarde le moins possible.

Pour bien jouer je dois oublier mon apparence et pour cela il faut que j'aie confiance non seulement dans la vigilance des personnes qui m'entourent mais aussi dans leur objectivité. Il ne s'agit pas d'être ce qu'on n'est pas.

Pour ça ma Dodo est top, et même si elle est très susceptible et qu'on peut la mettre très rapidement de travers, nous avons atteint un degré d'intimité tel que nous pouvons tout nous dire et rire de tout.

Elle revendique d'être ma première fan mais ne se privera pas de me remettre à ma place si elle trouve que je charrie. D'ailleurs personne dans mon staff ne s'en prive et c'est ce que j'aime ; il n'y a rien que je déteste plus que l'hypocrisie.

Je me rappelle quand j'ai arrêté de fumer en 2002. C'était en été sur un épisode mis en scène par Dominique Tabuteau. J'avais vu, entre deux portes, chez des copains, une femme médecin qui m'avait fait souffler dans une pipette pour tester le degré d'encrassement de mes poumons.

– Très encrassés ! avait-elle dit.

Pourtant je n'étais pas une très grande fumeuse.

Je l'ai écoutée et me suis collé un patch sur chaque bras. Le résultat ne s'est pas fait attendre, on aurait dit que j'avais mangé un paquet de ressorts. J'étais la digne fille du mariage d'un élastique avec un kangourou.

Au bout de quelques jours – eh oui, ils sont patients quand même –, ils m'ont prise entre dix yeux.

– Refume ! qu'ils criaient. Tu nous gonfles.

Bon, là aussi je transpose, mais pas beaucoup. En gros j'étais insupportable, quoi ! J'ai donc enlevé les patchs. La suite vous la connaissez, sinon je vous conseille l'excellent *46/38 Guerre et poids* que j'ai écrit sur ce sujet, toujours d'actualité car ma spécialité c'est le yo-yo.

Tout ça pour vous dire que même si on s'aime énormément on ne se fait pas que des cadeaux.

*
**

Pour en revenir aux loges, si, comme je le disais, ce n'est pas le lieu qui compte mais les gens qui l'habitent, il en est quand même une qui est la base de l'esprit de *Julie*, c'est la loge du commissariat des Clairières à Vanves.

Nous y passions trois semaines sur les huit et demie qu'il nous fallait pour tourner deux épisodes. Le commissariat servait de décor pour le bureau du procureur et du médecin légiste. Les bureaux de production y étaient basés, nous y faisions les lectures, travaillions sur les textes, organisions les pots et les fêtes de fin de film.

Venez, je vous fais visiter.

Il y a deux entrées. Celle que nous filmons et l'entrée des artistes par la cour arrière, vraie fourmilière où toute l'équipe se croise autour de la reine : la table régie.

Juste en entrant dans la cour, à droite, il y a un petit escalier qui mène à trois petites pièces.

La plus grande, qui fait à tout casser quinze mètres carrés, c'est notre loge maquillage-coiffure.

Un grand canapé confortable, deux tables sur tréteaux côte à côte face à la grande fenêtre, sur lesquelles sont posés des miroirs lumineux transportables.

– Non Diablotin, pas comme toutes les loges maquillage-coiffure !

Celle-là c'est bien plus qu'une loge, sinon je ne vous aurais pas fait monter. C'est la mémoire de *Julie*. Comme le portrait de Dorian Gray, elle porte les stigmates de tous nos délires. Difficile de vous expliquer quand et comment ils prenaient forme. Aucun de nous ne s'en souvient vraiment tant ils furent nombreux. Un mot, une idée, l'un de nous prenait une initiative et tout le monde s'engouffrait dans la brèche.

Sur le mur de droite, en entrant, « Sainte Zézé et ses descendants ». Sous une photo de Framboise visiblement habitée par la grâce, s'articulent à la manière d'un arbre généalogique des photos de nous, à tous les âges de notre vie et dans les situations les plus cocasses, au milieu d'objets accrochés tels des ex-voto.

Sur le mur de la fenêtre, des centaines de signatures se chevauchent pour pallier le manque de place.

À gauche de la porte, sur un petit bout de mur, c'est le « Club des lapins » où nous figurons tous sans exception, les acteurs, les auteurs, la production, TF1 compris, affublés d'un serre-tête transformé en oreilles de lapin et exprimant chacun en gros plan notre lapin intérieur. Et je vous assure que ce n'est pas rien.

Les deux autres grands murs sont couverts du sol au plafond de centaines de Polaroïds, ces photos instantanées qui sortaient toutes noires de l'appareil du même nom et dont le développement apparaissait sous vos yeux en une vingtaine de secondes.

Toute l'histoire de *Julie* est là, les acteurs, les copains, les parents, les ventres qui s'arrondissent, les enfants qui grandissent, les grimaces. Chaque photo fait appel à un souvenir, un moment, un espace-temps.

Oh regarde celle-là ! Mouss nu avec un gros bouquet de fleurs en guise de slip. Tu te souviens ?

Zézé avait pris cette photo de Mouss et on avait trafiqué l'appareil Polaroïd pour qu'elle sorte quand la scripte prendrait sa photo raccord (elle en prend une des acteurs à toutes les séquences pour se rappeler comment ils sont habillés et coiffés). Mouss avait fait des pieds et des mains pour qu'elle le photographie en premier. On n'arrivait pas à se concentrer pour répéter tellement on riait d'avance de la tête qu'elle ferait quand elle découvrirait que le mec qu'elle venait de photographier habillé était à poil sur la photo.

On n'a pas été déçus.

Le grand problème après ça, comme à chaque fois, est de retrouver son calme. Avec moi ça peut prendre une demi-heure tant l'image reste forte dans ma tête. En vous la racontant j'en ris encore.

Quand nous étions tous là, il n'y avait pas besoin de chauffer les loges. Nous étions entassés dans ce petit réduit et nous adorions ce joyeux boxon.

On se faisait sans cesse rappeler à l'ordre par l'équipe qui préparait le prochain plan juste derrière la petite porte dérobée qui donnait dans le bureau de Julie. Vous ne pouviez pas la voir car un meuble la cachait. Alors on chuchotait pendant un moment et puis tout doucement le son remontait jusqu'à l'explosion de rires en réaction à une bonne blague que nous venions de faire.

On passait son temps à se taquiner, se piéger, se monter des plans. Ce n'était jamais méchant mais si tu n'aimais pas quelque chose il valait mieux le garder pour toi. Si Dodo n'était pas allée dire qu'il ne fallait pas lui faire de bisous dans le cou on ne se serait pas amusés, Mouss en tête, à essayer de lui en faire tous les matins.

Fanny, elle, avait une façon tellement drôle de sursauter et de crier quand on surgissait d'une cachette par surprise que les changements de costumes étaient devenus l'occasion de grandes parties de cache-cache.

C'était ma victime préférée.

– Oh la saleté, la saleté ! disait-elle en riant. C'est fini, tu m'auras plus.

Elle partait alors vers la loge des garçons que je savais tapis dans l'ombre à l'attendre, ce que ses hurlements et ses protestations me confirmaient peu de temps après.

Suite à ça, elle se méfiait pendant quelques jours. Alors nous lui promettions les doigts croisés dans le dos que nous ne recommencerions plus et dès qu'on la sentait mûre, hop on repassait à l'action.

– Vous perdez rien pour attendre… j'vous aurai un jour.

Bien sûr qu'elle nous a eus, et plus d'une fois. Surtout quand j'étais enceinte. Lorsque je ne pouvais plus m'habiller seule ni lacer mes chaussures, la bougresse s'en donnait à cœur joie. C'était de bonne guerre.

Vous l'avez compris, nous étions tous de bons petits diables à la fleur de l'âge.

*
**

Les loges c'est l'endroit où l'on se retrouve, où l'on se raconte. On reprend la conversation interrompue la veille, on parle des projets, des enfants.

Nous n'arrivons pas tous en même temps. La maquilleuse et le coiffeur ont noté les convocations sur la feuille de service. Une feuille très détaillée, distribuée chaque soir, sur laquelle figurent tous les renseignements pour chacun sur la journée du lendemain.

Les filles, qui sont plus longues à préparer, débarquent les premières. Les garçons, eux, sont très peu maquillés mais ils le sont, faut pas croire. Pas aussi bronzés orange que dans les émissions de télé mais un peu quand même pour unifier le teint. Il y en a même qui aiment avoir un peu de mascara pour souligner le regard.

Renaud adore la barbe naissante qui lui donne un côté beau ténébreux. Motta a toujours sa mèche à la Gaston Lagaffe et pas que la mèche d'ailleurs. Mouss a son maquillage spécial qui rehausse l'éclat de sa peau presque bleu marine quand il n'arrive pas trop tard pour se maquiller. C'est pas tous les jours : certains matins, on le retrouve endormi dans sa voiture devant le décor. A-t-il dormi là, s'est-il pointé trop tôt par peur d'être en retard ? Difficile à savoir, il noie le poisson dans une pirouette. Il a du mal à se confier, le Moustic. J'ai dû attendre des années avant qu'il ne se décide à me parler de son petit garçon décédé à l'âge d'un an. Ce jour-là j'ai eu l'impression qu'une barrière était tombée mais le lendemain il en avait dressé une autre. Par pudeur je pense. Pourtant je connaissais sa vie, la mère de ses enfants, Tessa sa première fille et Séléna. À ce moment-là il n'avait pas encore son fils Isaac.

*
**

À la loge, nous faisons aussi connaissance avec les acteurs de l'épisode. Certains sont déjà des copains que l'on revoit avec plaisir, ou des acteurs confirmés que leur réputation précède comme Daniel Ceccaldi, Daniel Duval, Daniel Berlioux…

– Oui que des Daniel ! Ah ben qu'est-ce que tu veux ! Si tu ne t'appelles pas Daniel, tu ne tournes pas dans *Julie*, et puis c'est marre.

Souvent ce sont de jeunes acteurs très impressionnés. C'est déjà pas facile de débarquer au beau milieu d'un tournage, j'en ai fait l'expérience, mais quand on arrive dans une équipe qui a un passé comme le nôtre c'est encore plus flippant. Va te glisser dans une conversation commencée il y a… ne serait-ce qu'un an. Alors cinq, dix, quinze. T'imagines ?

Leurs angoisses se manifestent de diverses manières. Certains se recroquevillent dans leur coin, d'autres se gonflent à en devenir antipathiques.

La plupart du temps ça se déroule très bien mais pas toujours. Il arrive que ça dérape. Je le sens tout de suite. Rien qu'à voir la façon dont Dominique et Jérôme sont tout froissés, je sens qu'il va falloir faire un peu de repassage.

On détend l'atmosphère, on rassure, on se rend plus abordable. Mouss est passé maître dans cet art et personne ne lui résiste longtemps. C'est le copain, le grand frère dont tout le monde rêve.

Mais il y en a pour qui tous les remèdes ne peuvent rien. Chez eux ce n'est pas de l'angoisse c'est de la prétention. Ils sont avant d'être, ils méprisent avant de connaître. Ils font partie du projet du bout des lèvres. Ils ont accepté de venir. Ils condescendent à faire une série populaire, mais c'est parce qu'ils ont vu de la lumière ou qu'ils se sont trompés de porte.

Quand ils sont là pour un ou deux jours on s'en arrange, on les plaint presque, ça ne doit pas être amusant de s'abaisser comme ça.

Si c'est pour une récurrence c'est plus délicat. Il faut tenir huit semaines. Alors on souffre en silence et on multiplie les efforts avant de se décider à les passer de récurrent à récurant et de les renvoyer en cuisine nettoyer leurs salades.

Ils ne sont pas nombreux heureusement, je devrais plutôt dire « elles ne sont pas nombreuses » car ce comportement, tout du moins sur *Julie*, s'est révélé essentiellement féminin.

C'est ça, dites que je suis misogyne pendant que vous y êtes ! Non, je ne le suis pas, mais un constat est un constat. Les filles sont beaucoup plus sujettes à la prise de tête.

Je ne citerai pas de nom, je n'ai pas envie de leur faire de la pub et je ne perdrai pas plus de temps à vous en parler, elles s'en vont et on les oublie. Il y a tellement de gens formidables qui méritent notre attention.

En vingt-deux ans nous avons vu défiler pas moins de mille six cents acteurs. Ça paraît fou !

Beaucoup n'étaient que des enfants, certains sont devenus des stars comme Bérénice Bejo, Jeanne Balibar ou Audrey Tautou. On ne s'en doutait pas forcément. À talent égal, plein d'autres n'ont pas rencontré la chance.

Avec la plupart on s'est éclatés et nombre d'entre eux, quand je les croise, me parlent de *Julie* avec tendresse.

Aux autres, à ceux qui ont rencontré la chance et le succès et qui pensent que cela leur confère une agrégation de littérature, j'ai envie de dire, comme le murmurait l'esclave à l'oreille de César sur son char lors de ses parades triomphales :

– N'oublie pas que tu n'es qu'un mortel.

Traduction : « C'est pas parce que tu réussis que tu es un dieu. C'est déjà une chance énorme, alors ne te prends pas la tête. »

Cela ne minimise en rien leur talent et le travail effectué ni même leur quête intellectuelle. Je suis pour l'éveil non-stop. Il n'est jamais trop tard pour s'instruire, surtout si on a loupé le coche par désintéressement en classe. Et sur ce sujet ce n'est pas moi qui vais leur jeter la pierre parce qu'à part un énorme coup de bol, un professeur qui te donne envie d'apprendre c'est aussi rare qu'un volant sur la tête d'une chèvre.

– Bon allez Véronique, assieds-toi. On va se mettre en retard.

Je m'assois et le stagiaire à la mise en scène m'apporte un bon café.

Oui, je pourrais me le faire moi-même, mais d'une part il faut se préparer rapidement et de l'autre ils ont trop peur que je me fasse un huit sans tasse.

– Un huit sans tasse ?

Oui. Huit c'est pour le numéro sur le bouton de la machine à café qui indique la quantité d'eau et je l'aime bien allongé, et sans tasse c'est parce que la plupart du temps je pose mal la tasse ou j'oublie carrément de la mettre et le café tombe à côté. C'est pas que je sois maladroite mais je suis assez tête en l'air.

Alors plutôt que de tout nettoyer, ils ont opté pour mon bannissement de la machine à café.

– Attends, je prends mon téléphone, mon texte et mon iPad.

Ça c'est pour les épisodes récents, parce que, avant que nous ayons tout ça, je sortais le *France-Soir* et en route pour les mots fléchés d'Alain Bonhomme. On n'achetait le journal que pour ça. Tout comme j'achetais *Le Nouvel Obs* pour les mots croisés de Robert Scipion. J'ai toujours été fan de mots croisés, mais pas ceux où l'on appelle un chat, un chat. Les bien tordus qui me rappelaient mes voyages en train avec Georges Perec pendant l'été 1981. Ce n'était pas seulement un auteur talentueux, c'était un verbicruciste de génie et cela nous avait réunis quand nous partions le week-end rejoindre, dans la grande maison normande, lui ses amis d'écriture et moi ma moitié de l'époque. J'en ai pour souvenir les boîtes anciennes que je collectionnais, dont il m'a fait cadeau.

Sur le tournage, tout le monde participait à notre cruciverbiage. En général nous terminions nos mots croisés assez vite, c'est une gymnastique, mais quelquefois nous y passions la journée car on ne lâchait jamais le morceau. On continuait même à chercher tout en jouant une scène. Il m'est arrivé de crier le mot comme on crie victoire au beau milieu d'une prise.

– Oups ! Désolée, ça m'a échappé.

Oui parce qu'on était en compétition, forcément. Jouer c'est bien mais gagner c'est mieux.

– Ah non, pas tricher ! On ne triche pas… Ah je vois pourquoi tu dis ça, Diablotin ! Mais cette fois-là c'était pour rire !

Ce jour-là, quand Renaud est arrivé, j'avais repris les mots croisés du journal de la veille que je n'avais pas réussi à finir. J'avais les solutions sous le nez, dans le journal du jour, mais personne ne s'en était rendu compte. Quand on est allés sur le plateau j'ai filé la grille à Renaud et j'ai fait semblant de m'occuper d'autre chose. Je les laissais tous ramer pendant les changements de plans et tout à coup je surgissais :

– Vas-y dis-moi. C'est quoi la définition ?

Dès qu'il me l'avait lue, je faisais mine de me concentrer fortement, rentrais à haute voix dans une série de déductions plus abracadabrantes les unes que les autres et, comme inspirée, donnais la solution. Ils étaient hallucinés.

Ah si j'avais eu un téléphone avec caméra ! J'avais du mal à me retenir de m'esclaffer en écoutant Renaud refaire le chemin de ce qui m'avait amenée à la solution. Alors je partais pleurer de rire un bon coup dans une pièce à côté, d'abord toute seule puis rejointe par Fanny qui m'avait surprise et puis par Dodo qui voulait comprendre pourquoi elle devait sans cesse m'essuyer les traces de maquillage qui avait coulé.

C'est mon problème. Quand je fais une plaisanterie, je ris tellement d'avance et intérieurement que je ne tiens jamais bien longtemps. Un peu comme quand je raconte une histoire drôle. Parfois, je ris tellement que je ne parviens même pas à raconter la chute.

*
**

Vous vous demandez s'il m'arrive d'être sérieuse ? Mais je suis sérieuse et concentrée ! Surtout quand je m'amuse.

Je travaille, faut pas croire. Je suis vigilante sur les textes.

C'est le papa de la série Alexis Lecaye qui en a été le principal chef d'orchestre. C'est lui qui a créé ce personnage dans un roman sorti aux éditions du Masque.

Directeur de collection, c'est un gros boulot sur une série.

Il faut trouver des auteurs.

– Ben oui. DES auteurs. Vous n'imaginez pas le temps qu'il faut pour écrire une histoire ! Alors quatre ou six dans l'année…

Les auteurs proposent des pitchs – des synthèses de ce qu'ils vont écrire – qu'Alexis et la production décident ou non de développer. Puis ils rédigent des synopsis – des schémas de scénarios d'une dizaine de pages – et si ceux-ci sont acceptés par la chaîne, on passe aux séquenciers, c'est-à-dire à la continuité du film en séquences résumées, non dialoguées. Je fais part de mes remarques à chaque étape, et participe aux séances d'écriture finales.

C'est pas simple de trouver des auteurs agréés par la chaîne. Il faut qu'ils aient fait leurs preuves. C'est assez logique. Ils avancent à l'aveugle. Difficile de juger si le mec qui a écrit dix pages sera capable de sortir un scénario correct. Ce n'est pas si évident.

De plus, sur les séries, il y a un cahier des charges énorme.

Quand une série marche on peut se permettre de tenter de nouveaux talents. S'ils ne s'avèrent que nouveaux, Alexis est là pour reprendre les textes et les finaliser.

Il y a les auteurs qui sont bons dans la structure, ceux qui sont bons dans les dialogues, et puis il y a les forts en tout qui sortent du lot. Quand on en tient un de cet acabit, croyez-moi, on ne le lâche pas et dès qu'il a rendu sa copie, hop ! Vas-y ponds-nous-en un autre. Occupons-le avant qu'il ne soit trop occupé et qu'en star de l'écriture il rende le scénario… quand il sera prêt.

Comme vous l'avez compris, un film ça se prépare. Il y a des choses qu'on peut encore régler pendant le tournage mais il y en a qui doivent être solutionnées en amont, comme le choix des acteurs et des décors.

Et pour les choisir on doit avoir un… on doit avoir un…

Allez je vous laisse encore une chance !… On doit avoir un…

Scénario !

– Bravo. J'en vois qui suivent. Pour les autres reprenez quelques lignes plus haut ou si ça ne vous intéresse pas sautez directement à la page suivante.

Comme le disait si justement ma grand-mère : « Si tu n'aimes pas, n'en dégoûte pas les autres. »

Bon je reprends.

La préparation pour deux épisodes commence deux mois avant le premier tour de manivelle et souvent on se contente d'un scénario en réécriture mais dont la structure se rapproche de la version définitive. L'idéal serait que le scénario soit fin prêt, dialogues compris, mais c'est presque aussi rare que les cheveux sur la tête de Bruce Willis.

On s'y fait, c'est juste une habitude à prendre et puis c'est formateur de travailler dans l'urgence.

Dans l'urgence, soit, mais pas n'importe quelle urgence ! Pour rien au monde je ne revivrais le tournage de « L'enfant témoin » à Cologne. C'était au tout début de la série, en 1993, l'épisode numéro dix. Les diffusions de *Julie* avaient juste démarré.

L'Allemagne était coproductrice de la première série.

Ça ne me déplaisait pas qu'on s'européanise. J'avais déjà tourné en Allemagne dans la série *Mit den Clowns kamen die Tränen* et je m'étais bien éclatée. Ce qui m'embêtait, c'était de ne pas pouvoir emmener mes « mulets » dans cette aventure. Sans eux, je trouvais *Julie* bancale.

Heureusement, l'histoire débutait à Paris.

Le scénario ne s'était pas fait sans difficulté car de toute évidence les producteurs allemands n'étaient pas si désireux de tourner un *Julie Lescaut* et l'auraient volontiers transformé en Taggart LesGot.

Chaque série a ses codes. Dans *Julie* les spectateurs suivent l'histoire avec Julie, ils ne la précèdent pas. Ils apprennent ce qu'elle apprend et comprennent ce qu'elle comprend. Déjà à ce niveau-là ça coinçait mais on était parvenus, du moins on le croyait, à un scénario qui se tenait et semblait convenir à tous.

Je vous laisse imaginer ma réaction quand, arrivant au commissariat le premier jour de tournage, je me vis remettre par l'assistant allemand un scénario plein de feuilles jaunes.

– C'est joli, c'est quoi ? L'annuaire ?

– Les pages jaunes, ce sont les petits changements de texte.

Ne rêvez pas, je ne parle pas couramment l'allemand. En revanche, lui et la metteuse en scène parlaient parfaitement le français. Ouf !

– Petits changements de texte ? À vue d'œil le scénario ressemble plus à un poussin qu'à du blanc d'œuf. Voyons voir, ce sont peut-être des broutilles !

En fait, c'était encore pire. Toute la structure était remise en question. Tout ce que nous avions refusé à l'écriture était réapparu comme par enchantement.

– Qui a fait ça ?

– Bettina, cette nuit.

Bettina Woernle, c'était la metteuse en scène.

– Comment ça se prononce ?

– Ça se prononce pas, ça s'éternue.

C'est qu'elle commence sérieusement à me courir sur le haricot, celle-là, avec ses petits coups en douce. Elle a bien caché son jeu lors de notre première rencontre.

Ach so ! Convocation immédiate de toutes les parties concernées à la régie ! Ça va chauffer.

– Ils vont arriver, me dit Simon Dusséaux, mon directeur de production.

– OK mais en attendant que faire ? On est prêts à tourner.

– On tourne la version acceptée par tous, me dit-il, on va régler le problème.

De toute façon on n'a pas le choix et puis les séquences du commissariat sont pratiquement inchangées. Moteur !

Ce n'est pas facile de jouer quand vous avez envie d'étrangler quelqu'un. Depuis le matin je prends sur moi et je guette l'apparition d'Alexis Lecaye, de Jean-Pierre Guérin et de Claude de Givray.

Qui est Claude de Givray ?

C'est le Monsieur fiction de TF1 des débuts de *Julie*. Un sacré bonhomme avec un passé de critique d'art, de scénariste et de metteur en scène. Un des plus proches collaborateurs de François Truffaut.

Comment ça, qui est François Truffaut ?

Vous ne savez pas qui est François Truffaut ? Alors là y a trop de boulot ! Je ne vais pas me mettre à faire la biographie, même courte, des collaborateurs des collaborateurs parce qu'on y sera encore demain. Regardez *Baisers volés* et *Domicile conjugal*, vous ferez d'une pierre deux coups. Ils ont été coécrits par de Givray et réalisés par Truffaut. Ne vous attendez pas à voir *Les Aventuriers de l'Arche perdue*. C'est plutôt genre films réalistes de la Nouvelle Vague. Ils font partie des films qui ont marqué une rupture totale avec les codes cinématographiques de l'époque et ont vraiment fait avancer le Schmilblick.

C'est quoi le Schmilblick ? Oui alors là c'est carrément un problème générationnel insoluble.

OK ! Vous savez ce qu'on va faire ? Vous allez mettre votre lampe de spéléologue, prendre la main de votre mère ou de votre grand-mère et lui proposer de venir avec vous faire la visite de la grotte de Lescaut. Comme ça vous pourrez lui demander : « C'est quoi ? » « C'est qui ? » Et moi j'avance. On fait comme ça ?

Oui, les trucs plus compliqués, je continue à vous expliquer, promis.

Donc je suis au commissariat sur mon tournage franco-allemand et j'attends les *big boss* avec une furieuse envie de faire bouffer à Bettina son scénario indigeste.

Les voilà ! Même la partie production allemande s'est déplacée.

Sur le plateau, je piétine. Alors on le tourne ce plan, que je puisse monter les rejoindre à la régie ?

C'est bon ? Changement de plan ? J'y vais.

J'arrive en pleine explication. J'ai le sentiment d'être entrée dans un flash-back.

– Mais on ne l'a pas déjà eue, cette conversation ?

Apparemment on l'a eue mais on ne s'est pas compris. Ben voyons ! Un peu facile la barrière de la langue.

– Dites plutôt que vous avez dit oui pour avoir la paix et que si l'assistant ne m'avait apporté, comme prévu, que les petits changements du jour, je me serais retrouvée en Allemagne, isolée, devant le fait accompli.

Je venais de surprendre Bettina en train de passer un savon à ce pauvre assistant et si je ne parlais pas couramment la langue de Goethe je la comprenais suffisamment pour en saisir le sens global. Dix ans en Alsace, à moins de vivre dans une bulle t'as intérêt à t'y mettre. *Got verdammi noch e mol*[1] *!*

À leurs mâchoires qui tombent sur le bureau comme dans un dessin animé de Tex Avery (on fait comme on a dit, demande à ta maman ou googlise-le)… je vois qu'ils ont compris que j'ai compris.

Silence… (Oui parce que c'est dur de parler sans mâchoire.)

J'enchaîne.

– Mauvais calcul, messieurs. C'est bien mal me connaître. Au moment où j'aurais eu le scénario en main, qu'on tourne à Cologne ou à Tombouctou, je me serais précipitée dans l'avion pour Paris en moins de temps qu'il n'en faut à un morpion pour changer de sexe. Vous pouvez remercier votre assistant de vous avoir fait faire des économies. Alors de deux choses l'une : soit on arrive à un scénario dans la semaine, soit on jette l'éponge.

Oui, j'avais déjà du caractère.

Pourquoi ne l'a-t-on pas jetée tout de suite ? Ça devait être encore une histoire de gros sous.

---

1. Traduisez littéralement : « Dieu soit damné encore une fois ! » Ce qui donne en langage courant : « Nom d'une pipe ! »

22, v'là Julie !

J'ai passé toute la semaine de tournage au commissariat à courir du plateau à la régie pour bien comprendre ce qui se disait et la latitude qui me restait pour agir.

C'est que j'allais devoir me débrouiller seule la semaine d'après.

– Plus si seule, me dit Simon. Sissi notre régisseuse générale t'accompagne.

– Oh merci, merci.

Qu'est-ce qu'il a été bon de l'avoir à mes côtés ! Le tournage a été un calvaire et pas uniquement à cause du scénar que la metteuse en scène ne cessait de transformer. Ça je m'en arrangeais. On tournait deux versions. On commençait par la mienne pour être sûrs que la nuit n'allait pas nous en empêcher et, s'il restait du temps, on enchaînait sur la sienne.

– Voilà, Diablotin ! Elle faisait deux films en un. Son premier et son dernier.

Parce que les problèmes de scénario n'étaient rien par rapport à sa nullité comme metteur en scène. Je n'ai appris qu'à Cologne, de la bouche d'un technicien excédé par ses demandes stupides, que c'était son premier film.

Pas la peine de vous préciser que ce fut le dernier tournage de *Julie* à l'étranger.

– Oui, Diablotin, je sais. On en a tourné deux en Suisse mais la Suisse ce n'est pas vraiment l'étranger, j'ai l'impression d'être à la maison mais en 48 images/seconde.

Qu'est-ce que ça signifie ? Ça je t'explique.

En pellicule, parce qu'aujourd'hui avec le digital c'est différent, un film se tourne et se projette en 24 images/seconde. À ce rythme-là les personnages bougent comme dans la vie. Si vous voulez que le sujet bouge deux fois plus lentement, il faut filmer en 48 images/seconde et plus vous filmez d'images par seconde, plus c'est ralenti.

Vous avez compris ?

Plus tu pédales moins fort et moins t'avances plus vite… Non ça c'est une boutade… de Dijon ! Diablotin sors de ce corps !

C'était une manière cinématographique d'aller dans le sens de la légende qui dit que les Suisses sont lents. En fait c'est juste leur manière de parler qui traîne un peu. C'est normal. C'est haut, la Suisse, ils ont moins d'oxygène… mais un humour corrosif.

Vous connaissez l'histoire du Parisien qui débarque dans la campagne et voit un paysan en train de rentrer son troupeau de vaches noires et de vaches blanches dans sa ferme ?

Il engage la conversation.

– Dites-moi, elles sont belles vos vaches !

– Ah çà oui, elles sont belles mes vaches et puis elles donnent bien du lait !

– Je veux bien le croire. Il doit être bon.

– Oh oui ! répond le fermier. Elles donnent du bon lait. Surtout les noires !

– Ah bon ! dit le Parisien. Et les blanches ?

– Oh, ben pareil, la même chose, pareil !

Le Parisien le regarde, étonné, et voyant les poules dans la cour de la ferme, poursuit :

– Oh les jolies poules !

– Ah oui, elles sont belles mes poules et puis elles donnent bien des œufs, surtout les noires.

– Ah bon ! Et les blanches ?

– Oh ben pareil, la même chose, pareil !

Étrange, se dit le Parisien qui, le regard attiré par de superbes cochons, s'exclame :

– Waouh ! Ils sont magnifiques ces cochons !

– Ah oui, magnifiques, ça vous pouvez le dire et ils donnent bien du bon jambon. Surtout les noirs !

– Ah ! Et les blancs ?

– Oh ben pareil, la même chose, pareil !

Alors le Parisien s'énerve.

– C'est bon, arrêtez ! OK je suis un Parisien qui n'y connaît rien mais je ne suis pas stupide ! Vous vous foutez de moi depuis tout à l'heure avec vos blanches et vos noires.

– Mais pas du tout, dit le paysan. Excusez-moi ! C'est parce que les noires elles sont à moi.

– Ah ! dit le Parisien soulagé. Et les blanches ?

– Oh ben pareil, la même chose, pareil !

Je l'adore. J'aime l'absurde.

J'aimais beaucoup les tournages en Suisse. C'est à Genève que j'ai appris que j'attendais un garçon et que j'ai couru lui acheter sa première barboteuse entre deux prises. J'étais tellement ailleurs et heureuse que même pendant les prises je m'arrêtais pour regarder les vitrines pour nouveau-nés.

Sur le mur de la loge les photos de mon ventre s'arrondissant se sont multipliées, puis sont venues celles de Jennifer-Sarah.

À la production, ils avaient si peu connecté qu'elle était enceinte qu'ils l'avaient mise dans les épisodes que nous allions tourner au printemps. La naissance de sa fille était prévue vers mai ou juin et déjà, dans ceux que nous venions de terminer, sa grossesse n'avait pas été simple à dissimuler. Nous avions dû rendre Sarah malade et l'envelopper dans une grande robe de chambre pour cacher ses formes devenues généreuses. Même comme cela, il était difficile de ne pas se rendre compte de son état. Nous la filmions donc, la plupart du temps, assise avec un coussin sur le ventre, censé lui tenir chaud.

C'est drôle, dans ce métier, quand vous n'êtes pas très connue, il vaut mieux éviter de dire que vous êtes enceinte car on a tendance à penser que deux ans après vous le serez encore. En revanche, dès que vous devenez indispensable à une production, s'il y avait moyen de vous faire pondre en accéléré ils ne s'en priveraient pas.

Fort heureusement sur *Julie* ce n'était pas le cas, et les scénaristes eurent vite fait d'envoyer Sarah en stage en Allemagne…

– Non, pas chez Bettina Woernle. On n'est pas vaches à ce point quand même.

Bien nous en a pris car la fille de Jennifer – Carla – est née le 1er mai 1999 alors que nous étions en plein tournage sur le décor de la maison Julie.

Quelle effervescence quand je suis devenue ficti-grand-mère !

Moi j'aurais adoré le devenir à l'écran. Pas à ce moment-là, c'était vraiment trop tôt, Jennifer était une très jeune maman et moi j'étais maman depuis peu aussi, mais une douzaine d'années plus tard je n'aurais pas dit non.

J'avais imaginé un scénario que j'avais exposé aux auteurs mais qui a avorté en cours de route.

Je voulais que Sarah soit en couple avec Roland, qu'ils aient un enfant, se retrouvent à la rue ayant quitté un appartement et se voyant refuser l'autre au dernier moment, et qu'ils soient obligés d'emménager chez moi. Cela ramenait une vie de famille à la maison et tous les délires étaient permis, au domicile comme au commissariat.

Nous avions amorcé l'histoire d'amour Sarah-Roland que je trouvais très sympathique. Nous sortions victorieux de la période où tout devait être axé sur le policier et ramenions un peu d'humain et de comédie dans les rapports des personnages. J'étais ravie. Pourquoi ont-ils fait foirer l'histoire ? Par manque d'idées sur le sujet ou parce qu'ils ne voulaient pas d'une Julie grand-mère ? Je ne le saurai jamais. Cela ne les inspirait pas alors que je sais, par les lettres et les mots que je recevais sur Facebook, que cette histoire plaisait.

Mais on ne gagne pas à tous les coups et on ne force pas des auteurs à faire ce qu'ils ne souhaitent pas. Il est important que nous allions tous dans le même sens, dans un respect et une confiance mutuels. Ç'a toujours été le mot d'ordre.

Bien sûr il y a eu des malentendus, des susceptibilités froissées. C'est souvent le cas quand on est pressé. Il faut aller droit au but, pas le temps de mettre des gants. Mais ce ne sont que des petits ajustements à faire. Nous sommes tous dans la même galère et avons tous intérêt à ramer dans le même sens et au même rythme. Une fois cela compris, tout s'arrange.

*
**

Bon. Retour à Vanves. Dominique, Jérôme et Fanny ont fini de me transformer en actrice présentable… et même mieux que ça. Merci mes petits choux, je peux suivre l'assistant stagiaire qui trépigne et fait la mouche du coche depuis une demi-heure de peur que nous ne soyons pas dans les temps.

Ça, c'est terrible. Heureusement qu'ils ne sont pas tous comme ça !

L'attitude du stagiaire, c'est ce qui nous donne, dès le premier jour du tournage, la température du plateau et la capacité du premier assistant à gérer son équipe. Car c'est lui qui dirige le plateau, transmet les ordres du metteur en scène et dirige la figuration.

Le stagiaire n'est que le reflet du stress que lui insuffle le second du metteur en scène, qui lui-même répercute ce que lui envoie le premier.

J'ai vu des stagiaires formidables, drôles et détendus sur certains films, devenir complètement hystériques sur d'autres.

– Vous êtes prêts dans combien de temps ? demandent-ils toutes les cinq minutes après avoir tourné en rond comme des derviches pendant les quatre autres.

Quelle question ! C'est marqué sur la feuille de service !

Ensuite, les premiers jours passés, il y a le stagiaire qui va se détacher du lot et par son esprit d'initiative éviter de faire monter la pression en gérant lui-même les questions et les réponses. Celui-là, logiquement, on en reveut et il devient très vite notre mascotte.

Le truc qui m'exaspère le plus, c'est le stagiaire qui arrête la circulation quand tu veux traverser la rue. Va savoir ! Tu as pu laisser tes neurones dans la loge en te changeant. Il y a aussi celui qu'on t'a collé sur les talons et qui te suit même aux toilettes des fois que tu te perdes.

Celui-là je ne peux pas m'empêcher de jouer à le semer, c'est plus fort que moi. Ça réveille Diablotin.

Bon allez, ne traînons pas plus, il est vraiment l'heure.

On va sur le plateau.

– 5 –

« La réalité dépasse la fiction, car la fiction doit contenir la vraisemblance, mais non pas de la réalité. »

Mark Twain

Venez ! On va d'abord dire bonjour à l'équipe. Sur *Julie* on se fait la bise. Oui, rien que l'équipe, ça en fait quand même une vingtaine mais j'ai de l'entraînement, ma mère était l'aînée d'une famille de sept enfants et chez ma grand-mère on faisait quatre bises par personne, donc chaque fois c'était un minimum de quarante smacks et je ne vous raconte pas quand il y a eu les conjoints et les enfants.

Donc sur *Julie*, c'est comme ça qu'on se dit bonjour, enfin c'est comme ça qu'on se le disait jusqu'à ce que le H1N1 vienne nous foutre la trouille et que des pancartes, collées au-dessus des réserves de gel pour se laver les mains, nous assomment de recommandations d'hygiène draconiennes.

Interdiction de s'embrasser et si on pouvait aussi ne pas se serrer la main…

– Prenez exemple sur les *British* ! Ils ne se lèchent pas la pomme à longueur de journée et ça ne les empêche pas de s'aimer.

Il est vrai que le Français est très tactile et que l'Anglais, plus distant, est bien moins sujet à la propagation des virus. Mais on ne se refait pas et une fois le H1N1 passé aux oubliettes on a repris les mauvaises habitudes et continué à partager tous les rhumes avec bonheur, comme à la crèche.

– Tu coules du nez, je coule du nez. Si ce n'est pas de l'esprit d'équipe, ça !

Je commence par le metteur en scène. C'est lui le chef, quand même ! Après moi, mais il ne faut pas le lui dire, il se vexerait.

Non je plaisante, il ne se vexe que quand il se montre stupide ou a un orgueil mal placé et c'est très rare.

Sur *Julie* et ses vingt-neuf metteurs en scène j'en compte quatre avec qui ça a tourné au vinaigre.

J'ai dit metteurs en scène, donc pas Bettina Woernle… Avec elle ça porterait le nombre à trente.

– Vous trouvez que je lui en veux ? Ah ! Qu'est-ce qui vous fait dire ça ?

Les quatre dont je vous parle étaient de vrais réalisateurs, pas très bons certes mais c'est surtout humainement qu'ils étaient mauvais.

Les points communs de ces handicapés de la vie ?

Ah oui, à un certain niveau ça tient vraiment du handicap.

C'est simple. Qu'ils soient metteurs en scène confirmés ou assistants à qui on a donné leur chance, ils ont un melon à ne plus pouvoir passer les portes, un manque de psychologie et d'intelligence du texte mais en général ça va avec, et puis évidemment, et malgré le succès de la série, ils veulent tout changer et si possible moi avec.

Seulement je regrette, messieurs, mais ça ne va pas être possible.

Je veux bien prendre tout ce que vous pouvez nous apporter d'innovant, de créatif, mais si c'est juste pour nous faire des plans penchés à nous donner envie de vomir afin de nous faire comprendre que le mec dans l'image est un peu bancal, ou faire de Julie une neuneu qui rate sa cible à cinquante centimètres, on ne va pas être d'accord. Si en plus c'est pour faire porter le chapeau de vos carences aux techniciens, aux ouvriers ou aux comédiens qui vous entourent, là je vais voir rouge et me mettre carrément en colère. Je ne supporte ni l'injustice ni la méchanceté.

Non, ne me demandez pas de citer des noms… En général je ne nomme que les gens que j'aime, mais je vous ai donné un sérieux indice quand même… quelques lignes plus haut…

Vous ne voyez pas ? Faites pas le Caron. Je ne l'ai pas écrit entre les lignes mais sur la ligne.

Oui. Voilà : j'ai dit « messieurs » !

Ça restreint la recherche quand même.

Il y a eu pas mal de metteuses en scène, surtout les trois premières années. Jean-Pierre Guérin, mon producteur, voulait que *Julie* soit une série de femmes faite par des femmes. Elles ont été sept et puis nous avons abandonné ce concept faute de combattantes.

Parmi les femmes, Josée Dayan est celle qui a réalisé le plus d'épisodes et, tous sexes confondus, elle figure dans le trio de tête des réalisateurs.

Alain Wermus monte sur la première marche du podium avec dix-huit épisodes, rien que ça.

Alain ! Oui, le frère de Paul… Mais surtout l'assistant de Chabrol, le coauteur de *La Femme de ma vie* de Régis Wargnier, le réalisateur de *La Dame d'Izieu* et de beaucoup d'autres séries et téléfilms… Ben oui, nos metteurs en scène, c'est pas des billes.

Alain a l'air sérieux comme ça mais c'est un pince-sans-rire qui part au quart de tour.

Ensuite vient Daniel Janneau : neuf épisodes. « Le club des lapins », c'est à cause de notre Janneau, « Jeannot lapin »… En dehors d'avoir été un des gamins de *La Guerre des boutons* d'Yves Robert, il a été conseiller technique sur *Ça n'arrive qu'à moi* de Francis Perrin. C'est là que je l'ai connu.

Daniel, c'est un poète bourré d'humour que l'on peut apprécier à sa juste valeur dans des films plus personnels comme *Quand j'étais petit* ou *Le vernis craque*. Pour moi, en dehors de *Julie*, il a réalisé *On n'est pas là pour s'aimer*, un des films que j'ai tournés avec Arditi au Québec.

Et donc en troisième position Josée, avec ses sept *Julie*. Ai-je besoin de vous la présenter ? C'est elle qui a réalisé les *Julie* juste après Caroline Huppert et qui m'a aidée à y poser mon empreinte mais vous la connaissez aussi pour avoir été, entre autres, la réalisatrice de tous les gros succès télé de notre Gérard Depardieu national.

Ce sont mes trois favoris. On les applaudit très fort !

Vous dire que je m'entendais bien avec eux est un euphémisme, sinon ils n'en auraient pas fait autant, je ne suis pas maso.

Maintenant le reste de l'équipe.

D'ordinaire, c'est le metteur en scène qui choisit la sienne mais sur une série où la qualité de l'image doit être régulière et constante nous aimons bien travailler dans la mesure du possible avec les mêmes chefs opérateurs. Quand ils ne sont pas libres ou que le metteur en scène nous fait un caca nerveux pour avoir le sien, nous cédons. Cela nous réserve parfois de bonnes surprises et parfois… la galère.

Parce que c'est sympa de passer des heures à régler des ombres de stores dont les stries te font ressembler au costume des frères Dalton ou de se retrouver entre quatre planches de polystyrène blanc avec cinquante kilos de lumière dans la figure tels que même le soleil ne pourrait pas ouvrir les yeux, mais ça n'aide pas pour jouer la scène, ni pour finir à l'heure. À la télé un chef opérateur, en plus d'être bon, doit être très rapide. Retenez ça parce que je ne vais pas vous le répéter trente-six fois. Pour chaque poste c'est pareil : bon et rapide.

Ce qui est à craindre dans les rythmes imposés, c'est qu'un jour on ne leur demande plus que ça : être rapides.

Au risque de passer pour un dinosaure, je regrette un peu l'époque où l'on tournait avec de la pellicule et pas en vidéo et où, à l'arrivée des premières rides, on prenait le soin de vous rajouter un petit filtre, voire un petit voile pour doucement tamiser l'outrage du temps.

Ça me rappelle cette jolie histoire attribuée à Edwige Feuillère qui, tournant avec un chef opérateur qui l'avait éclairée vingt ans plus tôt et trouvant qu'il était devenu très long à la mettre en valeur, lui dit :

– Je me souviens que la dernière fois que nous avons tourné ensemble, vous étiez beaucoup plus rapide.

Ce à quoi le chef opérateur répondit :

– Je vieillis Edwige, je vieillis.

La classe non ?

Moi je n'ai pas eu ce bol, quand c'était possible de filtrer je n'en avais pas besoin et maintenant que le temps a fait son œuvre, la haute définition accentue sur mon visage la moindre rigole, qui ne me fait pas rire malgré son nom.

Finalement c'est ce qu'il y a de plus dur dans le fait de porter un personnage pendant vingt-deux ans : être en permanence en concurrence avec ce qu'on a été.

Voilà, la minute nostalgie est passée… En avant la musique.

Dites bonjour à la scripte. Oui *la* scripte. Ça n'a rien de sexiste, c'est simplement qu'en trente-trois ans de métier je n'ai connu qu'un homme scripte.

– Pourquoi ?

– Peut-être parce que c'est un métier trop méticuleux dans lequel les hommes ne se projettent pas.

Elle passe son temps à écrire des rapports pour le montage où elle mentionne quelle prise est la meilleure, les modifications de texte et plein de notes techniques. Elle note tout ce qui arrive sur un mouchard. Un cahier qui porte bien son nom car on y consigne tous les événements qui se produisent sur le plateau, même en dehors du tournage, et qui peut servir aux assurances en cas de problème. Bref une scripte doit avoir un sens de l'observation très aiguisé.

Sur le plateau elle assure la continuité de l'action, du rythme, de l'apparence du décor, des acteurs, de leurs positions et de celles des objets.

Bien sûr les acteurs sont à même de se rappeler ce qu'ils ont fait mais il se peut qu'à six ou huit semaines d'intervalle on ne se souvienne plus si on tenait sa sacoche de la main droite ou de la main gauche ni qui de nous est entré le premier dans la maison et à quel rythme.

Il arrive souvent que l'extérieur d'une maison ne soit pas dans le même coin que son intérieur. Donc il se peut que nous tournions une séquence en début de tournage, et ce qui précède ou suit cette séquence quelques semaines plus tard.

On peut aussi tourner la fin d'une séquence avant d'en avoir tourné l'action principale. Là il faut extrapoler. Qu'est-ce qui s'est passé, comment l'a-t-on jouée ? Parce que pour le raccord, si on vient de pleurer, il ne faut pas sortir avec la banane. Si on vient de courir, il faut être essoufflé.

Moi, ce que j'ai du mal à prévoir c'est le nombre de kilos que j'aurai pris entre-temps puisque, comme vous le savez, je suis la reine de l'accordéon. Il m'est arrivé plus d'une fois d'apparaître très mince dans un jardin, puis d'ouvrir une porte et comme par miracle de me retrouver dans la maison avec cinq kilos de plus. Et je peux vous garantir que je ne suis pas la seule dans ce cas. On en riait beaucoup avec Victoria Abril ou Micky Sébastian quand nous étions jeunes. Le nombre de robes qu'on a dû élargir ou rétrécir !

– OK. Plus souvent élargir…

En revanche, sur l'épisode de Bernard Uzan, j'en avais perdu huit en deux mois. On avait commencé par les extérieurs et terminé par le commissariat. En dehors du fait que mes pantalons me tombaient sur les chevilles et que Fanny, qui ne parvenait plus à suivre, jouait de l'épingle à nourrice, l'effet yo-yo sur le montage final était assez sensationnel. Un peu comme si Laurence Boccolini venait vous arrêter et que ce soit Carla Bruni qui vous interroge. Je ne ressemble ni à l'une ni à l'autre, je sais, mais je les trouve belles chacune dans son genre et c'est juste pour l'image.

Vous ne saviez pas qu'on ne tourne jamais dans l'ordre du scénario ?

La plupart du temps, sur les séries, on tourne même deux épisodes à la fois, bonjour la gymnastique.

Quand on entre dans le décor du commissariat c'est pour environ trois semaines. Trois semaines d'interrogatoires, de briefings et de débriefings, d'arrivées en voiture et de départs. Dans le hall, les couloirs ou les extérieurs ça va encore, il y a de la figuration, ce sont souvent des scènes de comédie avec les inspecteurs ou les flics en tenue mais dans mon bureau c'est une tannée.

Je peux passer des journées entières devant un défilé d'acteurs à qui je demande :

– Vous étiez où hier à telle heure ?

C'est ce que je déteste le plus. J'ai le sentiment de radoter et je m'ennuie. Et moi, quand je m'ennuie, ce n'est pas discret, je me transforme en vrai bouc en train, à vous rendre chèvre.

– Oh ça va, je sais qu'on dit boute-en-train, tu me prends pour une brêle ?

Fort heureusement, par moments, les auteurs brisent la monotonie en me faisant de petits cadeaux. Enfin je pense qu'ils le font exprès parce que me faire dire « Il est commissaire à Écouilly et Écouilly c'est une zone sensible, c'est pas une partie de plaisir »… s'ils ne l'ont pas écrit pour nous détendre, c'est raté.

Je ne suis pas la seule à avoir été détendue. Plus je le disais, plus on était écroulés. Le machino était couché derrière sa dolly (support de caméra sur roues avec bras hydraulique), totalement cramoisi à force de se retenir de rire. La caméra était secouée de tremblements intempestifs. Mon divisionnaire Patrick Rocca, irrécupérable. Dominique ne cessait de m'enlever les coulures de Rimmel que provoquaient mes larmes.

Oh ! Qu'est-ce que c'est bon.

Il paraît que quand on rit on dépense l'équivalent en calories d'un steak. Alors quelqu'un peut-il m'expliquer pourquoi je ne suis pas maigre ? Je dois bien rire pour un bœuf par jour.

Dans les séquences de briefing avec les lieutenants, on déploie des trésors d'ingéniosité pour ne pas se laisser aller et les faire vivre. On s'invente une situation parallèle, n'importe quoi, comme par exemple Kaplan qui a passé la nuit avec une fille et qui est crevé, un pari entre les lieutenants sur un truc qu'ils étaient certains que j'allais dire, une pizza que je reluque mais que Jean-Charles est censé partager avec Gilles ou un *running gag* entre nous, histoire de faire pétiller notre regard. Tout est bon pour nourrir notre jeu.

À la grande époque ça avait inspiré les auteurs et la base de ces éléments perturbateurs sur lesquels on improvisait était écrite. Il y a eu la grève du zèle, la visite médicale, les jeunes délinquants qui effectuaient des travaux d'intérêt général, un stagiaire flic qui ne faisait que des conneries, une panne de chauffage.

Ah oui, la panne ! Qu'est-ce que c'était bien !

Ça n'a l'air de rien mais interroger un suspect en grelottant emmitouflée dans son manteau ou courir après des radiateurs électriques et les retrouver autour de Motta qui les avait piqués pour chauffer ses ordinateurs mettait du sel dans notre interprétation, et un dialogue informatif et rébarbatif se transformait en comédie.

C'était devenu notre façon de travailler, à laquelle nous faisions participer tous les nouveaux venus.

Pareil dans la maison de Julie où l'on s'installait chaque fois pour une bonne semaine. Là c'était déjà de la comédie, mais on se laissait souvent emporter par l'inspiration du moment.

Avec François Marthouret ce n'était que du bonheur et j'aimais me laisser guider par son expérience. Dans les scènes avec mes filles, j'aimais bien retoucher les dialogues et Alexis Lecaye avait la générosité de me suivre dans cette entreprise. Ça a l'air normal, mais je connais beaucoup d'auteurs qui ne supportent pas qu'on touche une ligne de leur texte. Alexis, lui, avait l'intelligence de comprendre que mon instinct maternel trouverait les mots justes et, sur la situation qu'il avait inventée, il me laissait imprimer ma vision.

Jenny et Jojo, malgré leur jeune âge, digéraient les modifications sans problème avec une rapidité et une facilité déconcertantes.

C'est loin d'être le cas de tous les acteurs que j'ai connus.

Pour quelques-uns, t'as intérêt à ne rien changer de leur texte si tu n'as pas la possibilité de le tourner le lendemain. Ils ont besoin de temps pour le mémoriser et pouvoir le restituer. Pourquoi pas, c'est leur façon de faire. Je la respecte, même si je pense que ça ne laisse pas une grande place à la spontanéité.

S'il est vrai que la mémoire est un muscle, il y a différentes façons de l'exploiter.

Moi j'ai tendance à penser que pour savoir un texte il suffit de le comprendre et d'en assimiler les grandes lignes, comme autant de fils d'Ariane tendus de pilier en pilier. Même si c'est un labyrinthe mental on s'en sortira parce qu'on y aura imprimé sa logique et on pourra rebondir d'idée en idée. Ensuite il faudra juste fixer la forme verbale et quelques mots clefs importants. Un peu à la manière dont on rapporte une histoire drôle qu'on vient de vous raconter. C'est un excellent exercice de mémoire. Il faut d'abord se rappeler le sens global de l'histoire, puis l'ordre des éléments qui la composent et ensuite le rythme et les facteurs qui ont déclenché le rire. Je conseille souvent ces exercices aux gens qui pensent ne pas avoir de mémoire.

Pour résumer, un texte n'est pas une enfilade de mots mais une succession d'idées qui répondent à une logique. Ça permet de le jouer de mille façons, car lorsqu'on est libéré des mots c'est le sentiment qui devient le moteur. Les acteurs qui fixent le texte à ne plus pouvoir s'en extraire le balancent parfois comme une ritournelle lancinante.

Vous ne pouvez pas vous en rendre compte, mais quand vous entendez vingt fois la même chose avec la même musique vous finissez par avoir envie de vous enfiler une boîte de boules Quiès dans les oreilles.

Heureusement ce n'était pas le cas de mes puces ni d'aucun des acteurs récurrents de *Julie*. En plus ils avaient tous un sens inné de la repartie.

François Marthouret, Sophie Arthur, Jean-Paul Rouve, Pierre Cognon, Patrick Rocca, Claude Brécourt, François Dunoyer et mes acolytes étaient aussi drôles à l'écran que dans la vie. Eux, il ne fallait pas les pousser mais plutôt les retenir si l'on ne voulait pas que les scènes durent des plombes. Avec eux la monotonie avait du mal à s'installer même dans une succession de scènes barbantes comme les scènes d'interrogatoire.

Ça ne veut pas dire que les scènes d'interrogatoire ne sont pas intéressantes. Une fois insérées dans le film, elles ont leur raison d'être et aident à la compréhension de l'histoire, elles peuvent même émouvoir. Si je les trouve barbantes à jouer c'est parce que je les enfile comme des perles.

Un peu comme les vêtements. Ces jours-là c'est défilé de mode ! Changement à chaque séquence.

Fanny, qui doit habiller tout le monde en même temps, ne sait plus où donner de la tête.

– Oui c'est vrai, j'ai avoué, on ne lui facilite pas forcément le travail et même si elle prépare tout avec minutie et rigueur il lui arrive de se planter... Euh non, pardon. Elle fait des inter-costumes.

Vous avez remarqué ? Chez nous on ne dit jamais « je me suis plantée » ou « tu t'es planté ». On préfère inventer une expression sympa. Donc sachez-le, Fanny ne se trompe pas, elle fait des inter-costumes pour les répétitions. Mais comme elle est très pro, elle corrige très vite le tir et vient te chercher avec un grand sourire.

– On met le bon, maintenant ?

Une fois, en me changeant précipitamment dans le noir, je me suis même retrouvée avec une chaussure noire et une marron. Croyez-moi si vous voulez mais ni Fanny, ni la scripte, ni moi ne nous en sommes aperçues avant que je me déshabille après la scène.

Le plus drôle c'est quand on avait tourné avec Jean Benguigui et Didier Flamand. Josée Dayan avait demandé à la dernière minute de changer la veste de Jean pour des raisons de couleur qui n'allait pas dans le décor ou un truc comme ça. Fanny avait donc couru chercher son autre costume dont elle ne lui avait enfilé que la veste puisqu'il était assis à son bureau et que, donc, on ne verrait pas le pantalon.

Tout allait pour le mieux jusqu'à ce que Didier arrive à l'habillage et mette le sien.

Son irruption sur le plateau, hilare, avec un pantalon à mi-mollets et des manches trois-quarts criant à Benguigui « Rends-moi mes affaires ! » nous avait tous cueillis.

Les tissus assez similaires avaient provoqué cette erreur. La scripte, pas obtuse, en permit la correction. Chacun retrouva les vêtements à sa taille et ne reste que le souvenir du fou rire que cela déclencha.

Pour moi une bonne scripte doit avoir l'intelligence d'aller à l'essentiel. Il n'y a rien de plus irritant que les scriptes pointilleuses qui ne se préoccupent que des raccords de cheveux ou de vêtements et viennent sans cesse te replacer une mèche ou un bout de col. Bien sûr c'est mieux de ne pas passer d'un plan où tu as les cheveux attachés à un autre où tu les as lâchés, mais en dehors de ça, je sais par expérience que si le spectateur se met à voir ce genre de détails c'est qu'il s'emmerde sérieusement.

Tenez, dans *Nana*, il y a un faux raccord énorme et aucune des personnes avec qui j'ai visionné le film ne s'en est jamais rendu compte. C'est dans une scène où je viens chercher Satin – alias ma pote Micky – dans un restaurant. Tout du long je porte une tenue prune avec un col de plumes de coq vertes et un grand chapeau orné des mêmes plumes. À la fin de la scène, nous sortons dans la rue et montons dans une calèche à l'intérieur de laquelle, comme par enchantement et plus vite que ne peut le faire Arturo Brachetti, je me retrouve en tailleur bleu pétrole avec un col de fourrure noir et un chapeau haut de forme. Si c'est pas énorme, ça !

Comme quoi, plus c'est gros, plus ça passe.

On continue ? Je vous présente Leslie, Philippe, Thierry, Fabrice, les premiers assistants rêvés qui savent que hurler « silence » toutes les deux secondes ne sert à rien, qui savent gérer leurs troupes et économiser l'énergie des acteurs, qui savent que nous sommes de grands enfants à qui il faut lâcher la bride et qui nous ont fait un beau plan de travail bien équilibré.

Ce n'est pas si courant et quand on en tient un bon ou une bonne, on s'y accroche comme la vérole sur le bas clergé breton.

C'est l'atmosphère du plateau qui est en jeu et moi, je ne sais pas travailler dans la douleur. Je suis extrêmement perméable aux ambiances. Elles m'imprègnent. Si l'ambiance n'est pas bonne, ça déteint sur mon moral, ça m'éteint et même avec le meilleur chef opérateur, quand la petite lumière intérieure ne brille pas, ça ne passe pas.

Le poste de premier assistant est le plus difficile et le plus stressant. C'est celui qui se mange tous les problèmes et qu'on tient pour responsable de tout. Il doit tout arranger pour tout le monde.

C'est un peu comme à l'école. Il y a des moments où il n'y a pas cours mais on n'a pas le temps de rentrer chez soi. Eh bien chez nous il y a des scènes dont on n'est pas et on doit attendre. Chacun y va de sa complainte dès qu'il voit les prévisions du lendemain.

– Et pourquoi tu me fais venir si tôt alors qu'après j'ai deux heures de trou ? On peut pas inverser l'ordre des séquences ?

Et ils ont intérêt à avoir de sacrés bons arguments parce qu'on discute sec.

Ils en ont la plupart du temps donc on s'incline, surtout quand on sait qu'ils se plieraient en quatre pour nous faire plaisir.

Après tout, la possibilité de venir plus tard ou de partir plus tôt ce n'est que du rab, de la gentillesse, une grâce qu'on nous fait. On est payés à la journée, pas à la minute.

*
**

Et puis les premiers assistants ne font pas de miracles, quand ils ne peuvent pas ils ne peuvent pas.

C'est pour cela que je n'ai pas pu me rendre à l'enterrement de Mouss. Nous devions finir le décor commencé et ne pouvions l'avoir le lendemain. Nous avons même pensé à tourner non-stop de jour et de nuit pour pouvoir y aller. Impossible !

Nous étions tous malheureux comme les pierres.

C'est Meyer qui nous a représentés auprès de Sandrine, son épouse, Isaac, leur fils, Tessa et Séléna, ses filles de son premier mariage.

Alors nous l'avons accompagné à notre façon, dans les souvenirs, les larmes et les rires, communiant en silence avec ceux qui étaient près de lui à Marseille, au moment où on le mettait en terre.

Il nous quittait pour la seconde fois, car jamais je n'avais abandonné l'idée de le faire revenir. Je lui en avais fait la promesse pendant sa longue agonie, dans les moments d'espoir, quand il se disait prêt à jouer de nouveau.

Il voulait refaire du théâtre.

– Allez on fait un concours. Dans deux mois tu marches et moi j'ai perdu dix kilos.

Ça lui avait plu. Je sais qu'il avait fait des efforts surhumains pour y arriver. En vain.

Repose en paix, Moustic. Tu l'as bien mérité. Nous, quand on parle de toi c'est pour nous souvenir de ton sourire ravageur, de tes bisous, de ta chaleur, c'est pour rire affectueusement du baobab que tu avais dans la main, c'est pour t'entendre chanter ou nous raconter l'histoire du grizzli avec chaque fois plus de détails et de mimiques hilarantes. De cette petite histoire tu avais fait un sketch de dix minutes, attirant autour de toi toute l'équipe qui en redemandait. Nos cris de joie et nos éclats de rire étaient si bons à entendre ! Ce sont eux qui résonnent toujours dans ma mémoire et me font rire… aux larmes.

« On ira, où tu voudras quand tu voudras, et on s'aimera encore, lorsque l'amour sera mort… »

Je ne peux plus entendre cette chanson sans le voir imiter Joe Dassin. La façon qu'il avait de mimer sa bouche et ce léger strabisme qu'il savait si bien prendre. C'était irrésistible… Vraiment. Souvent je regrette qu'à ce moment-là nos mobiles débutants n'aient pas eu de caméras performantes.

Hein Roger ? Tu ne l'as pas enregistré, toi, quand il faisait ses imitations ?

*
**

Roger Di Ponio c'est notre ingénieur du son, l'Hemingway du Nagra, cet appareil de prise de son sur bande qu'on utilisait avant l'invention du digital.

Ce stentor au sourire dévastateur derrière sa courte barbe blanche est arrivé sur les épisodes réalisés par Charlotte Brandström, accompagné de son perchman – l'inénarrable Pierre, dit Pedro, le roi du jeu de mots improbable –, et ne nous a plus quittés jusqu'à ce qu'un accident stupide l'oblige à s'arrêter.

Le son, c'est très important pour moi, à plusieurs titres. D'abord, j'ai une diction molle, et, deuzio, je parle souvent très vite et je bafouille. J'ai donc besoin de sentir à mes côtés une oreille non seulement attentive et exigeante mais objective, généreuse et amie. Quelqu'un qui sait m'affronter avec humour.

Roger c'est l'humour en perfusion, du matin au soir.

Le couple de duettistes qu'il forme avec notre directeur de production Joël Gauthier, dit le Colonel, est un régal.

D'ordinaire quand on voit surgir le directeur de production sur un plateau, un vent de stress l'accompagne, car sa venue présage un dépassement d'horaire ou un problème à régler. Ici, la petite bise légère qui porte le Colonel a la particularité de nous chatouiller sous les bras de bonheur. Nous allons avoir droit à l'impro du jour.

Leurs aventures d'éleveurs de dindes qui font commerce de croupions glacés pour *Thanksgiving* nous tiennent en haleine de tournage en tournage et nous plient en deux.

C'est notre feuilleton quotidien, nous en redemandons.

Roger, c'est aussi celui qui préférera dire, quand je me suis vautrée dans mon texte :

– Véro, c'est parfait, mais tu les mets à quel moment, les raisins, dans ta recette du kouglof ?

Il aime également se faire complice du gentil bizutage qu'on inflige aux nouveaux réalisateurs quand, à la moindre patouille, j'enchaîne le texte en faux français.

– C'est merdé la foutre d'échapperons d'avant bauche, à bisque bléder dans un pilomètre ou deux…

Jusqu'à ce que, totalement déstabilisé, le réalisateur crie :

– Coupez !

À ce moment-là je le regarde très sérieusement et, me drapant dans ma dignité, l'air un peu fâché d'avoir été interrompue, je m'insurge.

– Qu'est-ce qui se passe, pourquoi tu coupes ? T'as un problème technique ?

– Non, mais j'ai pas compris ce que tu disais.

– T'as pas compris ? Tu dois avoir un problème d'oreille parce que c'était parfait. Hein Roger ?

– Ah oui ! répond Roger. Pour moi c'est même la meilleure. On peut la garder comme référence et en faire une autre mais tu devrais quand même la réécouter. Tu vas adorer le passage sur le tiramisu.

C'est aussi Roger qui, alors que je m'évertue à garder mon sérieux et à faire comme si je n'avais pas entendu le petit son aigu des gaz que je n'ai pu contenir, m'achève, à l'issue de la prise, d'un magistral :

– Et on applaudit Véronique bien fort pour n'avoir pas flatulé sur les répliques de son petit camarade !

Oui ! Plus c'est trivial, plus ça me fait rire. J'ai oublié de grandir.

Encore une fois vous allez penser qu'on ne fait que s'amuser mais ce n'est pas tout à fait juste. Il y a aussi des aspects rébarbatifs, dans le son. Surtout depuis l'apparition des micros HF. Ces micros permettent une prise de son beaucoup plus performante et précise mais nous obligent à nous trimballer avec un boîtier-antenne haute fréquence. Aujourd'hui ils sont assez petits et plus faciles à dissimuler que ceux de la génération précédente, mais ils sont toujours désagréables à porter. On les met à la cheville, à la taille, dans une poche. On passe les fils par des trous pour cacher le micro dans les cols, dans les boutonnières, parfois dans les cheveux. Je déteste ça. C'est une gêne permanente et il est déconseillé d'avoir une envie pressante car au moment crucial il faut se déharnacher et surtout ne pas faire tomber l'objet précieux dans les toilettes.

Moi quand j'ai commencé il n'y avait que la perche et le ou la perchman. Je ne sais pas comment on dit pour les filles. La perchman, c'est comme si on disait *la* monsieur avec la perche. Peut-être faut-il dire la perchwoman ? C'est le problème avec tous ces métiers inventés pour les hommes, les mots ne suivent pas.

Peu importe, c'est fascinant de les voir travailler, toujours au plus près de l'action, sans être vus.

Que le perchman ne soit pas dans l'image, c'est le B.A.-BA, mais ni sa perche ni l'ombre de sa perche ne doivent l'être non plus. Avec tous les projecteurs, c'est pas évident ! Vous n'imaginez pas les positions dans lesquelles ils se retrouvent. Par moments il devient difficile de garder son sérieux. Par exemple quand à quelques centimètres de vous un grand machin, dans un équilibre précaire, tente de se soustraire aux reflets des fenêtres, emmitouflé dans un drap noir.

Parfois c'est l'équipe tout entière qui se retrouve dans ces situations ubuesques. Essayez de faire passer une caméra, un cadreur, un pointeur, un machino, un perchman en même temps et à reculons dans une porte. C'est un peu comme faire entrer un éléphant dans un trou de souris. Eh bien chez nous ça passe mais souvent en vrac et t'as le droit de t'embrasser le chambranle, mais en silence.

Oui, en silence. C'est peut-être le mot qu'on entend le plus sur un plateau.

Pourquoi a-t-on besoin d'autant de silence ?

Pourquoi quand un bateau passe, quand un train siffle, quand un avion s'envole dans le ciel, moi j'imagine tous ces départs, tous ces gens qui doivent partir, qui se…

– Stoooop ! Ça ne va pas ? Qu'est-ce que Claude François vient faire ici ?

OK. Quand un bateau passe pendant qu'on tourne, on le laisse passer du moment qu'il ne met pas sa corne de brume en marche, on aurait même plutôt tendance à s'en servir. C'est joli dans une image, ça met de la vie. Les avions en revanche, ou les trains, c'est trop bruyant. On coupe et on recommence quand ils sont partis. Même topo pour les perceuses, les cloches, les chiens qui aboient, ou les canards.

Dans mon téléfilm *La Disparue du Pyla*, il y avait une bande de canards qui ne cessaient de cancaner dès qu'on ouvrait la bouche. Qu'est-ce que ça peut faire comme bruit, des canards cinéphobes ! Ah oui ! Je vous jure. Ils nous en voulaient personnellement. À cause d'eux on a dû refaire tout le son, un vrai calvaire.

– Pourquoi ?

Imaginez des scènes d'émotion avec pour bruit de fond des canards déjantés qui hurlent. Déjà, on n'est pas dans un film des Monty Python, on est dans un *thriller* et en plus, s'ils hurlaient d'une façon régulière et continue ça pourrait aller mais ces bestioles sont lunatiques. Alors des fois oui, des fois non, des fois plus près, des fois plus loin. Impossible à monter.

À Vanves c'étaient les cloches de l'église qui sonnaient tous les quarts d'heure. Qu'est-ce que vous diriez si dans un film les cloches sonnaient sur tous mes gros plans et pas sur ceux des autres acteurs ?

– Que tu nous donnes ton son de cloche ou que t'en es une…

– Merci Diablotin, ça faisait longtemps qu'on ne t'avait pas entendu. Tu as raison, il fallait le souligner. Maintenant tu peux te rendormir.

On avait fini par négocier directement avec le curé pour que les cloches ne sonnent plus pendant les périodes de tournage. Il ne sonnerait que les enterrements et les mariages. À ces occasions il pouvait se lâcher et il ne s'en privait pas, ça faisait plaisir à entendre. On le laissait se défouler. Ça nous donnait du temps pour nous taper un petit café et une clope.

Bien sûr, si on tourne dans une usine ou dans la circulation parisienne on va avoir un fond sonore, c'est inévitable. Il faut juste qu'il soit propre et régulier, c'est pourquoi à chaque fin de séquence, l'ingénieur du son demande de faire un son seul qui dure un peu plus que le minutage de la scène. Là, toute l'équipe s'arrête de parler et de bouger et seul le son travaille. C'est ce son qui, une fois rajouté au montage, donnera une continuité sonore à toute la scène.

Capito ? Évidemment, c'est quand on nous demande de ne pas parler et de ne pas bouger qu'on a le plus envie de le faire. Que des cancres, je vous dis !

Non, on n'a pas encore fini les présentations. Quand je vous disais qu'on était nombreux… Il y a aussi le cadreur et les assistants caméras qui font le point. Souvent un autre cadreur quand nous tournons à deux caméras.

Moi, deux caméras, ça ne me dérange pas si elles filment dans le même axe.

Oui c'est peut-être un peu ambigu, ce que je raconte là. Disons que ça ne me dérange pas quand les caméras regardent dans le même sens et qu'une des deux filme en plan large et l'autre en plus serré. En revanche quand les deux filment les champs et les contrechamps en même temps, je déteste.

OK, j'explique. Le champ de la caméra, c'est ce qu'elle voit. Tout ce qu'elle ne voit pas est hors champ, et le contrechamp, c'est ce qui répond au champ. Quand on filme un personnage en champ on filme celui qui lui répond en contrechamp.

Avoir une caméra qui me filme pendant que l'autre filme la personne en face de moi m'insupporte. C'est bloquant d'avoir ce truc dans le dos. Tu te sens cernée.

En plus dans ce cas de figure la caméra n'est jamais très bien placée parce que si vous la mettez à l'endroit idéal, c'est-à-dire à côté de la personne qui vous parle, elle va se retrouver dans le champ de l'autre caméra et vice versa.

Idem pour les projecteurs qui ne peuvent jamais être aux emplacements idéaux.

On fait ça soi-disant pour gagner du temps mais moi j'estime que le temps qu'on passe à essayer de remédier à tous les problèmes qui se posent n'en fait gagner aucun et que la qualité s'en ressent.

Moi, ce que je préfère par-dessus tout, c'est la mobilité de la caméra à l'épaule ou mieux encore le Steadicam. Il faut un cadreur Steadicameur pour ça. Parce que c'est tout un matos très lourd que le cadreur porte sur lui avec un stabilisateur qui fait qu'il peut courir, lever et descendre la caméra avec un doigt, sans qu'elle subisse d'à-coups. Il faut être balèze. Ça pèse dans les quarante kilos mais j'ai vu des filles l'utiliser avec dextérité.

Pour les acteurs c'est que du bonheur, parce qu'on est plus libre de ses mouvements et que c'est beaucoup plus mobile.

Mais ça peut être dangereux, aussi. Par exemple quand le Steadicameur nous court après dans un escalier et qu'au moment où l'on bifurque, emporté par le poids de l'engin, il n'arrive pas à s'arrêter et va s'écraser contre un mur. Je revois encore la scène comme si c'était hier. Pour rire, on a quand même attendu d'être certains qu'il ne s'était pas fait mal, mais c'est comme « Vidéo Gag », en se le remémorant, on n'a pas pu s'en empêcher.

Heureusement, sur *Julie*, on n'a pas eu à déplorer d'accidents avec de lourdes conséquences. On a eu très peur la fois où un cadreur est tombé avec la grue sur les rails du travelling ou quand un cascadeur dans une voiture qui coulait ne remontait pas à la surface, ou quand le harnais d'un Steadicameur a lâché et qu'il a failli s'écraser sur le capot de ma voiture. Mais le pire bobo a été un nez cassé. Ouf !

Pour assister le chef opérateur, il y a nos électros qui installent les projos, les filtres et les borgnols (les borgnols sont de grands draps noirs épais qu'on accroche aux fenêtres pour faire la nuit), et pour compléter l'équipe caméra, les machinos, qui montent les travellings (rails sur lesquels on pousse la caméra), installent les grues, poussent la dolly et font le clap.

On les retrouve de film en film vu que c'est l'équipe du chef op.

Pour finir je vous présente Jean Lo, notre génial accessoiriste.

Ça n'a pas été le seul mais il a fait tellement d'épisodes… Il fait partie de la famille, c'est une pointure.

L'accessoiriste doit penser à tous les détails. Les papiers dont vous allez avoir besoin, les photos, les flingues.

Évidemment, il a tout préparé en épluchant le scénario, fait une liste de tous les objets nécessaires à chaque scène mais il est aussi capable de répondre à toutes les demandes. On a envie d'un calepin, hop il le sort de sa poche. On dit « tiens dans cette scène je voudrais bien manger un sandwich », vlan il le dégotte. Il doit être capable d'improviser n'importe quoi. On ne veut pas que la porte se referme derrière nous, qu'à cela ne tienne, il met un fil ou se couche par terre pour la retenir. C'est le roi du système D, notre Géo Trouvetou.

*
**

Bon, je crois qu'on a dit bonjour à tout le monde. Je ne vous emmène pas à la régie pour l'instant, il faut qu'on répète. On aura le temps après la mise en place, quand ils éclaireront le premier plan.

Tous les metteurs en scène n'ont pas la même façon de travailler mais le plus souvent on met toute la séquence en place dans le lieu où le réalisateur a prévu que l'action se passe, sans la caméra, un peu comme au théâtre, juste avec les chefs op, la scripte et l'ingénieur du son.

Même si le lieu est indiqué sur le scénario, ce n'est pas très précis. « Le hall du commissariat », par exemple, c'est vague.

Certains réalisateurs ont une idée précise des déplacements, d'autres attendent les propositions des acteurs avec de vagues indications par rapport aux plans qu'ils ont prévus.

– Vous faites ce que vous voulez mais sur ces répliques-là, j'aimerais que Mouss et Renaud se retrouvent à cet endroit, côte à côte, pour faire un plan à deux...

Et vas-y démerde-toi.

Moi j'aime bien qu'on me laisse une certaine liberté sauf si on a vraiment travaillé ensemble en amont sur les intentions du texte. Mais comme je vous l'ai dit, c'est souvent la couche qu'on n'a pas eu le temps de passer parce que l'autre n'était pas sèche.

Une fois ce travail effectué, on sort du plateau pour laisser l'équipe préparer le premier plan.

Oui, ça va être découpé en plans. Le premier, c'est en général un plan large de toute la séquence, suivi d'une série de plans plus ou moins serrés.

C'est long, surtout pour les plans avec des mouvements de caméra. C'est ce qui fait qu'on ne tourne que quatre à cinq minutes utiles par jour. On peut passer deux heures ou plus sur une séquence d'une minute, surtout si on est nombreux dans la séquence.

Non, pas parce qu'on rigole trop. En général le temps que nous les cancres faisons perdre pèse très peu dans la balance. C'est surtout que plus on est de fous, plus il y a de plans. Ben oui. Deux gros plans c'est plus rapide que trois ou quatre.

*
**

Maintenant je peux vous présenter la régie si vous voulez, pendant qu'ils éclairent et posent le travelling.

C'est une équipe très mobile qui se balade avec ses tréteaux, ses ordinateurs et ses imprimantes. En deux secondes ils sont capables de recréer leur univers et de se connecter où qu'on soit.

La régie du commissariat de Vanves, c'est la maison. Tout tourne autour de la régie. Elle est au premier étage, pas très loin de mon bureau. Il y a de grands canapés où l'on peut s'affaler et jusqu'à ce que les portables fassent leur apparition on était sûrs de trouver Mouss à l'autre bout de son Moussophone. C'est comme ça que nous avions étiqueté le téléphone qu'il squattait à longueur de journée.

Moi je déteste cet appareil. Je ne l'utilise que pour dire « Je suis en retard, j'arrive », ou pour parler à ma mère qui habite Strasbourg, enfin pour des trucs importants, et dès que j'ai donné ou reçu l'information, je raccroche. Je préfère être en face de mon interlocuteur. Ça doit venir de mon enfance. J'ai assisté à tellement de scènes de grimaces silencieuses que ne pouvaient voir les interlocuteurs à l'autre bout du fil que le téléphone est devenu pour moi un vecteur de mensonges.

Mais Mouss ne pouvait s'en passer, il souffrait de téléphonite aiguë.

Non, ne partez pas en courant, c'est pas contagieux, moi je l'ai jamais attrapée et pourtant... Qu'est-ce qu'il a pu s'appliquer à essayer de faire durer nos conversations téléphoniques, comme pour battre un record qu'il était le seul à tenter !

Quand il m'appelait, après nous être enquis de nos santés respectives, de nos projets, et avoir pris des nouvelles de nos proches dont nous avions parlé la veille, nos conversations étaient entrecoupées de grands silences.

– Mouss ? T'avais autre chose à me dire ?

– Oui. Ça fait huit minutes qu'on se parle et tu n'as toujours pas raccroché. C'est génial non ?

Alors quand les premiers portables sont apparus, qui a été le premier à en avoir un ?

D'abord pouvait-on vraiment appeler portable la valise qui se situait en dessous du combiné ? Pour moi non, c'était beaucoup trop lourd, mais dans les immenses mains de Mouss la valise avait des airs de petite sacoche.

La miniaturisation a suivi bon train, jusqu'à des appareils tellement minuscules qu'entre ses doigts on aurait dit des cure-dents. C'était d'un drôle de le voir porter ce tout petit objet à son oreille. C'est devenu moins drôle quand il s'est mis à en avoir plusieurs et à mettre ses correspondants en attente pendant les prises. C'était un rien gênant pour la concentration, d'entendre ses poches parler.

– Mouss t'es là, tu m'entends ? Allô, allô…

Le comble a été la fois où nous tournions un plan à trois. Non j'ai pas dit qu'on se faisait un plan à trois, on tournait, Renaud, Mouss et moi, dans le même plan. J'étais face à eux.

J'ai été soufflée quand j'ai vu Mouss, en plein milieu de la prise, pendant que je parlais avec Renaud, faire un pas en arrière, échanger une ou deux phrases au téléphone avec un interlocuteur resté en attente puis revenir au sein du groupe comme si de rien n'était.

Le metteur en scène qui regardait l'écran de contrôle des caméras n'avait pas compris pourquoi pendant quelques secondes Mouss était sorti du champ mais ça avait été fait avec tant de naturel qu'il n'avait même pas ressenti le besoin de couper la prise. Nous étions tous sans voix devant la dextérité avec laquelle Moustic avait exécuté cette figure sans sourciller ni interrompre la scène.

Mais je vous avoue que quand il arrivait en retard sur le plateau alors que nous avions commencé à répéter sans lui et qu'en plus il gardait un téléphone allumé dans chaque main pendant que nous tournions, ça ne me mettait pas de bonne humeur.

Nous avons eu quelques prises de bec à ce sujet, mais c'est aussi ça, être amis. Savoir se fritter et défendre son point de vue. Tant qu'on a à l'esprit qu'on s'aime il faut tout se dire avant que des gens moins bien intentionnés ne le fassent.

Par la suite, pour éviter les tensions, nous avons décidé de laisser les portables dans les loges ou au moins de les éteindre. Ce que tout le monde a fait plus ou moins et beaucoup moins que plus.

Qu'à cela ne tienne ! Aux grands maux les grands remèdes ! Chaque fois qu'un téléphone gênait au milieu d'une prise, le coupable était tenu de payer le champagne à toute l'équipe. Ça en a calmé plus d'un.

Téléphoner n'est pas mon truc, en revanche les nouvelles technologies, j'adore ! Je ne suis pas une *geek*, tout juste une *fashion Apple victim* et j'assume.

On est pas mal, sur *Julie*, à s'y connaître en informatique, mais on a notre petit spécimen réfractaire qui sait tout juste taper son nom et aller sur son Facebook.

Vous vous demandez qui ça peut être. Un autre indice ?

Paradoxalement c'est celui qui est censé être une bête en informatique…

Maintenant, vous voyez de qui je veux parler ? Toujours pas ?

Au commissariat de Vanves, qui va-t-on voir quand on veut faire une recherche un peu poussée, craquer un code ou sortir les fichiers d'un disque dur effacé ?

Motta ! Bien sûr !

Heureusement que son texte est écrit. Si vous pouviez voir le nombre de Post-it affichés sur son écran pour parer aux trous de mémoire sur les termes techniques, vous hallucineriez.

Et malgré ça, il trouve le moyen de se planter. On biche tous quand il a un tunnel de texte dans ce genre parce qu'on sait qu'on va passer un bon moment.

Il finit généralement avec un fou rire et je peux vous dire qu'un fou rire d'Alexis on ne s'en remet pas.

Je me souviens d'un gros plan mémorable sur lui dans une scène d'interrogatoire. Il nous sortait une telle bouillie de termes invraisemblables que l'acteur hors champ qui lui donnait la réplique n'arrivait plus à parler tant il riait. C'était le dernier plan de la journée et Josée Dayan voulait terminer, je me suis donc proposée de prendre le texte en main et de donner la réplique à Alexis. Je n'ai pas tenu une minute. Les autres acteurs présents et l'équipe technique s'y sont essayés mais personne n'a pu résister. Même Josée, pourtant en colère, a tenté sa chance et a fini par craquer.

On a remis ce plan au lendemain. Redoutable Alexis ! Notre Rantanplan !

C'est comme ça qu'il définissait son rôle.

– Motta c'est Rantanplan, chaque fois qu'il voit Julie il veut lui sauter dans les bras mais il tombe à côté.

Il avait décidé que son personnage en était secrètement amoureux.

Il m'a plus d'une fois cueillie avec ses œillades. Je ne pense pas que le spectateur le perçoive et ce n'est pas très grave. En revanche, ce qui, je pense, est lisible, c'est l'affection qu'on se porte.

*
**

On aime tirer ensemble des plans sur la comète, refaire le monde, préparer des blagues ou se raconter des histoires drôles.

Qu'est-ce qu'on a pu s'en raconter !

C'était Renaud le spécialiste, tous les matins il en avait au moins une bonne. Vous vous rendez compte si je les avais notées ? Sur dix ans il a bien tourné sept cent cinquante jours. J'aurais eu de quoi écrire l'encyclopédie de la vanne. Je me souviens de presque toutes mais quand on me demande d'en raconter une je sèche. Elles ne me reviennent que par associations d'idées.

Oh mais qui voilà ? C'est mon Sam qui vient me rendre visite. Pourquoi ne l'a-t-on pas montée, cette crèche dont on rêvait ? Sur le tournage de *Julie*, il y avait toujours des enfants ou des petits-enfants. Jules et Léo, les enfants de Fanny, voulaient voir « bébé Sam dans sa poussette », comme ils disaient. Pierre, le fils de Dodo, venait de temps en temps embrasser sa mère ou se faire couper les cheveux. Louis et Marine rendaient visite au Colonel avec leur maman. Antoine, le petit-fils de Roger, fasciné par son grand-père, est venu dès ses cinq ans jouer à être son assistant.

Iris, la fille d'Alexis, Cécile celle de Renaud et Tessa l'aînée de Mouss passaient souvent nous dire bonjour. Elles avaient toutes les trois l'âge de la série. Étonnant non ? Mes trois gaillards avaient des filles et moi un garçon. Nous adorions les avoir dans les pattes. Quel fabuleux terrain de jeu ! De temps en temps le metteur en scène leur laissait dire « Action ! » ou « Coupez ! » et à la lueur dans leurs yeux on sentait le plaisir qu'ils prenaient à être obéis de tous.

De vrais petits futurs dictateurs ? Nous saurons être vigilants.

Quand Sam était petit, je le mettais sur mes épaules pendant les répétitions. Il devait se croire dans un manège car il essayait toujours d'attraper la perche. Un peu plus grand, il s'accrochait à ma jambe et s'amusait à faire les mêmes gestes que moi en répétant tout ce que je disais, c'était d'un drôle de le voir, haut comme trois pommes, m'imiter !

Tous se sont essayés, tôt ou tard, d'abord à la figuration puis à la comédie.

J'en entends dire :

– Évidemment ! C'est plus facile quand on est fille ou fils de.

Oui, c'est vrai, mais on ne va pas faire semblant de leur mettre des bâtons dans les roues juste pour faire plaisir aux jaloux. Ils sont élevés sur les plateaux, normal que pour eux ça coule de source. Ce sont des enfants de la balle, comme les enfants du cirque.

Personne ne trouve à redire quand un enfant de jongleur devient jongleur.

Le mien, après avoir figuré sur *Julie* dans un match de foot, a joué dans *La Dame d'Izieu.* Il en avait envie mais finalement ça ne lui a pas trop plu. Les scènes de comédie, c'était sympa, il aimait bien. Ce qui ne lui plaisait pas c'étaient l'attente et les contraintes. Il y en a un paquet.

Tourner avec de gros pulls en laine qui grattent au coin d'un bon feu par quarante degrés à l'ombre, c'est monnaie courante. C'est déjà difficile pour un adulte, mais pour un enfant… Même s'ils ne tournent que quatre heures par jour, elles comptent double.

Dans ce métier on tourne en plein été un film censé se passer en hiver, on commence à la fin de l'été un film qu'on finit à la fin de l'automne, on espère qu'il va faire beau, il fait un temps pourri, bref, on est très rarement en adéquation avec le temps qu'il fait. À choisir, je préfère avoir trop froid que trop chaud. La chaleur et la moiteur m'anesthésient et me font gonfler au point qu'on peut lire sur mes chevilles jusqu'à la marque de mes chaussettes.

– D'accord, je préfère n'avoir ni trop froid ni trop chaud, mais faut pas rêver.

La différence de température pouvant être importante entre la fin août et le début novembre, on opte la plupart du temps pour des tenues intermédiaires. Donc quand il fait chaud, on crève, quand il fait froid aussi mais avec le sourire s'il vous plaît.

– Oh ! Ça fait du bien ! s'exclame l'actrice qui s'asperge de l'eau à huit degrés du torrent en évitant de claquer des dents.

– Que c'est rafraîchissant ! continue-t-elle les lèvres bleuissantes jusqu'au « coupez » salvateur qui jette sur elle l'équipe, avec ses couvertures de survie et ses sèche-cheveux afin de la rendre apte à recommencer.

Je ne plaisante pas, je l'ai vécu dans le film de Francis Perrin. Je n'en suis pas morte. Trois jours de gastro plus tard, il n'y paraissait plus.

Les trucs vraiment risqués, ce sont les cascadeurs qui s'en chargent. Je ne saurais pas accomplir le centième de leurs prouesses. Se lancer dans le vide d'un étage élevé sur des piles de cartons ou sur un énorme praticable gonflable, moi il faudrait qu'il y ait le feu à l'immeuble pour que je saute et encore on devrait me pousser. J'ai le vertige, c'est terrible, ça me paralyse. J'ai autant le vertige pour moi que pour les autres. Si je vois quelqu'un s'approcher du vide je m'assois par terre et je vomis mon cœur.

Et pourtant j'ai déjà été bloquée dans une grande roue et sauvée par quelqu'un qui l'escaladait, je me suis déjà retrouvée accrochée à une fenêtre du troisième étage, j'ai déjà grimpé au sommet d'un arbre pour observer des oiseaux ou en haut d'un phare pour me jeter dans le vide.

– Comment c'est possible ? Parce que Daniel Vérité était là et qu'il me disait : « Tu peux le faire. »

Allez savoir pourquoi mais c'est le seul qui m'aidait

à combattre mon angoisse. Même si j'ai travaillé avec beaucoup d'autres grands cascadeurs.

Ce sont des gens passionnés et très humains. Je ne peux m'empêcher d'avoir une pensée affectueuse et désolée pour l'un d'entre eux et pas des moindres : Jean-Louis Airola. L'inconsolable chagrin de la perte de son enfant a eu raison de son envie de vivre.

Pourtant il était tellement vivant, et si présent pour les autres ! Il avait monté une ferme pour que les enfants handicapés puissent progresser au contact des animaux. Il organisait chaque année une grande journée portes ouvertes dans sa forêt. Son équipe y faisait des démonstrations de tous genres de cascades auxquelles j'aimais participer dans un duel à l'épée ou dans la tenue d'un stand de jeux d'adresse. Quand je pense que deux jours avant de passer à l'acte il était avec nous pour régler une cascade, que nous avons déjeuné ensemble et que je ne me suis rendu compte de rien. Je m'en suis voulu, comme tous ceux qui étaient là, j'en suis sûre, mais comment pouvions-nous imaginer ce qui se tramait…

Gilles Conseil a pris sa suite et Danny est restée ma doublure attitrée. Une sacrée bonne femme, boxeuse, épanouie. Nous nous complétons si bien que beaucoup pensent que je fais tout moi-même. C'est ça, l'art des bons cascadeurs. Savoir emprunter les gestes du comédien qu'ils doublent. Ce sont aussi, très souvent, d'excellents acteurs.

Quand je dois tomber d'un arbre par exemple, c'est Danny qui fait la chute en plan large. Moi, quand on me filme en gros plan, je ne suis même pas à un mètre du sol. Et pour l'arrivée, reprise en plan serré, je fais un roulé-boulé par terre et le tour est joué. Ce n'est pas glorieux mais de toute façon les assurances refusent de nous laisser prendre le moindre risque.

Les cascades que j'adorais effectuer moi-même et qu'on me laissait faire quand elles étaient sans danger, c'étaient les courses-poursuites ou les tête-à-queue.

Pas de mauvais esprit, hein ! C'est vrai que je vous tends la perche mais ce n'est pas pour ça qu'il faut vous en saisir.

Mouss aussi excellait quand il s'agissait de tenir le volant.

Mais les grosses cascades dangereuses, celles où une voiture doit renverser un piéton, sont méticuleusement préparées et exécutées par des cascadeurs spécialisés dans la conduite de précision.

C'est le chef des cascadeurs qui les règle et décide de la position des caméras. Il sait exactement ce qui donnera le meilleur effet. Et comme souvent, une cascade, on ne peut la faire qu'une fois : quand on intervient dedans, on a intérêt à ne pas se planter, c'est pas le moment de jouer au mariole.

Et quand ça foire dans les instants cruciaux, il faut faire avec.

Bien sûr que ça m'est arrivé. Et plus d'une fois. On ne m'appelle pas Miss Catastrophe pour rien. Qui est capable, emportée par la beauté de l'action, de pousser un grand cri d'admiration pendant une cascade de voiture ? C'est Bibi. Qui, en tirant avec son flingue chargé sur une vitre qui explose, crie « Pan… » ? C'est encore Bibi. Qui, lorsque la voiture des malfaiteurs passe devant elle avant de tomber dans la Seine, ne parvient pas à sortir son flingue et fait semblant de tirer avec ses deux doigts sur sa cible à la manière des enfants ? C'est toujours Bibi.

Non, je ne blague pas et ce n'est qu'un petit florilège de toutes les bévues que j'ai pu commettre en vingt-deux ans. Celles-là me restent en mémoire car elles se sont produites à des moments particulièrement inopportuns. Bon, ça la fout mal mais on s'en sort quand même.

Il est toujours possible de refaire un gros plan de l'instant où je tire, quant aux plans larges ce n'est pas très grave, les gens sont tellement occupés à regarder la cascade qu'ils ne le remarquent même pas.

Rétrospectivement ça me fait plutôt rire.

C'est bizarre comme les chutes ou les ratages peuvent provoquer l'hilarité.

Sur *Julie,* il y a une histoire de cascade qu'on ne peut pas évoquer entre nous sans nous tenir les côtes. C'est aussi parce qu'elle nous fait penser à l'histoire du fakir qu'on s'était racontée juste avant.

C'est un fakir qui, après toute une succession de numéros insensés, se saisit d'une hache et s'adresse au public :

– Y a-t-il quelqu'un de très costaud dans l'assistance ?

Là, un mec genre bûcheron canadien se lève.

– Très bien. Monsieur, pouvez-vous monter sur scène ?

Le type s'exécute et prend la hache que le fakir lui tend.

– Maintenant je vais compter et à trois je vais vous demander de me mettre un grand coup de hache sur le crâne, de toutes vos forces. N'ayez pas peur, tout va bien se passer.

Le bûcheron accepte et le fakir commence à compter.

– Vous êtes prêt… Attention… Un, deux, trois…

Et un coup de hache magistral fend le crâne du fakir qui tombe dans le coma.

Ambulance… opération… Trois mois plus tard, le fakir sort du coma, indemne. Le médecin vient alors lui ôter l'énorme bandage qui lui entoure la tête.

Alors le fakir, tendant les bras, s'écrie, victorieux :

– Et voilà !

Vous allez comprendre la similitude avec la cascade qui nous a fait autant rire.

Je dresse le décor. La scène se situe dans la rue. L'homme qu'Alexis et moi venons arrêter chez lui essaie de s'échapper, nous le poursuivons en courant jusqu'à ce qu'il s'engage sur une route où une voiture doit le percuter de plein fouet. Oui, pas facile et dangereux.

Donc après la scène de comédie, un cascadeur maquillé, perruqué, harnaché de protège-nuque, dos, coudes, genoux et chevilles prend la place de l'acteur.

Les caméras s'installent. Une en plan large, une plus

serrée à l'endroit où la voiture le percutera, et une au sol à l'endroit où il devrait tomber, d'après les calculs.

On répète. Bon, nous on répète juste la fin de la scène une fois, pour bien préciser ce qu'on va dire en arrivant près de lui. Pas la peine de s'épuiser puisqu'on n'a qu'à courir derrière.

De son côté le cascadeur répète l'impact avec le conducteur de la voiture, d'abord au ralenti puis un peu plus vite. Il se contente de marquer les mouvements. Une fois, dix fois, vingt fois. On regarde, un peu étonnés. C'est qu'on en a vu travailler, des cascadeurs ! Mais avec autant de précision jamais. Pouvoir prévoir, comme ça, la façon dont il va tourner sur le capot et l'endroit de sa chute. Il est très sûr de lui, bravo !

Ça y est c'est prêt, on tourne. On répète le mot d'ordre : « Quoi qu'il arrive on va au bout de la séquence. » Bien sûr !

– Tout le monde est prêt. Moteur demandé. Ça tourne… ACTION !

C'est parti ! On fonce, on est sur ses talons, il débouche sur la rue et soudain, la voiture surgit comme un boulet de canon, le percute de plein fouet, il s'écrase contre le pare-brise, vole et retombe… très loin de l'endroit prévu.

Alexis et moi, surpris par la violence du choc, nous sommes arrêtés net. Estomaqués, comme dans la vie je suppose… Mais il faut continuer. Où est-il ? Ah oui, carrément de l'autre côté de la rue. Qu'est-ce que je fais ? Je continue, comme on a dit. Je m'accroupis près de lui, affolée. Mais je le suis vraiment !

– Ah ! Ahhhh ! Ahh ! gémit-il.

Qu'est-ce que je fais ? Il a l'air d'avoir mal et puis de toute façon, pour la seule caméra qui me voit, je suis de dos. Je m'empresse de lui demander :

– Ça va ?

– Ça vaaaaa, ça vaaaaaa, râle-t-il en tournant la tête vers moi.

C'est là que je vois sa perruque décollée qui pend comme un scalp sur le côté. Et c'est terrible mais un fou rire, auquel je refuse de céder, me prend.

– Coupez !

Sauvée par le gong.

L'ambulance arrive. Qui dit cascade dit forcément pompiers. Malgré ses protestations, on l'emmène faire une radio de contrôle à l'hôpital.

Nous terminons le tournage, apprenons qu'il va bien. La journée finie, nous regagnons les loges pour nous changer. Nous sommes tous là prêts à partir quand la voiture de l'assistant débarque avec le cascadeur venu récupérer ses vêtements. Il sort du véhicule en collant, la perruque à la main, et nous fait un grand sourire victorieux.

Qui d'entre nous à ce moment-là a dit :

– Et voilà !

Est-ce moi, Fanny, Alexis, Jérôme, Dominique, Zézé ou Leslie… je ne m'en souviens pas, mais le fou rire qui m'a tenue jusque tard dans la nuit et qui nous tient encore, aucun de nous ne risque de l'oublier.

Je ne vous dirai pas que le comble c'est que la fois d'après, quand le cascadeur est revenu pour une scène de bagarre il est reparti avec le nez cassé… Et puis si, je vous le dis, c'était lui. Allez ! C'est ma tournée.

*
**

– Ils sont prêts. On vous attend sur le plateau pour tourner, nous dit le stagiaire.

Il nous a trouvés. On n'était pas assez bien cachés.

Allez, faut y aller.

Maintenant que tout est prêt, on va répéter avec la caméra, vérifier que tout est en ordre, qu'on ne voit pas l'équipe dans un reflet, ni dans un miroir, marquer les places des acteurs avec du chatterton de couleur et prendre les points. Moi j'ai choisi la couleur rose parce que je suis une fille. Comme ça, pour ceux qui auraient des doutes…

Quand tout ça est fait, il ne nous reste plus qu'à répéter dans le rythme avec les déplacements de la caméra, car tout le monde doit être en osmose pour que le travelling arrive en bout de course à l'instant voulu. C'est une vraie chorégraphie.

– On fait les raccords, dit l'assistant.

C'est à ce moment-là qu'on enfile les manteaux, les écharpes. Dernier coup d'œil de Dominique, de Jérôme, de Fanny et de la scripte, tout le monde est poudré, col et mèches rebelles sont en place.

– OK. En place de départ.

– Moteur ! dit le réalisateur.

– Silence ! Partout le moteur est demandé ! hurle l'assistant.

Maintenant vous vous mettez dans ce petit coin derrière l'écran de contrôle et vous ne bougez plus ni ne parlez. On passe aux choses sérieuses. Enfin j'espère, parce qu'on a pas mal de plans à faire avant la pause-déjeuner.

– Ça tourne au son… lance l'ingénieur du son. Annonce !

Le clapman se place devant la caméra et fait son clap.

– ACTION ! crie le metteur en scène.

– 6 –

« DANS LA VIE, Y A PAS DE GRANDS, Y A PAS DE PETITS. LA BONNE LONGUEUR POUR LES JAMBES, C'EST QUAND LES PIEDS TOUCHENT PAR TERRE. »

Coluche

C'est la coupure. Une heure de détente. Notre repas doit être plié en moins de trois quarts d'heure.

Le dernier quart d'heure est réservé aux raccords maquillage et changements de costumes.

J'ai une de ces faims moi, je mangerais bien tout un éléphant.

C'est que ça fait belle lurette que mon petit déjeuner est oublié et j'ai tourné la tête quand le plateau de croque-monsieur est passé à 10 heures. C'était pas facile, vous pouvez me féliciter.

Le problème, dans notre métier, c'est le manque de régularité dans les horaires. On peut commencer la semaine de nuit et la finir le vendredi en se levant à 6 heures du mat du moment qu'on a eu les dix heures d'arrêt réglementaires entre deux journées.

Dix heures c'est *short* quand même ! Ces jours-là je ne me rends même pas compte que j'ai dormi. Quand j'arrive à m'endormir, parce que moi le coup de barre je l'ai eu à minuit à ne plus pouvoir garder les yeux ouverts, et à 3 heures j'ai plus sommeil et j'ai faim. Ce genre de semaines je les finis à plus deux kilos, au moins.

Normal, on passe son temps à bouffer. Notre horloge biologique est toute chamboulée.

Oui c'est bon ! Je sais que je n'ai pas besoin de ça pour les prendre, les kilos, mais avouez que ça n'aide pas.

Il est où le barnum ?

Eh oui, les saltimbanques, ça mange sous une tente.

Il nous arrive aussi de manger dans les cantines des comités d'entreprise quand il y en a. C'est le cas de la tour Montparnasse ou de La Défense.

La tour Montparnasse c'est sans moi. Faire la queue avec son plateau pour manger dans une salle sans fenêtres et qui sent le renfermé, non merci. Je préfère un sandwich à la terrasse d'un café. Dans le quartier ce n'est pas ce qui manque.

Mais ce que je préfère par-dessus tout, c'est notre bon vieux barnum.

Le matin, l'équipe de la cantine plante notre troquet.

C'est parfois champêtre, parfois en plein cœur de Paris sur un terre-plein, on peut y avoir les pieds au sec ou dans la boue, il y fait parfois trop chaud, quand il fait très froid ça sent très fort l'odeur du chauffage d'appoint au gaz mais on s'y sent bien.

On s'installe à de grandes tables pour huit sur des bancs souvent bancals ou en pente et plus ou moins serrés suivant le nombre que nous sommes.

Si c'est une journée avec quelques figurants on les case avec nous. S'ils sont nombreux, on monte un autre barnum.

– Oui pardon, Diablotin, « acteurs de complément », pas figurants.

C'est qu'il y en a qui ne plaisantent pas avec ça ! Moi ça me fait doucement rigoler, cette manie de changer les appellations. Il n'y a pas de honte à être figurant, c'est un métier. Comme si le fait de dire « acteur de complément » allait changer quoi que ce soit à la fonction. Sur un tournage chacun a son rôle et tout le monde a besoin de tout le monde. Un bon figurant est aussi important qu'un bon acteur.

Sur *Julie*, c'est pas le nom qui compte, c'est la qualité de nos rapports.

Pourtant, malgré l'affection qu'on se porte, je dois avouer que la manie de se regrouper par corporation lors des repas m'a toujours étonnée.

Les ouvriers se mettent avec les ouvriers, les techniciens avec les techniciens, les chefs avec les chefs et les acteurs, de complément ou non, entre eux.

Ça me rappelle la chanson de Maurice Chevalier que chantait ma grand-mère.

Quand un vicomte
Rencontre un autre vicomte
Qu'est-ce qu'ils s'racontent

Des histoires de vicomtes.
Chacun sur terre se fout, se fout,
Des p'tites misères
De son voisin du d'sous…

Pourtant je sais qu'on ne s'en fout pas, qu'on a toujours plein de choses à se raconter. Je mets plutôt ça sur le compte de l'habitude, et de la discrétion, une manière de ne pas s'imposer.

Si par malheur je suis à la cantine avant tout le monde (ce qui peut se produire quand je ne suis pas du dernier plan) et que, plongée dans la lecture de mes messages, je ne me suis pas aperçue de leur arrivée, je peux, quand je relève le nez, les voir tous entassés aux tables alentour et moi seule à la mienne.

– Ça va pas, non ? Qu'est-ce qu'il y a ? Je sens le pâté ? J'ai couché avec l'ennemi ? Il vous faut une invitation ?

Oui. Il faut que ce soit moi qui les invite à s'asseoir ou qui, arrivant après eux, me glisse dans une place au milieu d'eux. Et pourtant ils me connaissent, mais ça ne change rien. Il y en a même qui ne réussissent pas à me tutoyer.

Moi ! Vous vous rendez compte, c'est du délire ! Je ne parviens pas à le concevoir.

Comme je ne parviens pas à concevoir que je puisse impressionner quelqu'un et pourtant… il y en a que j'impressionne.

Non, pas vous, je sais bien.

La première fois qu'on m'a dit ça je suis tombée

des nues. C'était à cause d'un jeune acteur qui ne s'en sortait pas, tellement il avait le trac. Je ne savais plus quoi faire pour le détendre et plus j'essayais, plus il était paniqué. Je n'ai pourtant pas lâché le morceau, jusqu'à ce que le metteur en scène me prenne à part et me dise :

– Laisse-moi faire, tu l'impressionnes trop.

Je me suis énormément remise en question suite à ça. J'ai cherché ce qui, dans mon attitude, pouvait avoir été la cause d'une telle intimidation. Je l'avais accueilli au maquillage avec tous les autres, on avait ri avec lui, on avait déjeuné tous ensemble, il avait entendu nos petits secrets, vu notre intimité… Non, on ne s'était pas foutus à poil, quand même pas ! Faut pas déconner. Je veux dire qu'il avait vu qu'on était tous très proches. J'avais même demandé à ce qu'on commence par moi pour les gros plans et m'étais vautrée plusieurs fois dans mon texte pour le décomplexer.

– Je ne m'étais pas beaucoup forcée ? Sympa, mais désolée, cette fois-ci je l'avais fait exprès.

Je fais souvent ça pour détendre l'atmosphère et désacraliser un peu le plateau.

Oh et puis on s'en fout, l'important c'est qu'il ait vu que ce n'était pas un drame de se planter, que ça pouvait arriver même aux meilleurs.

– Oui, ça c'est prétentieux, mais je me console avec un brin d'autosatisfaction. Ça ne peut pas faire de mal et on n'est jamais si bien servi que par soi-même.

J'ai fini par comprendre que je n'y étais pour rien. C'est l'aura que procure la popularité qui en est la cause. Et ça ne va pas en se calmant, parce que plus je prends de l'âge, plus je me trouve face à des gens qui me servent du « Madame » et que « j'impressionne ». À ce point-là, ça m'impressionne !

Je vais faire une journée portes ouvertes de mon cœur et de mes pensées et vous verrez que je ne suis pas si différente de celle d'il y a quarante ans, quand je rêvais à ce métier.

J'ai évolué, forcément, dans le sens où j'ai beaucoup appris. J'ai appris surtout à dire non. Pas totalement, je ne suis pas encore très performante mais je progresse. Je suis passée de bonne poire, aux dires de mon entourage, à poire un peu mûre.

Moi qui pensais qu'à l'ère d'Internet, des télécrochets en pagaille et de la téléréalité, la possibilité qu'avait chaque individu d'avoir son quart d'heure américain nous rapprochait ! Il n'en est rien. Le star-système ne veut pas mourir… Mais moi je ne veux pas être coupée du monde.

Je veux parler à tout le monde et que tout le monde me parle. J'ai besoin des autres, de leur chaleur, de leur contact. Je ne veux pas vivre dans une tour ni dans une cage dorée. Je veux juste faire mon métier.

Faites-moi une petite place, je veux déjeuner avec vous. C'est dans ces moments-là qu'on apprend à se connaître.

À l'inverse du plateau, la cantine est très bruyante, moi j'ai l'habitude ça ne me fait pas peur, mais quand on les lâche tous ces grands enfants ne se tiennent plus. Il est fréquent de se prendre des boulettes de mie de pain.

Tant que ça ne tourne pas au jeu de massacre !

– On ne joue pas avec la nourriture !

J'aime bien dire ça. C'est vrai que je n'aime pas qu'on gâche mais si on me cherche trop je ne vais pas hésiter à prendre le bon gros gâteau à la crème et au chocolat et à le coller sur le banc juste avant que tu t'asseyes… dessus. Ni vu ni cul nu rien dans les mains rien dans les poches.

– C'est pas moi c'est Diablotin !

Ils n'ont même pas le droit de répliquer.

– Stop ! Vous ne pouvez pas vous venger, je suis raccord.

Oh la diablesse ! Ça énerve, hein ?

Malheureusement pour moi ce n'est que partie remise, mais en plein tournage il ne faut pas se salir et ce n'est déjà pas facile. Fanny me surveille du coin de l'œil.

Il faut savoir que vous avez devant vous la reine incontestée de la bougnette.

La bougnette, vous ne connaissez pas ? La grosse tache sur le chemisier. Elle est toujours pour moi, je dois avoir un abonnement à bougnette.com et tout le temps de ma grossesse c'était pire, j'avais un abonnement premium. Il faut dire que plus tu as de ventre et plus tu as de chances que ça te tombe dessus.

Heureusement Fanny sait aussi se transformer en

teinturerie et a des tas de produits miracles. Elle râle un peu pour la forme.

– Qu'est-ce que tu as encore fait ?

– Hyper attention comme d'habitude.

Ah non, arrêtez ! Je n'avais pas un petit coup dans l'aile, je ne bois pas. Je suis trop vite pétée. Il me suffit d'un verre pour être pompette pendant trois jours. Drôlement économique, la fille, non ?

Sur un tournage je m'abstiens, sinon l'après-midi, je suis incapable d'articuler un seul mot et je m'endors.

C'est pour tout pareil, je suis sensible à tout. Même avec un Guronsan je peux faire une overdose.

Une fois, un matin où j'étais un peu en vrac, mon coiffeur m'en a proposé un pour me donner un coup de fouet. L'effet ! Impossible de commencer une phrase, je bégayais comme une vieille moto qui n'arrive pas à démarrer. J'avais des ratés.

– Bonbonbonbonbonjour. Asssssass sassssas assassass asseyez-vous.

Mon cœur battait à trois cents coups minute, j'étais au bord du malaise. Non franchement, l'alcool comme le reste, faut pas que j'y touche. Je suis tombée dans la marmite quand j'étais petite.

En revanche, à la cantine, il y en a qui vont jusqu'à s'inventer un anniversaire pour avoir du rab de gâteau et se faire offrir le champagne. Qui ça ? Suivez mon regard.

Hein Dodo ?

Dans quel état le staff HMC et les assistants étaient rentrés de la cantine ce jour-là !

Dans la cave de la maison de Julie à Vaucresson, la musique à fond les manettes, Jérôme chantait *Bambino* dans une brosse à cheveux et nous hurlions le refrain, tous en chœur, en dansant. Il est bon, Jérôme, en Dalida. S'il en a marre de la coiffure, il peut faire carrière chez Michou. C'est d'ailleurs ce qui m'a donné l'idée de les y emmener pour le véritable anniversaire de Dominique.

Quelle sacrée soirée ! Sacré Michou.

Ça reste un de mes plus beaux souvenirs.

À la cantine il y a souvent des copains qui passent déjeuner, ou les auteurs de *Julie*, ou le staff de TF1. C'est l'occasion pour chacun d'exprimer ses envies, ses problèmes, de faire naître de nouvelles histoires.

Il nous arrive aussi de partir dans des rêves de comédie un peu déjantée. Combien de fois a-t-on rêvé d'un épisode spécial très drôle et un peu fou avec une Julie en bas résille et *border line*. Alexis Lecaye disait : « On l'écrit et on tourne les scènes en fin de journée. »

Il est mignon lui, mais moi, en fin de journée, c'est pas des bas résille que je rêve d'enfiler, c'est des bas de contention.

À force de piétiner, j'ai un de ces mal de jambes…

De toute façon c'est resté un fantasme, on n'est jamais passés à l'acte. Elle est bien comme elle est notre Julie, c'était juste pour se défouler. Mine de rien il y a beaucoup de stress et, à la cantine, on évacue.

Quand les auteurs viennent, on peut aussi, parfois, parler sérieusement, surtout des grandes lignes de la vie privée de Julie. Comment la faire évoluer ?

*
**

Dans chaque épisode il y a deux histoires parallèles. L'une est l'enquête policière, basée sur des faits de société, et l'autre tourne autour d'un des personnages récurrents de la série. Une fois sur deux au moins c'est Julie ou ses filles qui en sont le centre.

Les dix premières années c'était facile, il nous suffisait de nous laisser bercer par toutes les étapes de la vie des gamines. Ça, plus le rapport de Julie avec son ex-mari qui n'était pas vraiment son ex mais plus vraiment son mari, donnait le ton de la comédie familiale que j'affectionnais.

La seule chose sur laquelle je devais me battre était le rythme auquel on faisait grandir les filles. Pas la peine de les faire vieillir aussi vite que dans la vie.

Les acteurs n'ont souvent pas l'âge du rôle et particulièrement les enfants. La plupart du temps, pour jouer un enfant de six ans on va trouver un petit modèle de huit ans. Il comprendra mieux ce qu'on lui demande et sera plus simple à gérer. Les enfants de grande taille ont peu de chances de travailler. Ou alors ils jouent les aînés de garçons qui ont le même âge qu'eux, comme mon fils Sam dans *La Dame d'Izieu.*

Au début de *Julie*, Joséphine et Jennifer, bien que très jeunes, avaient deux ans de moins que Babou et Sarah, censées avoir sept et neuf ans. Il fallait les faire grandir gentiment et pas trop vite. On avait tellement de choses à raconter sur les rapports mère-fille et puis on avait le temps avant l'adolescence.

Enfin juste le temps que Jennifer passe par sa période Eeeeeuuu.

Oui, les peintres ont leurs périodes bleues, Jenny a eu sa période Eeeeeuuu. Ça atteint surtout les préados. Ils deviennent tout mous et font « eeeeeuuu » à chaque fin de mot.

– Mais eeeeeuuu, arrêteeeuuuu !

Ça me remplissait de joie.

Le temps aussi que Babou nous fasse sa période bafouillage, où elle s'évertuait à parler encore plus vite que moi – et je vous assure que pour ça faut s'accrocher –, l'adolescence est arrivée et avec elle les envies d'émancipation.

Sarah ça allait, elle était l'aînée, faisait toutes les expériences, on lui avait inventé un petit copain, ce qu'on lui écrivait la comblait.

Mais Babou ne supportait plus de jouer la petite écervelée, elle qui en a là-dedans et pas qu'un peu. C'est que c'est une tête, notre Joséphine.

Le rôle l'étriquait. Elle voulait GRANDIR ! Sur quel ton faut-il vous le dire ?

Moi je freinais des deux pieds. Elle, elle ne rêvait que d'appuyer sur le champignon.

Elle se battait avec le texte qui ne lui correspondait pas. J'avais beau lui répéter « c'est pas toi qui réagis comme ça, c'est Babou », sa puissante personnalité et son esprit d'analyse s'y refusaient. Elle voulait des rôles de femme. Pourtant elle faisait si jeune…

Ça ne nous arrangeait pas mais au fond je la comprenais. Quand on a seize ans on veut se vieillir. On ne sait pas encore que dans dix ans on commencera à se rajeunir. Et l'expérience des autres n'y fait rien. Elle a tenu le coup encore quelques tournages et quand elle m'a annoncé qu'elle partait ça a été *le* choc.

Julie sans Babou, je ne l'imaginais pas une seconde. Quelqu'un pour prendre sa place ? Impossible.

Je devais la convaincre de rester.

– On peut rien faire pour te faire changer d'avis ? Pourquoi ne reviendrais-tu pas juste de temps en temps pour une belle histoire qui tournerait autour de toi ?

Non. Sa décision était prise. Elle nous aimait mais voulait tenter autre chose. Elle avait peur d'être marquée par le rôle.

– Mais c'est absurde, Babou ! C'est trop tard. Tu *es* marquée ! Babou c'est toi depuis douze ans et pour les spectateurs tu le resteras toute ta vie.

Elle est partie.

Je dois avouer que j'ai été un peu énervée de la voir quelques mois plus tard interpréter une sale gamine dans une autre série. Je ne comprenais pas ce que ce rôle avec appareil dentaire pouvait lui apporter dans sa quête de féminité. Comme j'essayais de lui trouver des raisons, parce que c'est ce qu'on fait quand on aime, j'ai fini par me dire que c'était pour casser l'image de Babou et passer à autre chose. Après tout, c'était son droit.

Après douze ans avec nous, Babou ne pouvait pas disparaître. La tuer, hors de question. C'est trop lourd à porter la mort d'un enfant, je préfère laisser la porte ouverte et attendre le retour de l'enfant prodigue.

On avait muté Paul en Inde quand François Marthouret avait voulu prendre ses distances. Elle irait vivre avec son père et pour que la rupture soit moins violente, on ménagerait des petits coups de fil de Julie à Babou dans les futurs épisodes.

Voilà Jojo, on va faire comme ça.

Facile à dire. Qu'est-ce qu'elle m'a manqué !

Et pourtant la maison n'avait jamais été aussi pleine d'enfants.

Pierre Verdon, le nouvel ami de Julie, s'était installé chez elle, amenant ponctuellement son fils Romain dont il partageait la garde, ce qui nous permettait de l'intégrer à l'histoire ou pas. Tous les deux s'étaient pris d'affection pour le petit orphelin Pavel et se battaient pour le garder.

C'est vrai qu'ils n'étaient pas tout à fait dans la légalité en se transformant en famille d'accueil mais ils s'y étaient attachés.

Vous aussi je pense, vu le nombre de fois où vous m'avez demandé de ses nouvelles.

C'est vrai qu'il était charmant, ce petit garçon que j'avais soigneusement choisi. La mayonnaise avait bien pris, pour les premiers épisodes. Peut-être parce que sa présence développait le côté maternel des filles. Une fois Babou partie et Sarah installée dans sa vie de jeune femme, il n'était pas question de se séparer de cette jolie présence. Nous avions déjà vécu l'évolution de deux petites filles et étions enthousiastes à l'idée d'explorer le monde des petits garçons. Pourtant les auteurs tournaient en rond, ils avaient du mal à développer des histoires autour de la nouvelle vie de Julie. De mon côté, malgré la tendresse que j'avais pour le petit Loïc Nayet, je n'arrivais pas à recréer la complicité que j'avais eue avec Jennifer et Jojo. Il y avait comme une barrière entre nous.

C'est sans doute normal, j'avais commencé avec les filles, nous avions tout créé ensemble et nous avions grandi ensemble dans le cœur des gens.

Moi aussi j'avais grandi… Oui, je sais. À mon âge on dit « vieilli ».

J'avais l'impression qu'on essayait de faire revivre à Julie les mêmes situations. Je m'étais déjà agacée du fait qu'elle replonge avec un avocat. Quelle originalité ! Quelle ouverture ! Va innover avec ça !

Dans cette période où tout allait à vau-l'eau, la vie de Julie a été emportée par le même courant que le commissariat.

Pavel a été récupéré par un membre de sa famille retrouvée, Julie en a gardé une blessure dont elle ne parlera qu'une fois à Sarah dans le premier épisode de « Julie à Paris ».

– Ne te retourne pas, Julie ! Pas de nostalgie, il faut s'arrêter ou aller de l'avant. Ils disent tous que tu as encore de belles années devant toi.

Ils avaient raison.

*
**

– Hum ça a l'air bon, qu'est-ce que c'est ?

Oui je dois dire que la cantine est plutôt bonne.

Ventre heureux travaille mieux.

C'est une nourriture familiale assez simple. Entrée, plat, dessert, servis à l'assiette.

Évidemment ça n'a rien à voir avec les cantines des films cinéma prestigieux auxquels j'ai participé à mes débuts. Il y en avait quelques-unes de très réputées. On disait « notre cantine c'est Charly » comme on aurait dit « chez Drouant ». C'était de la très bonne cuisine. On avait même un quatre-heures. Sur *Maupassant* par exemple, on faisait une vraie pause dans l'après-midi. C'est-à-dire que tout le monde s'arrêtait de travailler pour prendre une boisson chaude et des gâteaux souvent offerts par Michel Drach qui se débrouillait toujours pour dénicher la meilleure pâtisserie du coin. Et là, ça n'avait rien à voir avec le budget du film mais avec un certain art de vivre. Meyer, mon mari, est pareil : sur les films que nous produisons ensemble, il aime que les gens autour de lui se sentent aimés et il les gâte.

Sur *Julie* on n'est vraiment pas à plaindre. Par rapport à ce qui se fait, on a le meilleur et si on se met à comparer aux cantines étrangères alors là c'est Byzance.

En Italie, ce sont des plateaux-repas qu'on mange dans un coin, sur le tournage. On a le choix entre trois options pâtes : pâtes ou pâtes avec viande, avec ou sans fromage et, bien souvent, on n'a pas ce qu'on a choisi. Un peu comme dans les trains ou dans les avions.

– Oh ben y en avait plus.

– C'n'est pas grave, vous n'avez qu'à me donner des pâtes !

– Je vais surtout te donner un parapluie parce qu'il s'est mis à pleuvoir, me dit Fanny.

Oh non, la tuile ! En soi, ce n'est pas grave, on n'est pas en sucre. Ce qui l'est plus c'est le raccord avec la scène précédente. Il faisait beau et c'est la suite directe.

S'il ne pleut pas plus que ça, on s'en tirera. Une petite pluie n'impressionne pas la pellicule. Il faut de grosses gouttes serrées pour qu'on commence à la voir, ou qu'on vous filme derrière la vitre d'une voiture. Essayez de dire « Quel soleil ! » derrière un pare-brise dégoulinant d'eau, même si vous vous montrez très persuasive on aura du mal à vous croire.

S'il continue à pleuvoir, on sortira de grands parasols pour protéger la caméra, le son et la table régie. Mon Jérôme s'arrachera les cheveux parce que avec l'humidité, les miens boucleront et il jouera du sèche-cheveux entre les prises dans des endroits de fortune.

Quand il ne pleut pas trop, si ça ne marque pas les vêtements, on décide de ne pas jouer la pluie, c'est-à-dire qu'on fait comme s'il ne pleuvait pas.

Renaud sait très bien faire ça. Je me rappelle une scène avec lui, Mouss et moi, sur un épisode de Charlotte Brandström. On se parlait tous les trois par-dessus le toit de la voiture, Mouss était à côté de moi et Renaud de l'autre côté. Il faisait un temps pourri mais la pluie fine ne gênait pas trop. Donc le mot d'ordre était : « On ne joue pas la pluie. »

Ce n'était pas tombé dans l'oreille d'un sourd !

Arrive le gros plan de Renaud sur lequel la pluie se met à redoubler. Il se met à pleuvoir dru. Renaud, sérieux et imperturbable, poursuit. Ça s'amplifie encore, et encore, tellement qu'il prend carrément des seaux d'eau dans la figure. Son visage est trempé, d'énormes gouttes rebondissent sur son nez. Mouss et moi commençons à lui donner les répliques en riant. C'est évident, il faut s'arrêter. Ça marque carrément, là ! Il ne lui manque plus que le masque et le tuba.

Eh bien non, personne n'a dit « Coupez ! », alors mon Renaud continue. Et le comble, c'est qu'il se retient de rire alors qu'en face de lui deux malades se tapent les côtes en ne cherchant même plus à dissimuler l'hilarité qui les secoue.

C'est pas beau, un tel professionnalisme ?

Il est comme ça, Renaud. Il adore plaisanter mais c'est le seul d'entre nous qui réussit à ne pas céder à un fou rire collectif. Je ne sais pas comment il fait, pour moi c'est mission impossible.

La pluie n'ayant pas l'air de vouloir se calmer, qu'est-ce qu'on fait ? On fait « stoie » ? OK, je sors !

Finissons tranquillement de déjeuner en attendant qu'ils prennent une décision.

L'assistant a dû prévoir un plan B. La plupart du temps il y en a un. Sauf si toutes les séquences sont en extérieur et qu'il n'y a pas de décor intérieur à proximité, mais c'est rare.

Pour exécuter le plan B, reste à savoir si les acteurs des séquences de remplacement sont convoqués aujourd'hui.

Si l'assistant a été prévoyant et a consulté la météo, ils sont sur téléphone, c'est-à-dire à disposition. On va perdre un peu de temps pour les faire venir et les préparer mais on n'aura pas perdu la journée et en dépassant le soir on va y arriver.

Quant à nous, il ne nous reste plus qu'à attendre.

Attendre, ça aussi c'est un mot clef dans notre métier. Il faut savoir attendre. Pour les petits rôles c'est le plus pénible parce qu'ils peuvent poireauter des heures avant que ce soit leur tour. Un bon assistant, avec les éléments que lui aura communiqués le metteur en scène, pourra évaluer combien une scène va durer mais ce n'est pas une science exacte. En plus il va se couvrir et il y en a des frileux. Un peu comme pour le train. Les frileux préfèrent patienter une heure à la gare de peur de le manquer.

C'est Gabin qui disait : « Pour faire du cinéma, il faut surtout avoir une bonne chaise. »

À son époque, ce devait être encore plus long. Je pense qu'ils ne devaient même pas tourner une minute utile par jour.

Et comment passaient-ils le temps ?

Pas sur leurs téléphones et les logiciels de jeux ni en prenant des photos et en les postant sur les réseaux sociaux, c'est sûr. Quel bouleversement dans notre façon de communiquer et dans notre rapport aux autres !

D'un côté c'est formidable pour se rapprocher de sa famille quand elle est éclatée géographiquement. Il n'y a pas si longtemps, quand on était à l'étranger, si l'on avait quelque chose d'urgent à dire, c'était le téléphone si on avait les moyens, ou le télégramme qui était un peu le Twitter d'alors. Tu payais au nombre de mots donc tu essayais d'être succinct. Il y avait aussi la lettre mais j'ai dit urgent donc c'est raté. Ben oui, la plupart du temps t'étais rentré depuis une semaine quand elle arrivait.

Maintenant avec Internet c'est instantané. Un e-mail et le tour est joué. Mais attention, tu n'as plus d'excuses et si tu ne donnes pas de nouvelles régulièrement tu te fais appeler Gertrude.

À votre avis, pourquoi les enfants n'ont-ils aucun mal à se faire offrir un mobile de plus en plus tôt ? Uniquement parce qu'ils le demandent et qu'on aime leur faire plaisir ? Mais non, c'est à nous que nous faisons plaisir ! Bien sûr, on est contents qu'ils soient heureux, mais c'est surtout nous qui sommes rassurés de pouvoir les joindre à tout moment.

Enfin non, pas à tout moment. Ils ne sont pas forcés de nous répondre.

Pas grave, il y a la parade. Approchez ! Je vais vous le dire dans l'oreille. On peut glisser dans son mobile une puce qui nous permettra de savoir exactement où il est. Et vous pourrez même définir des zones interdites qui déclencheront une alarme s'il y pénètre. Oui, oui, ça vient de sortir, on n'arrête pas le progrès. Et c'est pas fini, on va bientôt mettre des puces électroniques dans le pli du bras des nourrissons. Oui, comme sur les petits chiens, mais là c'est pour les enlèvements… Pour nous je ne sais pas quand ça va venir mais au rythme où vont les choses on ne devrait pas attendre longtemps…

Et pourquoi pas un bracelet électronique, pendant qu'on y est ?

Non mais ça ne va pas ? Ho ! C'est fini cette obsession de la surveillance ?

Qu'est-ce que vous faites de la confiance ?

Comment voulez-vous que le monde aille bien si même les parents ne savent pas instaurer le dialogue et la confiance avec leur progéniture ? Si on continue comme ça, on va virer parano.

Et ce n'est pas le seul risque de toutes ces nouvelles technologies.

Ce qui est sûr c'est que sans aller jusqu'aux extrêmes comme les *geeks* qui ne savent plus communiquer autrement qu'à travers leur machine, ces nouvelles technologies nous enferment, et qu'il faut lutter pour ne pas prendre sa tablette à la moindre occasion. C'est si facile. J'en suis moi-même un peu dépendante mais sur les tournages j'essaie de résister et de garder mes yeux ouverts sur les autres.

J'y parviens parce que j'aime les jeux. Qu'ils soient de société, casse-tête chinois ou devinettes, je suis toujours partante.

Sur le tournage de *Ça n'arrive qu'à moi*, Bernard Blier nous en sortait un nouveau par jour. Ça allait du jeu d'adresse où celui qui envoyait sa pièce de dix ou vingt centimes le plus près d'un mur remportait toutes celles qui avaient été jetées, aux jeux d'esprit comme trouver ce qu'on pouvait rapporter d'un voyage.

– J'étais à Pau et j'ai rapporté un « manque » ou j'étais à Mexico et j'ai ramené un « j'ai jamais vu une bande ».

– Quoi ? Vous ne comprenez pas ? J'ai jamais vu une bande de… Mecs-si-cons.

Ah oui, fallait avoir bouffé au moins un *Almanach Vermot* pour piger ça.

Nous, on aime bien jouer à Melon et Melèche. Vous devez sûrement connaître. C'est un peu comme « Monsieur et Madame… ont un fils, comment s'appelle-t-il ? ». Il faut inventer une phrase drôle avec ces deux personnages. Par exemple, Melon et Melèche vont à la pêche, Melon pêche la truite et Melèche la raie. Ou alors Melon et Melèche prennent le métro, Melon achète un ticket et Melèche le trou. Ou encore Melon et Melèche cherchent un appartement, Melon le paie et Melèche l'habite.

Oui je sais, c'est lamentable mais c'est pas moi qui les ai inventés et vous imaginez bien qu'avec Melèche ça ne peut pas être autrement. Si ça n'avait tenu qu'à moi je les aurais appelés Melave ou Meprend, ça aurait été plus soft…

Non, en fait, même pas… Oubliez.

Mouss, lui, pour se distraire, avait toujours un club de golf à la main. Et au moindre petit bout de pelouse, il puttait ou faisait semblant de taper un drive. Heureusement qu'il ne faisait que semblant parce que, avec sa puissance, une balle de golf se serait vite changée en arme redoutable. Waouh ! Qu'est-ce qu'il balançait et quel beau geste ! Avec de l'entraînement, il aurait pu en faire sa profession.

Venez, on va prendre le café aux loges, il est meilleur que celui de la cantine et puis Renaud a apporté sa guitare, on va faire un bœuf.

C'est marrant cette expression, « faire un bœuf ». Mais non, ça ne veut pas dire qu'on meugle quand on chante, même si ce n'est pas totalement faux pour certains. Ça viendrait d'un cabaret qui s'appelait Le Bœuf sur le toit où des jazzmen se réunissaient pour jouer ensemble sans forcément se connaître.

Nous, nos jam-sessions, c'étaient des récitals Brassens. Mais on pouvait aussi chanter à tue-tête sur un dernier album coup de foudre qu'on se passait en boucle après que Mouss se fut lancé dans une de ses imitations humoristiques. Si son Joe Dassin me mettait particulièrement en joie, il était également un parfait Yves Montand à bicycletteuuuuu.

Oh, ça me rappelle une de mes gaffes magistrales. Quelques années avant *Julie*.

J'étais avec Jean-Pierre Kalfon, en pleine promotion pour *Danger Amour*, une pièce que nous allions jouer au théâtre du musée Grévin.

On avait été conviés au journal de 13 heures d'Antenne 2, rien que ça.

Nous étions exténués par les répétitions non-stop des trois derniers jours. J'avais du mal à garder les yeux ouverts mais quand on est jeune rien n'est impossible. Donc pour me donner un peu d'énergie je me mets à déambuler dans le hall jusqu'à une affiche de *Boulevard du crime*.

Association d'idées : « Boulevard du crime », les grands boulevards, Yves Montand car Jean-Pierre l'imitait à la perfection, et me voilà en train de retraverser tout le hall vers lui en dansant et chantant à la manière d'Yves Montand.

J'aime flâner sur les grands boulevards.
Il y a tant de choses, tant de choses, tant de choses à voir…

Jean-Pierre sourit, fredonne, ça m'encourage, je me lâche, la caricature est à son comble.

J'aime flâner sur les grands boulevards
Les soirs d'été quand tout le monde aime bien se coucher tard.

Soudain, le sourire de Jean-Pierre se crispe. Qu'est-ce qui se passe, il a mal au ventre ? Il lance son menton vers moi par petits coups répétitifs. Ouais, vas-y, marque le rythme !

Je fais tourner ma canne imaginaire et esquisse les derniers pas qui me rapprochent de lui.

C'est l'apogée.

On a des chances d'apercevoir

Deux yeux angéliques… « Ta gueule il est juste derrière toiiii aaaa », termine-t-il sur le même air entre ses dents, avec son sourire toujours figé.

Je m'arrête.

– C'est drôle ces paroles… C'est quoi ?

– …

– C'est très joli, mademoiselle, me dit une voix dans mon dos.

– Merci, réponds-je en me retournant et me trouvant nez à nez avec… Montand.

Glups ! Pourquoi on ne m'a pas dit qu'il était convié au même journal ?

C'est pas juste, c'est toujours pour ma pomme !

Heureusement pour moi, il avait de l'humour… Ou alors il n'avait pas remarqué que je l'imitais.

C'est vrai, pour les imitations, je n'arrive pas à la cheville de Mouss. En revanche dans la chorale de *Julie*, il aime bien jouer le trublion !

Non, ce n'est pas vraiment une chorale. On l'appelle comme ça parce qu'on adore chanter ensemble à plusieurs voix ou en canon. On aime siffler aussi.

On est très au point sur « Le con de la rivière Pwaï ».

C'est pas ça ? Ah non pardon ! *Le Pont de la rivière Kwaï.*

Mais si, vous connaissez ! C'est un magnifique film qui se passe en Birmanie pendant la Seconde Guerre mondiale. La musique fait comme ça : fufu fufufufu fu fu… Vous voyez toujours pas ? Annie Cordy l'a chantée. Les paroles c'était : « Hello le soleil brille, brille, brille. Hello tu reviendras bientôt. » Ça y est vous y êtes ?

Là-dessus on a deux lignes mélodiques et quand on le siffle ça fait un effet bœuf. Moi je dois me retourner parce que si je les regarde pendant que je siffle ils sont pliés en deux et essayez de siffler en riant, vous verrez c'est impossible.

C'est paraît-il la façon dont je place ma bouche qui me donne un air tout tordu. À les voir, ça doit être irrésistible. Ça l'est à tel point que quand ils ont envie de rire ils me demandent de siffler quelque chose.

Moi je veux bien siffler une petite piña colada. Tu nous en prépares une pour ce soir, Dodo ? C'est la reine de la piña et du mojito. Une championne toutes catégories.

C'est dangereux, la piña, parce qu'on ne se rend pas compte qu'on boit. La seule cuite que j'ai prise dans ma vie c'était après trois piñas, à jeun. Je suis rentrée à quatre pattes. Là, quand elle nous en fait, on la boit en fin de journée et en toute petite quantité. Juste histoire de se détendre.

On fait aussi des concours de gâteaux maison. On s'inscrit sur une feuille et tous les jours quelqu'un apporte son gâteau. Nous on goûte et on vote, ce n'est pas désagréable. Là encore il est difficile de battre

Dominique. Sa recette de gâteau au chocolat, à la framboise et à je ne sais trop quoi de croustillant me rend folle. Heureusement, je suis très occupée et le gâteau part si vite que j'ai à peine le temps d'y toucher.

Une fois, on avait lancé un concours très sympa en début de tournage à la tour Montparnasse. On devait tous apporter une photo de nous bébé ou enfant, âgé au maximum de cinq ans. On les avait récoltées dans une grande boîte et affichées sur un panneau avec des numéros et la liste des participants, pour ainsi dire toute l'équipe. Il fallait mettre un numéro devant chaque nom. Ça a l'air facile comme ça, eh bien pas du tout.

C'était sympa ce jeu, parce qu'à chaque moment d'attente nous nous retrouvions devant le panneau et nous partions à la chasse aux indices en nous questionnant les uns les autres sur notre passé. C'est une façon originale d'aller à la rencontre de l'autre à travers l'enfant qu'il était.

***

– Bon alors vous avez pris une décision ? La pluie a l'air de se calmer. On tourne dans l'ordre normal de la feuille ? OK.

Va falloir se rassembler un peu parce qu'on s'est tous mis en mode glandouille.

Oui oui, je vais au raccord maquillage.

J'arrive, mais le téléphone sonne.

C'est dingue, chaque fois qu'il sonne j'ai l'estomac qui part dans les talons, un peu comme dans les montagnes russes. C'est comme pour les sirènes de pompiers ou d'ambulance dans Paris, chaque fois mon cœur se serre. J'ai l'impression que c'est moi qui suis dans ce camion en train de tenir la main de la victime, ou du malade. J'ai le souffle coupé, une peine immense m'envahit. Ça s'est amplifié depuis que je suis maman. Je ne peux m'empêcher d'imaginer le pire. Une foule d'images transpercent ma tête, je me vide de mon sang, mes membres sont tout engourdis et fourmillent.

– Vite ! Si c'est pour quelque chose de grave dites-le tout de suite, annoncez la couleur.

Tous ceux qui m'entourent le savent, jusqu'à l'infirmière de l'école de mon fils, qui, si elle m'appelle, commence par : « Tout va bien ne vous inquiétez pas, il s'est juste fait mal à la cheville. »

La cheville ? Je ne peux réprimer un sourire.

– Vas-y, maman, rigole pendant que tu y es ! J'ai mal.

– Oui mon chéri. Je sais. Pardon.

*
**

J'ai si peur de la mauvaise nouvelle. Elle m'a si souvent cueillie sans crier gare. Au tout début de *Julie,* quand mon frère Olivier est parti après une longue agonie. C'est comme ça qu'on dit quand on ne veut pas en dire plus. Qu'est-ce qu'on peut dire de plus ?

La souffrance ne se tarit pas avec les mots, même pas avec le temps. Elle prend ses distances mais reste tapie, prête à vous sauter à la gorge à la moindre madeleine que la vie vous tend.

Un morceau de musique, un mot, un film, une rue, une ville, un ami, un plat. On se croit vacciné, c'est incurable. Et la gorge s'étrangle et les larmes jaillissent, on en est presque honteux.

Alors on se serre fort les uns les autres et on s'autorise à pleurer la mère, le père, le frère, la sœur, l'ami.

Venez Dodo, Fanny, Zézé, Leslie, Jérôme, venez tous car aucun de nous n'a été épargné.

Le plus dur c'est que la mauvaise nouvelle ne vous autorise pas à courir vers l'être chéri. En plein tournage difficile de s'échapper, sauf à tomber soi-même. Alors on reste là avec ses angoisses, ses questions, ses doutes, ses attentes. La machine continue, ne se doute de rien. Quand elle comprend elle ralentit et marche à pas feutrés mais elle avance inexorablement. Il faut faire avec, travailler, jouer avec des émotions, dissimuler celle qui vous harcèle le cœur. Il faudrait que le grain de sable vous assomme pour que la machine s'arrête. La douleur n'est pas un caillou. Elle n'enraye pas la machine.

Mais aujourd'hui le téléphone a mis sa robe à paillettes. Sortez le champagne. C'est Sandrine et Mouss. Il a retrouvé l'usage de la parole. Il veut nous parler.

Ce ne sont plus les mêmes larmes. Cette fois, elles sont de joie. On s'arrache le téléphone, l'excitation est à son comble.

L'assistant ne sait pas ce qui se joue, il nous demande de nous dépêcher.

– On peut prendre dix minutes ?

… Non ?

On les prend quand même, tu diras que c'est pour moi.

Mouss, je l'ai déjà entendu depuis son accident. Il n'est pas très audible car il est toujours sous assistance respiratoire et doit rééduquer sa diction, mais il a fait des progrès énormes depuis ce jour du Nouvel An où je me suis retrouvée assise par terre dans le hall de mon hôtel, à New York.

Le son de sa voix m'avait coupé les jambes.

– Bonne année, Véro !

– Bonne année, Moustic !

Je n'en croyais pas mes oreilles, il revenait de si loin.

Les souvenirs m'assaillent.

Sa visite à la clinique pour la naissance de Sam. Mon fils si petit dans ses bras et son sourire vainqueur. Les regards remplis d'amour que les infirmières lui lançaient.

Le bonheur de mon fils quand plus tard il le faisait tourner comme un avion ou le juchait sur ses larges épaules. Il avait un don avec les enfants. Loin d'être impressionné par sa taille imposante, ils rêvaient tous d'être transportés au ciel, au bout de ses bras forts.

Je me souviens de son visage transfiguré de bonheur par la naissance d'Isaac et de la fierté avec laquelle il exhibait ses photos.

De notre conversation téléphonique après son premier AVC. Il devait venir me voir dans *Madame Butterlight*, il voulait s'excuser :

– Je viendrai te voir dès que j'irai tout à fait bien, m'avait-il dit. Je recommence à répéter bientôt mais j'ai encore quelques légers problèmes d'élocution.

Effectivement, le débit était un peu plus lent mais le discours très cohérent.

– Mes reins se sont arrêtés mais ça va repartir, ils sont en parfait état. Ils me stimulent avec une série de dialyses.

Aïe, ça c'était la mauvaise nouvelle. La dialyse c'est terrible. Très difficile à supporter et très contraignant. Pourvu que ses reins redémarrent…

Mais ils avaient beau ne pas être abîmés ils n'ont jamais repris le travail.

Je n'en reviens toujours pas que la vie soit venue à bout de mon copain. Il semblait indestructible.

*
**

Il ne pleut plus et j'ai pourtant le visage inondé. Dodo ne va pas être contente.

Erreur, elle est dans le même état que moi, d'ailleurs ils le sont tous. Personne ne parle, hébétés de l'avoir entendu. Quelle belle surprise !

Heureusement que les bonnes nouvelles sont plus fréquentes que les mauvaises. Il y a les projets acceptés, les réussites aux examens. Et pas seulement ceux de mes enfants Adam, Gabou ou Sam. Le bac de Joséphine, ceux de Pierre, de Jules, de Léo ont été dignement fêtés. Quand l'un d'entre eux réussit, je suis aussi fière que si c'était le mien.

Comme le dit si justement Joséphine, entre nous c'est organique.

Elle a raison. J'ai toujours gardé un œil sur elle, pris de ses nouvelles, regretté qu'on ne l'utilise pas plus.

J'ai toujours eu en tête de la faire revenir et je suis tenace. Quand il y a environ trois ans nous avons commencé à parler de la fin de *Julie*, je me suis mise à imaginer un grand épisode qui réunirait tout le monde autour d'un mariage ou d'une naissance. L'absence de Mouss alors qu'il aurait annoncé sa venue en aurait été le moteur et nous aurions tous uni nos expériences pour le retrouver et résoudre cette ultime affaire. Il serait apparu à la fin, même sur son fauteuil, et tous réunis autour de lui nous aurions posé pour l'image finale.

Mais nous avons prolongé *Julie*, elle devait dépasser les cent épisodes, c'était le challenge que nous nous étions fixé.

Nous ne savions pas exactement combien de temps nous pourrions tenir, combien d'histoires.

Les audiences se maintenaient mais les ménagères avaient vieilli avec moi et du jour au lendemain celles de moins de cinquante ans, passées à plus de cinquante, ne pesaient plus dans la balance.

Ça me fait penser à l'histoire de Roland Magdane et de la date de péremption sur la boîte de petits pois. Qu'est-ce qui se passe dans la boîte de petits pois dans la nuit qui sépare la bonne date de la mauvaise ? Magdane ne savait pas.

Moi je sais ce qui se passe pour la femme de cinquante ans la nuit de son anniversaire… Elle sort de la courbe de la ménagère de moins de cinquante ans et rejoint celle des vieux. Point final.

C'est absurde, c'est vrai, mais pas injuste puisque c'est comme ça pour tout le monde.

Pour amener doucement *Julie* vers une fin inéluctable, nous avions décidé de la pousser, par des événements douloureux et personnels, à se poser de vraies questions sur son métier et sur sa vie. On peut dire qu'ils n'y sont pas allés de main morte.

Ç'a été l'hécatombe. Chaque scénario que je lisais me déchirait le cœur.

Ils ont commencé par blesser Roland dans un attentat.

Puis ils ont tué Paul.

– Non, pas Paul, je ne veux pas ! Trouvez quelqu'un d'autre.

Mais qui d'autre ? Seule la mort d'un être cher peut provoquer un choc émotionnel capable de faire perdre la mémoire à Julie. L'histoire était belle, bien écrite, j'ai cherché la parade, je ne l'ai pas trouvée. Paul est décédé.

Mes rêves de grand rassemblement final partaient en fumée.

Mais le hasard allait encore être au rendez-vous.

Ce jour-là, les auteurs et tous les décideurs étaient venus à la cantine parler des épisodes suivants. C'était au tour de Motta d'y passer mais TF1 avait refusé l'un des quatre pitchs et il fallait se creuser la tête.

Le devoir m'appelle sur le plateau, je les laisse prendre le café. En sortant de la loge maquillage, je tombe sur Joséphine avec qui j'avais dîné peu de temps auparavant à l'issue d'une représentation de ma dernière pièce *Plein la vue*. Je la serre dans mes bras et soudain, le flash !

– Tu voudrais revenir tourner un épisode avec moi ? Une belle histoire où nous nous opposerions ?

Ses yeux s'allument et nous partons dans l'ébauche d'une histoire.

– Oui. Pourquoi pas, laisse-moi réfléchir.

– Bien sûr. Le temps d'aller au café et de t'asseoir avec le pool d'écriture, ça te suffira ? T'as cinq minutes, là ? Ça n'engage à rien de discuter.

Leslie, notre directrice artistique, est très surprise de nous voir arriver bras dessus, bras dessous. J'assois Jojo.

– Voilà l'idée, dis-je en brossant en deux secondes le scénario qui nous était venu. Il faut nous écrire une belle histoire. On le tient, notre final !

L'enfant prodigue est de retour.

Quand je vous disais que je suis têtue !

*
**

Allez faut pas mollir ! On se raccorde et on y va. La journée n'est pas finie et elle ne va pas être facile.

Je viens de voir poindre un petit rayon de soleil et on va se battre avec les fausses teintes.

Non, ça ne veut pas dire que plein de vraies rousses ou de vraies blondes vont venir se battre avec nous. C'est pas ça, une fausse teinte. Comment vous expliquer ? Le mieux c'est de prendre un exemple.

Si vous avez commencé à tourner par temps couvert et que soudain le soleil sort de derrière un nuage, la luminosité monte d'un coup et on dit qu'on a une fausse teinte. On est donc obligé de couper et d'attendre un nuage pour recommencer. Ben oui, sinon dans le film l'image est surexposée et devient toute blanche. Ces jours-là le chef opérateur ne cesse de scruter le ciel derrière un petit œilleton pour nous donner le signal du départ. On perd un temps fou.

C'est un coup à dépasser de deux heures, ça.

Oh que je les aime pas ces journées ! Je vais avoir le gros coup de barre de la digestion. C'est à ce moment-là que je regrette toujours d'avoir mangé.

C'est vrai que les fois où je prends une légère collation dans ma loge et que je pique un petit roupillon de vingt minutes me valent de bien meilleurs après-midi. Mais ce n'est pas dans ma nature de m'isoler et je ne le fais que quand je suis complètement sur les rotules et quand on m'en laisse l'occasion. Quand je n'ai pas de rendez-vous de presse, par exemple.

Oui c'est possible que j'en aie, c'est même assez fréquent.

La promo n'attend pas. À cause de la concurrence, les dates de diffusion ne sont révélées que trois semaines à l'avance. Ce sont les trois semaines nécessaires au bouclage des hebdomadaires. Ce qui fait que tout vous tombe dessus en même temps et rarement au bon moment. Il faut jongler et faire les interviews de visu, filmées ou téléphoniques, pendant les pauses ou à l'heure des repas.

Ce n'est pas le côté de mon métier que je préfère. Je ne déteste pas discuter avec les journalistes. Il y en a avec qui je suis devenue amie, pas mal que je côtoie depuis longtemps et mes rapports avec eux sont plutôt excellents.

C'est le côté radotage qui m'insupporte. Le fait de répondre mille fois à la même question et de ne se reconnaître que très rarement dans ce qui en ressort.

Il va de soi que résumer une demi-heure de rencontre en quelques lignes n'est pas évident, surtout avec mon débit, et oblige à prendre quelques raccourcis. Certains y arrivent mieux que d'autres. Beaucoup font des compilations de ce qu'ils lisent ailleurs. S'ils annoncent la couleur et ne dénaturent pas le sens des propos, cela va encore, mais souvent, de raccourcis en raccourcis, l'essence même de l'idée se transforme.

Le français est une langue complexe et les mêmes mots dans le désordre peuvent mener au désastre.

Surtout quand la malhonnêteté s'en mêle… fondu au noir flash-back.

Je venais d'accoucher il y avait peu, et de recommencer les tournages de *Julie*. La presse est friande de ce genre d'histoire et tous voulaient des photos de mon petit bout. Pour couper court aux planques des paparazzi, j'avais décidé de leur donner ce qu'ils demandaient et avais fait, avec mon photographe, de très belles photos. Après tout ce n'était pas un secret et j'étais si heureuse d'être maman ! J'avais accepté la couverture de *Match* et celle de *Télé 7 Jours* et accordé un certain nombre d'interviews à d'autres journaux. Plusieurs télés avaient fait de gros reportages sur la reprise des tournages. Les demandes s'amoncelaient, je ne pouvais répondre à tous et tourner en même temps. Épuisée, j'avais dit stop.

Je me rappelle le coup de fil de la mère de Gabou et d'Adam – les enfants du premier mariage de Meyer –, très choquée et blessée d'avoir lu dans la presse que j'avais… adopté ses enfants ! Bien sûr que c'était faux ! Elle me connaissait et ne me soupçonnait même pas d'avoir dit une chose pareille. Comment aurais-je pu dire ce qui n'était pas ? Mais elle était meurtrie à l'idée que des gens puissent s'imaginer qu'elle avait abandonné ses enfants. Quelle horreur ! Je la comprenais.

Je me suis précipitée dans le premier kiosque pour acheter ledit torchon. En lisant, j'ai constaté que l'article était truffé d'inepties. Non content de blesser une maman, il me faisait passer pour une hors-la-loi incorrigible et marginale, limite junkie, qui détestait les flics.

Le journal affichait l'article comme une interview et

j'étais sûre de ne pas avoir rencontré le journaliste interviewer !

Je trouvais ça très grave. J'ai appelé une amie avocate et décidé d'attaquer. C'est une des rares fois où j'ai attaqué un journal. Je dis rares pour ne pas dire la seule car je n'en suis pas absolument certaine mais presque.

La réponse du journal et du journaliste ne se fit pas attendre : ils contre-attaquaient.

Le journaliste fournissait la demande d'interview qu'il avait envoyée à mon attachée de presse et la lettre d'un présentateur télé dont je tairai le nom qui affirmait qu'elle avait eu lieu au restaurant de l'hôtel Costes, un soir, et qu'il en avait été le témoin.

Il est vrai que je fréquentais pas mal Costes à ce moment-là. Étant entre deux appartements et habitant un meublé dans l'attente de la fin des travaux, j'y dînais de temps en temps et y donnais mes interviews, mais dans la journée et entre les heures de repas. La seule que j'avais accordée lors d'un dîner était à la journaliste de *Paris Match*. De l'autre, je n'avais aucun souvenir. Soit je couvais un Alzheimer précoce, soit ils mentaient.

Je ne décolérais pas. La Julie Lescaut qui sommeillait en moi, celle qui ne supporte pas le mensonge et l'injustice, venait de se réveiller.

– Toi, tu vas savoir de quel bois je me chauffe.

Dans l'épais dossier que le journaliste produisait au tribunal, une des phrases surlignées dans un article extrait d'un journal était là pour prouver que j'avais déjà tenu ce genre de propos ailleurs. J'y disais : « Au premier coup d'œil, les enfants de Meyer m'ont adoptée. » Le fait d'affirmer que cette phrase avait le même sens que celle qu'il avait écrite – « J'ai adopté les enfants de Meyer » – le désignait à mes yeux comme coupable. Il admettait sa confusion.

Mais c'est un autre détail qui m'a permis de le confondre.

La date de la demande d'interview était postérieure à la date où il disait l'avoir faite !

Tout à coup me revint en mémoire ce type qui m'avait abordée chez Costes après un dîner, me demandant avec insistance un rendez-vous, jusqu'à s'asseoir à ma table pendant que Meyer était aux toilettes. Je me souvenais de lui avoir répondu d'appeler mon attachée de presse.

Me souviendrais-je de son visage quand je l'aurais en face de moi à la réunion de conciliation prochaine ?

Oui, bien sûr que c'était lui ! J'en étais certaine maintenant qu'il était assis à côté de sa rédactrice en chef.

Fait comme un rat.

– D'accord c'est une compilation, et alors ça change quoi ? a-t-il dit sans l'ombre d'un regret.

La colère de la rédactrice en chef en a été décuplée. C'était une femme honnête qui avait été trompée.

Malgré l'énervement et le temps qu'il m'avait fait perdre, je n'ai même pas demandé de dommages et intérêts tant j'étais désolée pour elle. Juste une réparation en première page. Ce qui fut fait avec le sourire, on me devait bien ça.

Je déteste attaquer, il faut y investir une énergie que je préfère mettre ailleurs. Beaucoup de gens me le reprochent. « Tu ne devrais pas laisser dire des choses fausses sur toi. »

Moi je pense qu'attaquer donne trop d'importance aux choses dites et les met en valeur.

De nos jours, la profusion de journaux Internet, blogs et autres moyens d'expression donne la parole à des personnes dont l'éthique est plus que discutable. Elles se permettent d'accuser n'importe qui de n'importe quoi et relever leurs propos leur offrirait une audience qu'elles n'ont pas. La plupart du temps elles ne font, comme le journaliste sans scrupules dont je viens de vous parler, que relayer une information dont elles ont déjà du mal à comprendre le sens.

Trop d'infos tue l'info, dit-on.

Moi je pense que trop de mauvais journalistes tuent le journalisme.

Combien de fois me suis-je laissé prendre par le titre d'un article qui ne correspondait en rien à son contenu ! Combien de fois a-t-on déformé le sens de mes propos par des raccourcis ravageurs !

Oui c'est vrai, il ne doit pas être facile, avec la surmultiplication de la concurrence, de ne pas céder à l'appel du buzz et aux titres racoleurs : mais est-ce une excuse ?

Quand j'étais petite, il n'y avait qu'un journal à sensation et l'on s'amusait souvent à en parodier les titres accrocheurs. Aujourd'hui on peut compter sur les doigts d'une main ceux qui ne le sont pas. Depuis peu, chaque interview est devenue un piège, un parcours dans lequel on te pousse en espérant ta chute. Faire le buzz, trouver la faille, le scoop qui fera du journaliste une star. Qu'importe s'il passe pour un pourri du moment que c'est un pourri renommé.

Qui dit mieux ?

Où s'arrêtera cette escalade ridicule qui ne plaît qu'aux personnes haineuses et stupides et fait les beaux jours des réseaux sociaux qui vont la triturer, la transformer, la déformer, et dans laquelle le soi-disant journaliste en mal de sensation viendra se replonger pour en extraire la substantifique moelle à répandre dans un nouvel article ? Comment lui faire comprendre que le meilleur de la merde n'est que de l'extrait de merde ?

Quand arrêtera-t-il de prendre pour argent comptant ce qu'il glane sur les réseaux sociaux, et de penser que tout y est vrai, et juste ? Pour que cela le soit, il faudrait que personne ne puisse se cacher derrière l'anonymat de profils bidon et multiples.

Comment une presse digne de ce nom peut-elle s'en faire le relais, accréditant ainsi la manipulation que cela suppose ? Cette violence m'attriste car elle terrorise les gens et les incite à se taire.

Quand le silence se fait, la liberté s'en va.

Pour la promotion, c'est la radio que je préfère. C'est très sympa et détendu. Enfin ça l'était plus quand il n'y avait aucune image. Aujourd'hui, même les émissions de radio sont filmées pour le Web. C'est chiant. On ne peut plus venir taudis-poubelle, pas coiffée ni maquillée.

Où qu'on aille, l'image vous poursuit. Il y a toujours un appareil pour te filmer ou te photographier et diffuser sur le Net ta tronche de lendemain de fête.

Ou té paparazzi outé ? Ou té paparazzi outé ? Depuis que les téléphones font des photos le paparazzi est partout.

Moi qui déteste faire des photos, je suis servie.

En décidant d'être comédienne je ne savais pas que je devrais en faire autant. Au début, pendant les périodes de promotion, je me tapais un shooting à chaque interview, c'était insupportable. Très vite j'ai compris l'utilité d'avoir son agence et son photographe.

On se fait une bonne séance avec maquilleur, coiffeur et styliste dans divers décors. Ça prend la journée mais ensuite on est pépère peinard pour un bon moment et les journaux qui n'en veulent pas, ils vont se faire cuire un œuf. Non mais !

Allez on retourne sur le plateau.

– 7 –

« La télévision rend intelligents les gens qui n'ont pas accès à la culture et abrutit ceux qui se croient cultivés. »

Umberto Eco

La reprise après le déjeuner est toujours un peu difficile. Tout le monde tire la jambe, mais vous allez voir ça revient vite.

Moi c'est sur la diction que ça se porte. J'ai une diction molle et je ne tape pas assez sur les consonnes. Et puis j'ai un cheveu sur la langue.

– Non, pas une moumoute. J'ai fait des progrès quand même ! Non ?

Ça s'est amélioré tout seul avec le temps.

Quand j'avais vers les treize ans, un de mes grands cousins ardéchois, orthophoniste, a bien tenté, un été, de faire disparaître ce malheureux cheveu, mais je n'arrivais pas à faire sérieusement les exercices qu'il me demandait d'exécuter.

Il fallait que je maintienne ma langue en arrière de mes dents du bas en parlant d'anges déchus qui chutaient sur les genoux. Ça n'a l'air de rien mais quand ce n'est pas naturel et qu'en plus vous devez vous surveiller devant un miroir, faut avoir les zygomatiques bien accrochés. Vous voyez Quasimodo ? Eh ben c'était un apollon à côté de la tronche que ça me faisait. Mon cousin n'a pas insisté, j'ai gardé mon cheveu.

De toute façon je n'ai jamais cherché à m'en défaire, il ne me gêne pas : je ne l'entends pas !

Mes problèmes d'articulation sont plus embêtants.

Il arrive que des personnes d'un certain âge me disent ne pas comprendre tout ce que je raconte.

Je m'en sors par une pirouette, prétextant qu'ainsi elles auront des choses à découvrir à chaque rediffusion. Je fais la fière, mais au fond, quand je m'entends, je déteste ma manière de parler et je m'en veux de ne pas faire d'efforts. Je dois faire sonner les consonnes. Je dois muscler ma langue.

Oh là là ne vous emballez pas, bandes de canailles ! Je lis dans vos pensées. Pas de cette façon-là. Ce n'est pas en embrassant à bouche-que-veux-tu que ça résoudra le problème.

Non. Il faut faire des exercices. Il y en a un particulièrement excellent que je vais vous donner. En plus c'est une petite histoire drôle. Si vous vous entraînez à la dire très vite en tapant bien sur les consonnes vous allez faire grosse impression.

C'est l'histoire de Kiki la cocotte. Ça fait comme ça…

Kiki était cocotte et Coco concasseur de cacao.
Kiki la cocotte aimait beaucoup Coco le concasseur de cacao.
Or un marquis caracolant caduc et cacochyme
Conquis par les coquins quinquets de Kiki la cocotte
Offrit à Kiki la cocotte un coquet caraco kaki à col de caracul.
Quand Coco le concasseur de cacao
S'aperçut que Kiki la cocotte
Avait reçu du marquis caracolant caduc et cacochyme
Un coquet caraco kaki à col de caracul,
Coco le concasseur de cacao conclut :
Je clos mon caquet je suis cocu.

Allez, à vous ! Ça marche à tous les coups. Pour les phrases compliquées comme pour les mots qui ne passent pas. Dans *Julie* il y en a un paquet. « Procureur » est de ceux-là. C'est con, pour un flic. J'aurais préféré avoir des problèmes avec le mot « lessive » par exemple. On le dit moins souvent dans une enquête et puis on peut le remplacer par « lavage ». Mais pour « procureur » il n'y a pas d'autre mot.

On peut toujours tenter le « proc ». Ça fait cool ! Mais je ne vois pas Julie arriver dans son bureau et lui dire :

– Bonjour monsieur le proc ça boume ?

Franchement ça le fait pas.

C'est à ce moment-là que je sors mon Kiki était cocotte, juste avant le moteur, et c'est rare que ça foire.

Pareil au théâtre, j'en enchaîne toujours quelques-uns avant d'entrer en scène.

Au théâtre j'ai moins de problèmes de bafouillage ou d'inversion de mots parce que je projette beaucoup plus la voix et ouvre les sons, ce qui me fait prendre plus de temps. Mais vous me voyez parler comme ça quand je tourne ? En dehors du fait que ce n'est pas très naturel, je risque d'éclater le tympan du pauvre Roger.

À la télé on parle bien plus bas, comme dans la vie donc nettement plus vite, et c'est là que surgit ma petite dyslexie orale qui me transforme malgré moi en championne de la contrepèterie et me fera vous proposer avec enthousiasme un petit plat « sacré-sulé » en place du fameux « salé-sucré ».

Vous me direz ça ne doit pas arriver souvent à Julie, elle n'est pas restauratrice.

Mais quand mon diVIsionnaire se transforme en diSIvionnaire, c'est-à-dire chaque fois que je le dis, c'est plus embêtant.

Et quand ça se produit à la fin d'un très long plan-séquence encore plus.

Je ne vous ai pas encore expliqué ce qu'est un plan-séquence ?

C'est un plan qui fait toute la durée de la séquence. On ne s'arrête pas. C'est le seul plan de la scène. Il n'y aura pas de gros plan pour pouvoir au montage passer d'un plan à un autre. Pas de montage, donc tout doit être parfait du début à la fin, autant pour la technique que pour les acteurs.

C'est une vraie chorégraphie. C'est très excitant mais parfois compliqué, surtout quand tout s'est bien passé depuis le début et que tu te plantes à la dernière réplique. La prise est bonne pour la poubelle, tout le monde doit recommencer à cause de toi et tu te sens un peu merdeux.

Nous avons tous à notre actif quelques foirades mémorables mais je crois que je suis en tête du classement. C'est un peu normal aussi, je suis celle qui en a le plus à dire. Un conducteur qui prend tous les jours sa voiture a plus de risques de perdre des points que celui qui la laisse au garage.

Même si personne ne t'en veut, ça te fout une pression pas possible et, la culpabilité apparaissant, plus tu te plantes… plus tu te plantes.

Je me souviens de cette piscine dans un épisode qu'a réalisé Marion Sarraut et de l'immense travelling qui la longeait. La caméra démarrait en gros plan sur moi, accroupie près du cadavre d'une noyée au moment où je refermais le sac à viande dans lequel on l'avait mise. Je me levais et j'échangeais un interminable dialogue avec un de mes inspecteurs en parcourant toute la longueur du travelling. Quand j'arrivais à l'autre bout un de mes lieutenants entrait dans le champ, nous échangions quelques phrases, et je finissais mon texte par cet ordre :

– … Et fouillez-moi la piscine de fond en comble !

Cut.

Rien de bien compliqué a priori, mais quand ça ne veut pas, ça ne veut pas… D'abord au début de la scène, je ne sais pas pourquoi j'ai dit « zzzip » en mimant la fermeture du sac à viande. Ça commençait mal. Il a fallu se reconcentrer.

Le plus difficile fut la dernière réplique. Même en serrant les fesses, je n'étais pas capable de sortir autre chose que : « Et pouillez-moi la ficine de con en fomble. »

Et en français ça donne quoi ? me lançait le regard de mon interlocuteur.

Il est vrai qu'avec ce genre d'ordre, l'enquête allait stagner un peu.

Si je l'ai pas fait vingt fois je l'ai pas fait une.

J'ai fini par changer intégralement la réplique en :

– La piscine, vous me la fouillez… (Respiration)… Et de fond en comble !

J'aurais pu réagir et changer le texte plus tôt, je suis d'accord, mais l'échec me pique au vif, ça décuple ma rage d'y arriver.

Oui, c'est de l'orgueil mal placé mais on ne se refait pas.

Et il y a des fois où même en mettant un mouchoir sur son orgueil, rien n'y fait car ce sont les mots de la réplique qui sont impossibles à dire. Enfin pour moi… Comme dans ce plan-séquence dans le commissariat où je parcourais tous les bureaux d'un pas décidé en distribuant mes instructions. Avant de partir et au beau milieu de la séquence je devais dire :

– Trouvez-moi le listing de toutes les Renault immatriculées dans le 95.

À l'aise !

On répète, tout se passe bien, on peut tourner.

– Attends, me dit la scripte. L'accessoiriste m'annonce que ce n'est pas une Renault, mais une Xantia qui a été choisie et elle est immatriculée dans le 61.

– Non, vous le faites exprès ? Je dois dire : « Sortez-moi le listing de toutes les Xantia immatriculées dans le 61 » ? Vous n'avez pas un truc avec plus de s et de x ? Déjà là, à froid, je n'y arrive pas, alors au milieu de tout le reste…

Non. La voiture était choisie, trop tard pour en changer.

Tant pis, quand faut y aller, faut y aller. C'est parti.

– … Et sortez-moi le lixting de toutes les santiags… Flûte !

– Coupez !

– … Et sortez-moi le lixing… et merde…

– Coupez !

– Et xortez-moi le litsing de… oh c'est pas vrrrrai !

– Coupez !

Vingt-huit prises. Je le sais, c'est mon record. Oh, elles ne sont pas toutes pour moi faut pas charrier, mais la plupart. Et le comble ? C'est que vers la dix-huitième, quand j'ai réussi, j'étais tellement contente que j'ai explosé de joie.

– Yes ! j'ai hurlé en dansant la danse du scalp.

Puis je me suis arrêtée, alertée par le silence de plomb qui m'entourait. Pourquoi l'équipe n'exultait-elle pas ?

– Vous n'êtes pas contents que ce soit fini ?

– Mais ce n'est pas fini ! me dit Babou Rappeneau.

– Oh nooon…

J'avais oublié que la séquence continuait. J'ai dû tout reprendre. J'en aurais pleuré.

J'aurais eu Kaplan sous la main, ça m'aurait simplifié le travail mais il n'était pas encore arrivé dans la série.

Je dis ça parce que Renaud a une diction impeccable et dès que j'avais une réplique qui me posait problème à cause de termes techniques ou difficiles à prononcer, je la lui refilais. Je lui présentais ça bien empaqueté comme un joli cadeau.

– T'es un peu en carafe dans cette séquence, non ? Je vais te filer deux ou trois de mes répliques, ce sera plus équilibré.

Je me délectais de le voir exploiter toute sa technicité pour démouler ces improbables successions de mots compliqués. Évidemment j'avais beaucoup de mal à garder mon sérieux et il me démasquait assez vite. Mais comme il était gentil et beau joueur, il gardait les répliques casse-gueule et s'en débrouillait autrement mieux que je ne l'aurais fait.

C'était devenu un jeu dans lequel il devenait de plus en plus dur à piéger. Je devais déployer des trésors d'ingéniosité pour qu'il ne me voie pas venir avec mes gros sabots. Je passais par des méandres insoupçonnables.

Qu'est-ce qu'on pouvait rire quand il se rendait compte de la supercherie !

Tant qu'à parler de mes petits soucis je vais vous en avouer un autre : je suis incapable de me rappeler les prénoms et les noms. Même dans la vie j'affuble toujours les gens d'un autre nom que le leur. C'est infernal.

Virginie, Valérie, Nathalie, je n'imprime pas. Jean-Paul, Jean-Claude, Jean-Jacques, pour moi c'est bonnet blanc et blanc bonnet. C'est pour ça que je ne me vexe jamais si quelqu'un m'appelle Valérie ou Charlotte. Je compatis.

Dans les films c'est terrible. Outre le fait qu'on tourne deux épisodes à la fois, ce qui multiplie la confusion, les auteurs tirent les noms et les prénoms des personnages d'une liste préétablie et pas très originale et je me trouve face à des Bonnet, Bompart, Berjo à en rester bouche bée. De plus on est souvent amené à parler d'un personnage dont on ne connaît pas le visage vu qu'on n'a pas encore tourné de scènes avec lui. Ça n'aide pas à mémoriser.

Si le nom a en plus une ressemblance avec un autre qui m'est familier comme par exemple Ferniot qui me faisait penser à mon camarade comédien Thierry Frémont, on n'est pas sortis de l'auberge, vous pouvez réserver pour la nuit. Et si pour couronner le tout ils en choisissent un à coucher dehors avec un billet de logement comme Catherine Winjinscky, prenez un forfait pour la semaine, c'est un festival.

Encouragée par la production, j'ai fini par tout changer en amont pendant les séances d'écriture, ou la première fois que j'écorchais un nom en tournant.

– Tu préfères l'appeler comme ça ? Dis-le, on le change ! tremblait la production devant l'abîme des dépassements qui nous pendait au nez.

– OK ! On le change, décidais-je, résolue… m'empressant, la prise suivante, d'écorcher le nouveau. Je ne sais pas pourquoi je bloque là-dessus. Je peux apprendre une page en la lisant trois fois mais ne peux me souvenir d'un nom. C'est dingue, la complexité de la mémoire.

On a tous ses petits défauts.

Mouss, en dehors du fait qu'il n'apprenait jamais son texte, ne s'arrêtait pas à la fin de ses scènes. Il fallait toujours qu'il en rajoute. Au bout de dix prises il avait transformé la séquence en court métrage.

Renaud, c'était le doute. Il doutait toujours de tout, et de lui en premier. Cela renforçait son côté ténébreux et insatisfait.

Alexis, c'étaient les fous rires et sa difficulté à employer des termes techniques.

Moi j'ai le sentiment que je les ai tous, les défauts.

Ah non, il y en a un qu'aucun de nous quatre n'avait. C'est le : « Qu'est-ce que je fais de mon corps et de mes bras quand je suis immobile et que j'écoute ? »

C'est un peu le problème de tous les acteurs débutants. Les plans les plus compliqués sont ceux où l'on écoute. Ce n'est pas évident de ne rien faire. C'est un des exercices les plus difficiles de la méthode Stanislavski dont je vous ai parlé au début de ce livre. On se sent tous obligés d'avoir une attitude. Certains se croisent les bras, d'autres mettent les mains dans les poches ou sur les hanches. Si on se met à y penser, c'est vachement bloquant. Le mieux c'est d'écouter vraiment les autres et d'oublier son corps. Celui d'entre nous qui y arrivait le moins bien, c'était Jérôme Anger. Il restait très raide et immobile, mettait les mains dans ses poches ou, s'il tenait une tasse, elle ne bougeait pas et ne trouvait jamais le chemin de ses lèvres. Chez lui ce n'était qu'un léger problème et d'après ce que j'ai vu depuis, il a complètement apprivoisé ce défaut.

En revanche, un des acteurs qui avait remplacé Renaud l'avait poussé à son paroxysme, le problème. S'il avait choisi d'appuyer son coude sur un meuble et son menton sur sa main, tu pouvais enlever le meuble, il demeurait dans la même position… le coude appuyé sur rien. C'était d'un drôle ! Il y avait des moments où j'avais des fous rires toute seule rien qu'à m'imaginer en train de le déplacer de scène en scène dans cette position comme une silhouette en carton.

*
**

– Bon. Maintenant on va tourner, on enlève les impers.

Moteur…

Mais dis-moi Leslie, les figurants, ils vont rester avec leur doudoune ? D'accord il ne fait pas chaud mais on a pris octobre comme référence et il faisait encore bon, sinon je ne me caillerais pas les miches en petite veste.

Je plaisante parce que je sais que Leslie est vigilante. Mais sur les autres tournages, je fais très attention car il est fréquent qu'on ne prévienne pas les figurants et ils arrivent habillés selon le temps qu'il fait le jour de la convocation.

Sur « Un transat pour huit », nous avions commencé à tourner à Cavalière la dernière semaine de septembre – il faisait un temps superbe, on se baignait tous les jours –, et nous avions fini par le camping, fin octobre et souvent de nuit. On pelait de froid dans nos petits maillots de bain et nos paréos. C'était déjà difficile d'avoir en face de soi une équipe emmitouflée bien au chaud dans ses gros pulls en laine, mais ça devenait complètement anachronique quand je me suis rendu compte que les figurants étaient dans la même tenue.

Nous étions les seuls barges quasi à poil au pays des Esquimaux.

Mais c'est qu'ils m'en ont presque voulu quand je les ai fait se déshabiller ! Comme si c'était juste parce que je ne voulais pas être la seule à avoir froid…

Il m'est arrivé aussi de devoir supporter le manteau chaud qui avait fait mon bonheur un mois plus tôt et se transformait en fourneau les beaux jours venus, sous l'œil goguenard de figurants en bras de chemise.

Et faut voir comme ils étaient déçus quand je leur apprenais qu'on ne tournait pas *Un Lapon au Congo* et qu'ils allaient devoir me rejoindre dans la fournaise.

Non mais des fois ! Faut ce qui faut. C'est bien payé la figuration, ça ne peut pas être que facile.

Heureusement notre habilleuse est sur le coup et elle a une armada de gilets et de châles en laine polaire et de grandes doudounes qu'on nous jette dessus en fin de prise.

Quand il fait chaud, on se déshabille dès qu'on entend « Coupez ! » et elle récolte les vêtements qu'elle va, avec plus de soin que nous, garder précieusement.

Toutes ne sont pas comme ça et nous en avons fait l'expérience sur un tournage où Fanny n'avait pas pu être présente. Sophie, notre nouvelle costumière, nous avait alors proposé celle avec qui elle avait l'habitude de travailler et on peut dire qu'elle a défrayé la chronique.

Elle ne pliait ni ne rangeait aucun vêtement dans les loges. Nos changements rapides n'étaient jamais préparés à l'avance.

Moi, dans les premiers temps, je ne vérifiais pas, je courais à la loge, me déshabillais en quatrième vitesse… et me retrouvais piégée en petite tenue à espérer qu'elle arrive. Je bouillais. Vous pensez bien que je n'allais pas sortir en slip et soutien-gorge dans la rue ! Alors quand elle tardait trop, en désespoir de cause et pestant comme une damnée, je renfilais mon costume précédent pour aller la chercher.

Pour du changement rapide, c'était gagné.

Après quelques petites mises au point avec la demoiselle… je me suis beaucoup améliorée. Je passais directement au camion costumes me servir et fermais les yeux sur le bordel. Je n'avais pas le temps de faire son éducation, je n'avais plus qu'à devenir autonome.

Le plus drôle…

Ah oui, quand c'est *too much*, ça devient drôle comme du comique de répétition.

Le plus drôle, donc, c'était sa façon de dégoter, où qu'on soit, le siège où elle allait pouvoir s'asseoir. S'il n'y en avait qu'un, il était pour elle. C'est bien simple, quand on la cherchait on baissait toujours la tête, tellement sûrs qu'elle devait être assise dans un coin. Et ça ne ratait pas, on la trouvait.

Quand on parle d'elle, une anecdote nous vient tout de suite à l'esprit. C'était dans le premier commissariat de Julie à Paris. Il faisait une chaleur assommante, la clim éteinte sous les verrières où le soleil tapait…

Oui : toujours éteinte, la clim, pour le son. T'es à la limite du malaise mais on t'entend bien.

La scène qu'on tournait nous amenait à traverser tous les bureaux jusqu'au mien où dès le mot « Coupez ! » prononcé, nous nous empressions d'ôter nos vestes. Après quelques discussions sur les petites choses à améliorer, nous retournions nous asseoir dans nos fauteuils installés au départ de la séquence et attendions le prochain moteur.

– Et qui on y trouvait, assise, tout sourire, s'éventant gracieusement ? Notre habilleuse !

Ça encore c'est pas grave, elle a bien le droit de s'asseoir.

C'est quand on a dû se préparer et que je lui ai lancé

« Elle est où ma veste ? » que la chute est devenue culte.

Elle a répondu de sa voix rauque à la E.T., tendant le bras en direction de mon bureau et sans l'intention de se lever.

– Là-bas !

Un ange est passé. Jean-Charles, Guillaume et moi étions pantois. On se demandait si c'était un gag !

Et qu'est-ce que vous croyez que j'ai fait ?

J'ai retraversé tout le hall en rigolant et je suis allée chercher ma veste.

Bien sûr je n'ai pas hésité à proposer à l'habilleuse une boisson fraîche, puisque je passais devant le distributeur. Ça ne l'a pas perturbée, elle m'a juste répondu « Non, merci ».

Quand c'est à ce point-là je ne me bats pas, je me marre.

« Là-bas ! » est devenu un de nos leitmotivs favoris pour indiquer qu'on ne bougerait pas.

Qu'est-ce que j'étais heureuse de retrouver ma Fanny sur les épisodes suivants ! Cette séparation me confortait dans ce qui était déjà une évidence : c'est une perle.

Je le dis et le répète parce que ce n'était pas si évident pour tout le monde.

Le metteur en scène qui avait été pressenti pour réaliser une de mes productions, *Une femme si parfaite*, pensait même le contraire. Pour lui, ceux qui travaillaient sur une série étaient forcément des nases. Il ne l'avait pas dit comme ça mais quand nous avions parlé costumes, maquillage et coiffure il m'avait bien fait comprendre que nous n'étions pas dans *Julie Lescaut*. Cette fois nous allions faire un vrai et beau film et pour cela nous prendrions des gens performants.

Il avait raison et je l'ai écouté. J'ai pris un autre metteur en scène.

Non mais c'est quoi ces clichés ? Je travaille avec les meilleurs et les moins chiants.

Pareil pour les acteurs, même si pour eux on a rajouté une petite clause de disponibilité. Quand on hésite entre deux acteurs, on penche toujours pour celui qui n'a pas d'engagement théâtral pendant le tournage. Bien sûr il arrive qu'on n'ait pas le choix. C'est celui-là qu'on veut et il faut faire avec son emploi du temps.

Ce n'est pas facile de jongler entre théâtre et tournages. Surtout que certains veulent se détendre et se concentrer avant d'entrer en scène.

J'ai cumulé plusieurs fois pendant *Julie*... C'est plus facile quand vous n'avez pas de jeunes enfants à la maison qui comptent sur vous.

Ce n'est pas impossible mais c'est épuisant. Au bout de deux mois de ce régime, je tirais un peu la jambe et ma famille carrément la tronche.

Je me levais hyper tôt pour finir tôt, le soir j'essayais de passer à la maison pour consacrer un peu de temps à mon fils, dîner avec lui, vérifier ses leçons, puis je sautais sur mon scooter direction le théâtre. Je pouvais faire tout ça parce que j'étais déjà maquillée et que je me concentre en claquant des doigts. Être là vingt minutes avant le lever du rideau pour sauter dans mon costume me suffisait. Ça ne laisse pas beaucoup de place pour l'imprévu et comme toujours c'est dans les moments les plus importants qu'il vous tombe dessus.

Le soir de la couturière de ma dernière pièce *Plein la vue*, j'avais laissé mon scooter en bas de chez moi. Je veux le reprendre pour me rendre au théâtre, je le retrouve cadenassé à une énorme chaîne.

– Qui a pu faire ça et pourquoi ? Quelqu'un qui veut me l'embarquer dans la nuit ? Pas le temps d'y réfléchir, il faut que j'y aille, je suis pas en avance… Un taxi !

– Tu parles ! À cette heure-là tu peux courir.

– Courir ? Bonne idée Diablotin, je vais courir au théâtre…

– Mais t'es barge ? Même Usain Bolt bourré d'EPO n'y arriverait pas. T'as plus qu'à appeler des copains à la rescousse avec une grosse tenaille.

– T'es sûr ? Les gens vont croire que je le vole, ce scooter ! Si des flics passent par là, je suis bonne pour perdre un temps fou à justifier que c'est le mien. C'est un coup à finir au poste.

– T'es marrante toi ! T'as le choix ?

C'est là que j'ai compris qu'une grosse chaîne ne sert strictement à rien. En moins de temps qu'il n'en faut pour dire ouf, mes potes l'avaient fait sauter. Et vous me croirez si vous voulez, tout le temps du trajet j'avais l'impression d'avoir fait quelque chose de mal alors que je n'avais que récupéré mon bien. J'ai un rapport à la justice très particulier. Et ça n'a rien à voir avec le fait que je suis Julie Lescaut. Toute petite déjà c'était pareil. Mon premier et unique larcin a été un biscuit à la cuillère… que j'ai aussitôt recraché aux toilettes. J'avais l'impression de clignoter comme une alarme qui hurlait « Voleuse, voleuse ! ». Alors un scooter avec une tenaille, même le mien…

Je suis arrivée au théâtre stressée mais à l'heure.

Heureusement qu'on ne cumule pas tournage et théâtre tous les jours de la semaine.

Le week-end on ne tourne pas et le lundi soir on ne joue pas. Enfin, théoriquement. Parce que s'il y a des tournages de nuit, c'est forcément ce soir-là qu'on va nous les mettre.

Ben oui, on n'est pas là pour se reposer, non plus.

En fin de compte il n'y a que le dimanche soir où l'on est vraiment peinard.

Mais ça reste moins difficile que les tournées.

Jusqu'à mon seule en scène *Madame Butterlight*, que j'ai joué au théâtre de la Gaîté en 2009, je n'avais jamais fait de tournée et pour cause : je n'ai pas encore trouvé le truc pour faire Paris-Lyon en moins d'une heure. Je ne m'appelle pas Monsieur Spock. Dommage.

Ça me titillait d'aller à la rencontre de la province et cela devenait enfin possible car j'avais fait passer le nombre d'épisodes annuels de six à quatre, ce qui me laissait disponible de début janvier à fin avril.

Quatre mois, c'est génial ! Les débuts d'année ne sont pas les meilleures périodes mais tant pis je me lance.

Dès le mois de mars, le tourneur s'est mis au travail. Ben oui, neuf mois avant la tournée, il faut au moins ça, les programmations se font très en amont.

Jusque-là tout roule. Mais vous imaginez bien que je ne vous raconterais pas ça si c'était aussi simple.

Qu'est-ce qui pouvait me tomber dessus vers l'été ? Jean-Pierre Guérin au téléphone…

– TF1 veut que l'année prochaine nous tournions un épisode de plus.

Je vois bien que ça l'arrange, mais non, désolée, je ne peux pas, je commence à avoir des dates pour la tournée.

Vous allez voir qu'ils vont finir par me la pourrir.

– Bon ! Alors, je bloque janvier, c'est le moins bon mois… Ah ? Le scénario ne sera pas prêt ? Bon alors en avril et on enchaîne sur les deux autres en mai et juin ?

– Non, pas possible, il faut le tourner en mars.

Cette fois je vais dire non. Je vais m'entraîner devant ma glace et je vais dire non, non, non, non, NON NON NON NON.

Retour à Paris. Je suis gonflée à bloc, je vais voir Jean-Pierre. Et ça donne à peu près ça :

– Bon c'est d'accord, je ne prends plus aucune date sur mars pour la tournée mais j'en ai déjà huit que je ne peux pas annuler. Faudra qu'on se débrouille avec le plan de travail.

– Pas de souci ! Vois ça avec Leslie.

Ça va être coton, un épisode se tourne sur vingt et un jours et là-dessus j'en ai en moyenne vingt.

La bonne nouvelle c'est que quatre des dates sont sur le week-end, donc seules les quatre autres posent problème. La mauvaise, c'est qu'il faut le temps d'y aller, de faire le filage technique, de jouer, de revenir le lendemain, et si au milieu de tout ça je pouvais dormir un peu… Oui dormir, tu sais, le truc où on s'allonge et on ferme les yeux ? Voilà…

Donc l'idéal serait que j'aie deux jours libres pour chaque date, un avant, un après.

– Pas de souci ! Vois ça avec les auteurs.

Vous sentez que ça va être l'enfer ? Vous avez du nez. Ç'a été l'enfer.

En fait de journées libres j'ai eu tout au plus des demi-journées, que bien sûr, bonne poire, j'ai acceptées. C'est quand même dingue de ne pas supporter de foutre les autres dans la merde quitte à s'y mettre soi-même… À ce niveau-là, ce n'est pas une qualité, c'est une tare.

Résultat, ces jours-là on tournait le plus tôt possible et le maximum avant le repas. Le ventre vide je courais prendre mon train… c'est pas grave j'ai de la réserve. J'avais juste le temps de faire un filage rapide et j'entrais en scène. Le lendemain même topo, en sens inverse. Levée aux aurores et tournage l'après-midi. Je me demande comment je n'ai pas eu de trous de mémoire tellement j'étais décalquée.

Non, en fait je ne me le demande pas, je n'ai jamais eu de trous de mémoire à ne plus pouvoir continuer. Je peux oublier un mot particulier mais je le remplace illico par un synonyme.

*
**

– Tu vas où, Dodo ? Préparer la piña colada pour le pot de ce soir ?

Non, elle va préparer un acteur qui vient d'arriver et qui tourne dans la scène suivante.

J'aime bien qu'elle soit près de moi, surtout quand on a un nouveau chef op. Elle est très attentive et complice avec lui, c'est mon œil extérieur, elle veille. Elle tient à ce que je sois mise en valeur. Elle me connaît par cœur, elle sait les axes et la hauteur de caméra qui me vont le mieux et œuvre avec douceur et doigté quand ça ne lui convient pas.

– Oui, t'as raison, Diablotin : pas toujours. Tu penses à ce film institutionnel qu'on avait tourné à La Rochelle ?

Tu parles si je m'en souviens ! C'était un film promotionnel pour un annuaire sur les métiers du bâtiment. Dans le genre je n'ai fait que celui-là mais ç'a été mémorable, autant dans la nullité de la mise en scène que dans la réalisation de l'image.

Je n'ai appris que sur le plateau que le réalisateur n'avait jamais tourné autre chose que des films animaliers. Drôle de zèbre !

C'était fait en dépit du bon sens et je voyais ma Dodo s'agiter et me regarder avec un air de plus en plus catastrophé. Si catastrophé que j'ai fini par lui demander ce qui se passait.

– T'as un souci ?

– Non non, t'inquiète, disait-elle, peu convaincue, tout en continuant à palabrer avec les deux électriciens qui venaient de faire connaissance avec un projecteur.

Puis, n'y tenant plus, elle me dit :

– Tu devrais jouer les mains dans les poches.

Tout en désignant les poches que j'avais sous les yeux, évidemment. Ce qui me fit éclater de rire…

Les autres étaient outrés de la voir me parler comme ça. Ils auraient mieux fait d'être outrés par la lumière, ça nous aurait fait gagner du temps. On a essayé de leur expliquer qu'il fallait couper la source lumineuse au-dessus de ma tête ou la récupérer par un petit spot dirigé sur mon visage, ils n'ont pas vraiment compris et je suis restée avec mes poches… plaquées, cette fois, comme disait Dodo entre deux gloussements.

Merci ma Dodo, j'étais moche mais qu'est-ce qu'on a ri.

Elle est comme moi, Dodo, on ne peut pas faire les choses à moitié. Même dans les trucs les plus nases, on ne peut pas s'empêcher de s'investir à fond. C'est ma façon de m'en sortir, tirer le meilleur de ce que je suis en train de faire, sans jugement, en mettant un mouchoir sur mon orgueil.

Quand elle quitte le plateau, elle laisse sa trousse au coiffeur pour les raccords. Le principal est déjà fait.

Il faut remettre un peu de poudre et de rouge à lèvres rosé avant le prochain gros plan, on peut se débrouiller tout seuls.

Moi ça me permet de lui faire des blagues. Elle marche tellement bien.

Une fois où elle était partie comme aujourd'hui j'avais tourné mon gros plan tout à fait normalement puis j'avais pris dans la trousse un bâton de rouge à lèvres carmin éclatant et je m'en étais badigeonné la bouche d'une épaisse couche. J'avais dit à tout le monde de me suivre dans la combine et on avait commencé à débroussailler la mise en place de la séquence suivante en attendant qu'elle revienne.

« Attention elle arrive ! » Je me retiens de la regarder, je veux qu'elle s'approche et constate par elle-même.

– Ça y est, vous avez tourné ton gros plan ? demande-t-elle en s'avançant vers moi.

– Oui, lui réponds-je en la regardant rapidement, on met en place la prochaine séquence.

Ça y est elle m'a aperçue ! Et elle me tourne autour pour se rendre compte qu'elle n'a pas rêvé.

Je la laisse faire tout en continuant à travailler.

Tout à coup, elle se plante devant moi, les yeux écarquillés d'effroi.

– T'as tourné le gros plan comme ça ?

– Oui, dis-je en retournant à mes occupations.

Je la vois se diriger vers la scripte.

– Elle a tourné le gros plan comme ça ?

– Bien sûr ! répond la scripte le plus naturellement du monde.

– Elle a tourné comme ça ? demande-t-elle à chacun en se décomposant un peu plus à chaque réponse.

C'était irrésistible. Je ne pouvais plus la regarder tellement je riais. Puis soudain elle se campa courageusement au milieu de nous.

– Écoutez-moi un instant, s'il vous plaît. Je suis désolée mais il faut qu'on recommence le gros plan de Véronique.

– Parce que ce n'était pas le bon rouge à lèvres ? s'exclame Alain Wermus, déclenchant l'hilarité générale.

Dominique a ri elle aussi ! C'était coutumier de se faire des blagues.

Je suis certaine qu'il doit traîner des bêtisiers de ce que nous avons pu inventer. Tout était bon.

On se noircissait les dents et on souriait au milieu de la prise. Mouss arrivait avec un cône de stationnement sur la tête. On planquait des objets insolites partout, qu'on brandissait devant la caméra.

Je me souviens de carottes coincées dans les braguettes, de pantalons descendus sur les chevilles, de mie de pain collée sous les nez à l'effet dégoûtant. De Dodo et Balthazar planqués derrière un canapé jouant aux Indiens en nous tirant dessus.

Je me souviens de mon incapacité à répéter quand Fanny nous affublait de bonnets de pluie en plastique. Où avait-elle trouvé ces horreurs qui transformaient les garçons en vieilles dames ? Elle l'avait fait exprès, c'est évident.

À 17 heures, en général, il ne fallait même pas songer à me récupérer avant une bonne demi-heure. J'étais écroulée dans un coin, riant toute seule. Chez moi c'est comme ça que se manifeste l'effet du coup de barre. La fatigue m'enlève toutes mes défenses. Je suis comme ivre. Ivre de fatigue. Cela m'arrivait surtout sur les journées continues. À 17 heures elles sont loin d'être finies et il y a une petite baisse de tension. Oublié le repas pris à 11 heures.

Tout le monde le savait, il ne fallait pas lutter. Les metteurs en scène que ça énervait en étaient pour leurs frais. Leur colère décuplait mon envie de rire. Si je tournais avec Alexis, Mouss ou Jean-Charles, alors là mieux valait carrément couper un moment parce qu'il y avait surenchère. Même Renaud ne réussissait pas à garder son sérieux.

Quand ça me prenait, tout le monde s'arrêtait et disait : « Ah, il doit être 17 heures ! » Un fou rire, c'est mieux que de se sentir sous les bras pour se rendre compte qu'à vue de nez il est 5 heures et qu'il faut mettre un peu de Rexona. Non ?

Quelle horrible pub ! Vous vous en souvenez ?

Le dernier jour de tournage, c'était à qui ferait foirer la prise. On n'arrêtait pas.

Surtout à l'époque où l'on tournait en pellicule, parce que ce jour-là on utilisait les chutes.

Qu'est-ce que c'est une chute ? C'était le métrage de pellicule inutilisé dans le magasin de la caméra.

Il faut savoir que pour une séquence de tant de secondes il fallait tant de mètres de pellicule. Quand il n'en restait plus assez dans le magasin pour la prise suivante, on prenait une bobine pleine et on gardait ce qui restait comme chute. Les derniers jours de tournage, le metteur en scène essayait de passer le maximum de chutes pour ne pas ouvrir un carton de bobines neuves. C'était son challenge et le nôtre était de le faire échouer.

On allait très loin dans le côté *Hellzapoppin*. Tous les coups étaient permis. Quoi ? Vous n'avez pas vu *Hellzapoppin* ? C'est *la* référence du cinéma burlesque américain des années 1940.

On savait que la journée allait être longue mais ça faisait déjà partie de la fête de fin de film.

Il valait mieux ne pas se promener sous les fenêtres ou franchir en premier une porte si l'on ne voulait pas se prendre un seau d'eau sur la tête. Plus d'un a fini la soirée presque nu sous un imper de fortune emprunté aux costumes.

Une fin de film mémorable fut celle où, avec Wermus, nous avons dépassé de quatre heures tellement ça partait dans tous les sens. Dans le grand appartement qu'on devait fouiller pendant la scène, on ne pouvait ouvrir un placard ou une porte sans tomber sur un membre de l'équipe caché là pour nous surprendre. Il y en avait partout, dans les endroits les plus saugrenus. Leur but était de ne pas être vus de la caméra mais uniquement de nous pour nous faire craquer. Certains s'étaient même cachés dans l'assise du canapé, prêts à vous pincer les fesses.

Moi je venais avec les munitions que je m'étais procurées au magasin de farces et attrapes. Ce jour-là mon holster accueillait un joli pistolet à eau jaune ou rouge et je tirais sur tout ce qui bougeait. Vous l'avez compris, j'étais intouchable ; mais ça n'a qu'un temps et dès le dernier plan terminé je me prenais une volée de tartes à la crème. Je ne pouvais pas dire que ce n'était pas mérité. Le pistolet à eau plus les bonbons au poivre que j'avais mélangés avec les vrais sur la table de la régie et la boîte à prouts que j'avais actionnée pendant les prises dès que quelqu'un se baissait, je leur avais bien pourri la journée. Alors une tarte à la crème, faites donc, c'est la moindre des choses.

Ce qui ne veut pas dire que je ne n'allais pas me venger ! Et comme la vengeance est un plat qui se mange froid, le premier jour du tournage suivant j'attendais les responsables près de la porte et dès qu'ils rentraient, vlan ! Ils s'en mangeaient une. Le ton était donné.

Oui, on est très tartes à la crème.

D'ailleurs ce soir on fait un pot. Vous restez ? N'ayez pas peur, on n'est pas des sauvages et puis ce n'est pas la fête de fin de film, c'est juste un pot. On s'en offre assez souvent à tour de rôle. Là c'est l'équipe caméra qui offre le sien. On le fait dans les lieux qui s'y prêtent et les soirs où il n'y a pas de déménagement prévu. Le plus souvent c'est à la maison Julie parce qu'il y a un grand jardin, ou au commissariat parce qu'il y a de la place.

Le soir, de temps en temps, on aimait bien s'en jeter un petit, au cul du camion, pour se détendre avant de rentrer.

... Jusqu'au jour où l'on nous a interdit les boissons alcoolisées.

Pour les pots ce n'est pas grave parce que l'important c'était de boire un coup ensemble et même un verre de jus de fruit faisait l'affaire. En revanche, faire une fête de fin de film avec des crêpes, du cidre et un peu de Champomy ça va une fois mais ça manque de charme. Pour pallier l'interdiction, on fêtait la fin de film le jour suivant et comme certains ne pouvaient pas venir, on finissait au bistrot du coin. Quoi ? Faut bien se dire au revoir !

Nos fêtes étaient réputées et les acteurs et metteurs en scène des films précédents aimaient y venir.

Ce soir-là, ceux qui étaient musiciens formaient un orchestre éphémère. Parfois on optait pour un grand karaoké, ou on se prenait un super DJ. Moi qui ne suis pas très boîte de nuit, je n'ai jamais autant dansé qu'à ces occasions.

Pour la cinquantième diffusion de *Julie* en 2001, on avait organisé une énorme fête au Réservoir, le restaurant-salle de spectacle de Mouss. L'atmosphère et la décoration du lieu, chaleureuse et cosy, lui ressemblaient. On y allait souvent dîner avec des amis et en retrouver d'autres. Affalés dans les gros canapés confortables, on découvrait sur scène un groupe qui débutait. On y était bien et tout naturellement c'est l'endroit que nous avions choisi pour l'événement. *Julie* culminait dans les audiences. Tout TF1 était présent. Étienne Mougeotte, dans son discours, avait parlé d'un cumul de 425 millions de spectateurs.

– *Titanic* peut s'aligner, s'était-il amusé, avant qu'on ne souffle les bougies.

Puis il avait pris la guitare et chanté avec nous.

Renaud et moi avions chanté un de nos succès interloges, *La Princesse et le croque-notes* de Brassens.

Mouss m'avait fait danser des rocks endiablés, me soulevant dans ses bras comme une plume que j'étais encore. Meyer avait passé des heures à TF1 pour nous monter un super *best of* de toutes nos plantades et fous rires que nous avions tous regardé ensemble.

Je venais de recevoir mon troisième 7 d'or. Je n'étais pas blasée mais j'étais moins godiche et émotive que lors de la remise du premier.

*
**

C'était en 1996, j'avais failli ne pas aller le chercher. J'avais une bonne excuse, je tournais très tôt et en tant que jeune maman j'étais très fatiguée. La vérité, c'est que je n'avais guère envie de me farcir une longue soirée pour applaudir la personne qui allait recevoir le prix qui me passerait sous le nez comme les quatre années précédentes. Je n'avais aucune chance, les seuls votants étant les professionnels de la profession, les récompenses allaient à ceux qui en comptaient le plus, c'est-à-dire les chaînes publiques. Ma récompense, je l'avais chaque lendemain de diffusion avec les audiences et le gros bouquet que m'envoyait Claude de Givray, ou chaque début de semaine de tournage quand je recevais les brassées de fleurs que m'offrait ma production. Pendant vingt-deux ans, vous vous rendez compte ? Si ça c'est pas être gâtée... Ça me suffisait.

Les 7 d'or, j'avais fait une croix dessus.

Et puis chaque année depuis le début de la série on gagnait le prix du Film français qui distribuait des récompenses aux meilleures audiences télé et cinéma. C'était bon enfant et les présentateurs s'amusaient de la répétition de la chose.

– Cette année le prix de la meilleure audience pour une série est... *Julie Lescaut*...

Quelle surprise !

La seule année où nous avons été battus, c'est en 1999 par *Le Comte de Monte Cristo,* de Josée Dayan, avec Gérard Depardieu. Le premier des quatre épisodes avait atteint douze millions huit cent mille spectateurs et les autres suivaient dans un mouchoir de poche. C'est aussi Jean-Pierre Guérin qui l'avait produit, ça restait dans la maison. *Julie* arrivait juste derrière. À eux deux, ils occupaient les dix premières places du top 100 des audiences. À eux trois, devrais-je dire, car le téléfilm *Un amour de cousine*, toujours produit par Jean-Pierre et dans lequel je donnais la réplique à mon camarade Pierre Arditi, était venu in extremis se glisser en deuxième position avec douze millions six cent mille spectateurs, raflant le prix du meilleur unitaire.

Pour *Julie*, le meilleur score avait été de douze millions trois cent mille et on oscillait régulièrement entre dix et onze millions. Alors le 7 d'or, si je l'avais pas, ça n'allait pas changer ma vie.

– S'il te plaît, viens, me dit le rédacteur en chef de *Télé 7 Jours*. Cette année c'est le public qui récompense les meilleurs acteurs. Vu les audiences, t'as toutes tes chances.

– Viens avec moi, me dit Jean-Pierre, je ne veux pas y aller seul et mon petit doigt me dit qu'avec les nouvelles règles du jeu, tu vas l'avoir.

– OK, mais je ne me mets pas en grand tralala.

Cela se passait pour la première fois au palais des Sports, ils avaient fait ça en grand. Tout le monde se saluait, discutait avant de s'asseoir, se jaugeait. Si l'importance se jugeait au numéro du rang qu'on nous avait assigné dans la salle, je comptais pour du beurre et pas au sel de Guérande.

– Je le sens pas bien ton truc, susurrai-je à Jean-Pierre. Ils nous ont placés au diable vauvert, si j'avais la moindre chance de l'avoir ils nous auraient mis plus en avant.

Mougeotte me propose de prendre place à côté de lui, au premier rang. C'est très gentil mais là c'est trop, je vais faire un malaise. Passer des bas-fonds aux dorures de la première classe, ça peut me faire un choc et puis je ne vais pas laisser mon Jean-Pierre tout seul, derrière. Je retourne près de lui… comme ça si je ne l'ai pas et que ça me rase, je pourrai disparaître.

Non, bien sûr que je ne l'ai pas dit comme ça ! Quoique je ne le jurerais pas. Par moments je pense tout haut.

Bon allez, on y va. Pourquoi c'est toujours chiant, les remises de prix, en France ? J'arrive à me rappeler le génial Billy Crystal animant les Oscars où je n'ai jamais foutu les pieds et je suis incapable de me souvenir qui présentait cette soirée des 7 d'or. C'est vous dire comme c'était marquant.

Heureusement que le prix qui me concerne est décerné au début parce que je n'ai aucune patience et j'ai déjà entamé les ongles des doigts de pieds.

Oui, maintenant que je suis là, j'ai envie de l'avoir, ce 7 d'or, je ne vais pas vous mentir. Non je n'ai pas préparé de discours. Les autres années j'en avais écrit des beaux que j'ai récités à mes chiens, alors non merci, je suis pas superstitieuse mais ça porte la poisse.

Et voilà qu'ils prononcent mon nom ! Non c'est bien moi ? Vous pouvez répéter ? Je ne voudrais pas me lever pour me rendre compte après coup qu'ils viennent de lire la liste des nominés. J'aurais l'air fin.

– Vas-y, me dit Jean-Pierre.

Alors c'est vrai ? Je ne pensais pas que ça me ferait cet effet-là. J'ai les jambes qui flageolent. Quelle midinette !

Je traverse toute la salle, j'ai l'impression que ça dure une éternité. Et me voilà devant le pupitre. Il faut parler. Qu'est-ce qu'on dit dans ces cas-là ? L'émotion me brouille l'esprit. La première pensée qui me traverse la tête : mon fils.

– Je voudrais dédicacer ce 7 d'or à mon fils Sam qui a six mois aujourd'hui…

Quelle mauvaise idée ! Depuis sa naissance je n'arrêtais pas de pleurer. J'avais l'impression d'être devenue une mer d'émotion dont les vagues me submergeaient dès que j'évoquais mon fils, le public, le succès ou un quelconque événement heureux. Et ma vie n'en manquait pas.

La boule dans la gorge, je n'arrivais plus à parler.

– Dites merci, me soufflait avec humour Devos, pour combler le silence.

Je me sentais ridicule, moi qui prétendais que je m'en foutais. Je ne m'en foutais pas du tout, j'étais au comble du bonheur. C'est le ressac, vas-y…

– Et je voudrais aussi dire merci au public parce c'est grâce à lui que je suis ici…

Et hop, une autre vague qui m'emporte et me serre le cœur. Que c'est bon.

Regardez, j'en suis encore toute tourneboulée.

Dodo tu me fais un petit raccord.

Je ne pleure jamais devant elle parce qu'elle part au quart de tour. Il n'y a que des âmes sensibles par ici.

Si je joue une scène d'émotion, je les retrouve tous en larmes. J'aurais dû prendre des actions chez Kleenex.

C'est formidable d'avoir un aussi bon premier public. Ça aide.

C'est ce qui manque au cinéma ou à la télé.

Ce que j'adore au théâtre c'est le retour immédiat de ce qu'on donne, que ce soit dans le rire ou dans l'émotion. Vous sentir là tout près, vous voir même et tenter de capter votre attention d'un bout à l'autre, c'est si excitant et chaque soir différent. J'adore quand le public réagit, ça me porte, ça m'encourage mais c'est pas tous les jours fête et par moments ça ne passe pas, ou mal. C'est ce que je ressens, en tout cas, mais ce n'est pas forcément juste. Un public moins expressif n'est pas forcément un public insatisfait. Tout le monde ne réagit pas de la même manière.

Lors de mes premières expériences théâtrales, j'exprimais mes déceptions ou mon jugement sur ma prestation aux gens qui venaient me féliciter. Je me suis très vite rendu compte qu'ils n'avaient aucun moyen de comparer et que j'étais juste en train de leur dire : « C'est dommage pour vous d'avoir assisté à une représentation de merde parce que, hier, j'étais formidable. » C'était nul de faire ça. Ils étaient contents et, par orgueil, j'étais en train de gâcher leur plaisir. Peut-être que leurs rires étaient moins sonores mais qui dit que la qualité de leur écoute n'avait pas été meilleure ?

Il arrive parfois que les réactions intempestives des spectateurs aient un effet dévastateur. Par exemple un rire tonitruant à contretemps déclenchera des rires dans la salle mais si c'est trop fréquent ça peut vous flinguer l'ambiance.

En plus, certains rires peuvent carrément me déclencher une crise de fou rire et ça c'est terrible. Au théâtre, si vous sortez du personnage vous êtes foutu sauf si c'est un *stand-up*.

D'autres comportements peuvent aussi être gênants. Ainsi ces deux jeunes filles qui venaient m'applaudir presque tous les soirs aux représentations du *Crépuscule des lâches*. Oui, je sais, ça fait un peu prétentieux. J'aurais pu dire qui venaient *nous* applaudir ou applaudir la pièce. Mais quand deux personnes au premier rang, tous les soirs, se lèvent et battent des mains à tout rompre dès que vous finissez une réplique, on peut quand même le prendre pour soi.

Résultat : les autres acteurs ne pouvaient pas enchaîner, les spectateurs râlaient. J'avais bien tenté de l'expliquer gentiment aux demoiselles, à l'issue d'une représentation, mais sans doute emportées par leur enthousiasme elles oubliaient et recommençaient.

C'était devenu notre hantise. Tous les soirs on espionnait la salle de derrière le rideau, espérant ne pas les voir arriver, et quand on les repérait on suppliait le Ciel qu'au moins elles ne soient pas au premier rang, mais en vain.

– Si ça se trouve elles ont déjà réservé pour la durée des représentations, disait Martin Lamotte, catastrophé.

– Mais non. C'est trop cher, le théâtre.

– Elles ont peut-être fait un emprunt. Et si on doublait le prix du premier rang ?

– Tu sais bien que c'est impossible.

– Mais on pourrait offrir toutes les places de devant à une association ?

Il devenait hystérique. Les plans qu'il échafaudait pour les faire taire étaient plus farfelus les uns que les autres. Pourtant, celui pour lequel il opta fonctionna à merveille sans le faire sortir du rôle qu'il tenait dans cette comédie burlesque sur la Seconde Guerre mondiale.

Il avait décidé que les deux fans montées sur ressorts étaient des ennemis japonais et s'était mis un soir à les canarder de son pistolet d'enfant à billes dès qu'elles faisaient mine de se lever ou d'applaudir.

– Des Japs ! Sus aux Japs ! hurlait-il.

Trop fort le Martin ! Je trouvais ça un peu hard comme traitement mais je ne pouvais m'empêcher de rire, comme la salle qui se demandait si ça faisait partie ou non du spectacle.

Ça les a canalisées, mais ça ne les a pas découragées. Je pense même que ça les a amusées parce qu'elles sont revenues… avec des cadeaux en plus. Trop mignonnes.

C'est aussi pour ça que c'est fou et génial, le théâtre : pour les rencontres. C'est là que je peux entrevoir les fidèles qui me suivent dans ce que je fais. J'aime passer un peu de temps près d'eux à l'issue de la représentation, écouter leur avis, leur offrir la photo et le moment de complicité qui va faire de cette soirée un souvenir particulier.

Ce sont vraiment des gens de partout et de tous les milieux sociaux, et si quelquefois certains débordent ce n'est jamais méchant et souvent plutôt drôle. J'ai en tête cette femme qui s'est assise d'office en face de moi alors que je dînais seule avant le spectacle… et qui m'a répété pendant tout mon repas à quel point ça devait être pénible, tous ces gens qui s'incrustaient et me tenaient la jambe alors que je n'avais pas envie de parler. C'était un sketch de Sylvie Joly ou de Zouk à elle toute seule.

Cela dit, si j'aime bien les fidèles, je n'aime pas le fanatisme ni le mot « fan » qui en est dérivé. Son côté malsain me met mal à l'aise.

Pourtant des fans, il y en a, et c'est au théâtre qu'on les rencontre le plus parce que c'est là qu'ils vous trouvent le plus facilement. Je me sens tellement démunie devant quelqu'un capable de se coucher devant ma loge pour ne pas me manquer ! Je suis très perturbée devant une spectatrice venue faire dédicacer son programme et qui fait un malaise ou s'assoit par terre pour ne plus s'en aller.

J'ai envie de les prendre dans mes bras, de les consoler, mais je sais par expérience que ce n'est pas la solution et que ça ne fera qu'empirer.

Que dire à quelqu'un qui tremble comme une feuille et ne vous voit pas comme un être humain mais comme une icône intouchable ? Moi rien, je ne peux rien dire tant qu'on ne m'a pas descendue de ce piédestal où je déteste qu'on me hisse.

Oui, on peut aimer, même être fasciné par quelqu'un, je peux le comprendre, je l'ai moi-même été il y a trente-cinq ans quand je regardais Bernard Haller ou les 3 Jeanne tous les soirs au Palais des Arts.

C'est vrai que j'y travaillais mais j'aurais très bien pu attendre dans le hall avec un bon bouquin ou en papotant avec les copains. Au lieu de ça je m'asseyais au balcon, sur le côté, et me délectais de chaque réplique à l'avance. C'était double bonheur. Je connaissais le spectacle par cœur mais je ne m'en lassais pas. Je crois que ce qui me plaisait aussi c'était le plaisir partagé avec la salle. J'aimais qu'ils aiment ceux que j'aimais.

J'ai retrouvé ça chez certains de mes fidèles.

Quand j'ai joué *Madame Butterlight*, un petit groupe de jeunes filles s'est fédéré autour de la pièce. Elles habitaient des régions différentes et ont fini par s'y retrouver régulièrement. Je les connaissais parce qu'elles étaient venues au sein d'un groupe formé pour l'occasion sur un réseau social. Je leur avais offert un pot à l'issue de la représentation. Elles sont revenues, charmantes, discrètes. Je discutais avec elles à chaque fois. Elles faisaient des études, étaient très sympathiques, fraîches, et leur conversation était amusante.

Puis un soir, j'eus l'impression qu'une ruche avait envahi la salle. Un bourdonnement incessant m'arrivait aux oreilles. Très étrange.

De retour dans les loges ce sont Jérôme et Dominique – oui, vous voyez, même au théâtre ils m'accompagnent – qui m'ont expliqué qu'en fait de ruche c'étaient les demoiselles qui disaient le texte en même temps que moi et si possible même un peu avant.

La demande que je leur fis à la sortie de « mettre les abeilles en sourdine » donna naissance au groupe des abeilles qui perdure et dont je suis la reine.

Au cours des longues années de ma carrière, j'ai fait quelques rencontres de ce style. Des gens pour lesquels j'ai de l'affection. Une violoncelliste, une femme de médecin, une infirmière et toute sa famille…

Les réseaux sociaux sont pleins de surprises. S'ils peuvent être dangereux et trompeurs, ils peuvent aussi donner l'occasion d'envoyer des petits messages fréquents à tous, d'avoir un contact sans intermédiaire.

Bien sûr je ne peux pas entretenir une conversation personnelle journalière avec tous ceux qui me suivent. Imaginez quel enfer ce serait si je devais répondre en permanence à chacun. Je le fais au maximum. C'est malgré tout plus rapide et spontané que l'envoi de cartes dédicacées qui, je vous l'avoue, était très fastidieux et impersonnel.

De plus c'est passionnant de passer du virtuel au réel en rencontrant au hasard des personnes avec qui on s'est amusé à twitter à l'occasion d'une émission.

– Hello, tu te souviens, c'était moi hier… Sandra…

Je me souviens souvent. On finit par devenir familier avec certains.

Il est plus rare de tomber sur le crétin mal embouché qui t'a insultée copieusement la veille.

– Hello c'est moi « Sburplt @niquetaquenelle » qui t'ai traitée de vieille pute, va te faire niquer, salope de roukmoute.

En général ils ne s'en vantent pas. Sur le réseau ils sont solidement planqués derrière l'avatar de Superman ou d'un quelconque superfacho mais ça doit être pour mieux cacher qu'ils ne sont en fait que de vulgaires raclures de bidet… Ou de pauvres gamins qui pensent se faire bien voir dans leur lycée en se comportant comme les pires.

Ceux-là ne sont pas très futés et il suffit d'un petit tour dans leurs photos pour les trouver triomphants à côté d'une de leurs idoles. Une fois qu'ils savent qu'on sait, c'est fou comme ils redeviennent rapidement doux comme des agneaux.

Voilà ! Ça c'est fait.

Vous voyez, on papote et la journée tire à sa fin. Ça passe vite, hein ? On ne s'ennuie jamais.

Bon, à cause de la pluie on a quand même une petite heure dans la vue, faudra pas que je traîne trop longtemps au pot. On boit un verre et puis on rentre.

Vous venez dîner à la maison ?

– 8 –

« Ne sais-tu pas qu'il n'y a pas de vie sans douleur et pas de médaille sans revers ? »

George Sand

Je n'habite plus rue Béranger, maintenant. J'ai déménagé pas très loin, toujours dans le quartier, au cœur de Paris. Je me rappelle cette période, fin 1995, où j'ai signé l'achat de mon appartement. Un vieux rêve que je pouvais enfin réaliser. Peu de temps après je constatais que j'étais enceinte. Il fallait mettre rapidement les travaux en route et que tout soit prêt en juillet pour l'arrivée de bébé.

– Pas de problème, avait dit l'architecte.

On avait tout organisé comme des chefs.

Adam et Jenny, les enfants de Meyer, étaient déjà inscrits à l'école du quartier pour la rentrée suivante. Leur maman devait quitter La Varenne pour l'appartement que nous lui laisserions dès que nous aurions emménagé dans le nôtre. Nous nous étions installés pour l'été à Nogent, dans la villa de Julie Lescaut que nous louions à un ami. Nous pouvions l'occuper jusqu'au 1er octobre, ce qui nous donnait, en cas de retard, un peu de latitude pour nous retourner. On n'avait rien laissé au hasard.

Je ne sais pas si certains d'entre vous ont déjà fait des travaux mais je le dis pour les novices : ne jamais tenir compte de la date que vous donnent l'architecte ou les entrepreneurs. Rajoutez-y au moins trois mois si vous avez un architecte compétent et déduisez-en ce que vous voulez sur le mien quand vous saurez que Sam avait neuf mois lorsque nous avons investi les lieux.

Faut dire que j'avais déjà de gros doutes en juin quand, enceinte jusqu'au cou, j'ai constaté qu'on n'avait pas encore touché aux murs porteurs. Effectivement, m'a dit alors l'architecte, « ce ne sera pas prêt avant début septembre ».

En août, j'ai sérieusement paniqué lorsque j'ai vu des trous encore béants dans mon plancher.

– Oui, ça a l'air en retard comme ça, mais ce sera prêt début octobre, m'a-t-il rassurée.

– Cool, parce que début octobre je suis à la rue, toutes mes affaires, dont mes vêtements chauds, sont au garde-meubles, et je commence à tourner.

Début octobre, on trouvait in extremis un meublé et y emménageait avec bébé. Et début avril, donc six mois plus tard, je mettais enfin les pieds dans mon appartement qui n'avait pas encore le chauffage mais presque.

Manquait plus que l'ascenseur et il était à l'ordre du jour.

Dix-huit ans après il y était toujours.

Ils me font marrer ! Ils parlent de faciliter l'accès des immeubles aux handicapés et bloquent la création d'un ascenseur pendant quinze ans parce que la cage d'escalier est inscrite aux monuments historiques et que ça peut la dénaturer esthétiquement !

Ça leur a fait une belle jambe, aux vieilles personnes à mobilité réduite qui y vivaient et qui ont passé la fin de leur vie cloîtrées chez elles.

Ça a fait deux belles jambes à mon fils quand on les lui a plâtrées. Oui, les deux jambes. À sept ans ! Sam ne fait jamais les choses à moitié. Il s'était d'abord offert une grosse entorse et, la maîtresse ne voulant pas qu'il utilise ses béquilles en classe, il s'en était fait une deuxième en allant au tableau. Allez, deux pour le prix d'une ! C'est *happy hours* !

Cinq semaines bloqué à la maison dans un fauteuil roulant.

C'était la croix et la bannière quand on devait le descendre et le remonter, en attendant qu'il n'ait plus trop mal pour le faire sur le cul. J'en ai encore les reins brisés, surtout que ça n'a jamais été une petite nature.

Le premier mot que j'ai entendu à sa naissance, c'était : « Costaud ! »

Pendant quelques années il a même pris un abonnement « entorse à la cheville » au service traumatologie de la Clinique du sport, mais il a été sympa :

les fois d'après, il se les est endommagées l'une après l'autre. C'était plus cool. Heureusement ça s'est calmé. Comment ferais-je aujourd'hui avec son mètre quatre-vingt-douze si l'on n'avait toujours pas d'ascenseur ? C'est que j'ai le dos fragile, moi !

Je les ai maudits, tous ces décideurs, quand j'ai eu ma cruralgie ! Je montais les escaliers tous les soirs à quatre pattes en pleurant.

Que j'ai souffert !

Ce n'est pas arrivé sans prévenir, je souffre du dos depuis longtemps, mais un matin je me suis levée et je suis tombée. Ma jambe gauche ne me tenait plus et une douleur atroce me déchirait de l'aine au genou. Meyer n'était pas là.

Heureusement, j'avais les béquilles que nous avions achetées à Sam. Ben oui, c'est comme pour les skis : quand on en fait beaucoup, on ne les loue plus, on les achète.

Je ne sais pas comment je me suis habillée ce matin-là, ni comment j'ai préparé son petit déjeuner, ni comment j'ai descendu les escaliers, mais je l'ai fait. Je suis arrivée sur le plateau pliée en deux de douleur. Daniel Janneau a changé ses prévisions de mise en scène sur les séquences que je tournais avec Jenny et a tout repensé autour du fauteuil où je m'étais écroulée. Même assise, sans bouger, la douleur me soulevait le cœur.

Le médecin m'a mise sous cortisone à haute dose et antalgiques puissants.

Au bout d'une semaine, la cortisone m'avait transformée en écrevisse qu'on vient d'ébouillanter et les antalgiques m'avaient mise KO debout.

Bien sûr, j'avais moins mal pendant la journée. Je souriais même aux anges, allumée comme si j'avais vu une apparition. Je pouvais tourner tant bien que mal. Dans les gros plans, je m'aidais d'une canne. Entre les prises on me posait dans un coin et je n'en bougeais pas. Ça les faisait beaucoup rire, et ça leur faisait des vacances.

Mais le plus *fun* a été quand il a fallu tourner les arrivées et départs voiture devant le commissariat.

J'avais déjà des difficultés à conduire avec ma patte folle qui en plus de la douleur me lâchait quand ça lui plaisait, mais impossible de lui faire confiance pour prendre totalement appui dessus en m'installant sur le siège conducteur. Les séquences avec mes lieutenants ça allait, je pouvais les laisser conduire et prendre place sur le siège passager, mais celles où j'étais seule ou qui étaient raccord avec des scènes déjà tournées, je ne pouvais pas y couper. Personne n'aurait compris que je quitte le commissariat au volant de ma voiture et que j'en sorte en passager.

On était mal ! Deux solutions s'offraient à nous. Trouver une Peugeot anglaise automatique ou être inventifs.

Être créatif, c'est le propre du cinéma. Jamais battu ! Vas-y, fais marcher les méninges !

On s'est transformés en illusionnistes. Leslie est

devenue mon double. À chaque plan nous inventions une astuce.

Les scènes à plusieurs, facile ! On pouvait rester sur l'un d'eux et m'éviter quand j'entrais dans la voiture. Pour les autres, on aurait pu se contenter de couper les démarrages, ça n'aurait pas été très gênant mais cela nous amusait et nous excitait de trouver la parade et de ne rien changer à ce que Daniel Janneau avait décidé.

– T'avais prévu un plan-séquence ? On le fait.

Pour celui-là, on a mis au point une chorégraphie.

Leslie s'est installée à la place du conducteur. Couchée en travers sur le siège passager elle était invisible. Je suis sortie du commissariat, j'ai marché jusqu'à ma portière que j'ai ouverte, à ce moment précis un camion envoyé par la mise en scène m'a masquée aux yeux de la caméra le temps que Leslie se redresse, saisisse la portière pendant que, faisant quelques pas derrière le camion, je sortais du champ. Le camion passé, il ne restait plus à Leslie qu'à claquer la porte et à démarrer.

On a inventé plein de petits trucs pendant toute la durée du tournage, comme de me faire surgir d'une petite cachette au dernier moment au milieu d'un groupe pour m'éviter de marcher trop longtemps dans des couloirs.

Maintenant vous pouvez regarder les épisodes « Écarts de conduite » et « Une nouvelle vie », ceux juste avant « Julie à Paris ». Même en toute connaissance de cause, je vous mets au défi de déceler les stratagèmes.

C'est pour ça, comme je vous l'expliquais ce matin, que les mois d'arrêt pour écrire « Julie à Paris » ont été les bienvenus. Ils m'ont donné le temps de me refaire une santé.

***

Non, n'ayez pas peur : on a l'ascenseur depuis un an. Vous n'aurez pas à vous taper les trois étages à pied et en plus ça n'a rien dénaturé du tout, il est même très joli, tout en verre, vous ne trouvez pas ?

Et je vais vous dire le comble. Quand on l'a enfin construit, ils ne nous ont même pas obligés à tenir compte d'un éventuel fauteuil roulant. C'est nous qui l'avons décidé.

Y a pas quelque chose qui cloche ?

Voilà on y est arrivés.

Chaque fois que je vais ouvrir la porte de mon appartement je revois tous ces lundis où j'avais mon bouquet à la main. Je sonnais pour avoir le plaisir d'entendre les petits pieds de Sam courir sur le parquet. Et quand la porte s'entrebâillait, cachée derrière les fleurs je m'exclamais :

– Coucou !

– Oooh ! Merci maman, c'est pour moi ? disait-il, s'empressant de prendre le bouquet dans ses bras potelés de bébé avant de sauter dans les miens.

Il était tellement persuadé que c'était son cadeau que je n'ai jamais eu le cœur de le contredire. Ça lui faisait tellement plaisir.

– Oh, viens là que je te mange !

Qu'il était doux, le moment où sa bonne odeur de lait m'envahissait. Ça me manquait toute la journée.

Durant ses jeunes années le chemin qui me ramenait à la maison prenait des airs d'éternité. La maman que j'étais tremblait à l'idée de rentrer trop tard pour pouvoir le bercer. Les plus grands moments de paix et de bonheur étaient ceux où je m'endormais, serrant dans mes bras son petit corps chaud de sommeil. La Terre pouvait bien s'arrêter de tourner ou changer d'orbite, il ne pouvait rien lui arriver. Je conjurais le sort et tentais d'assourdir cette petite voix de malheureuse fatalité. « Jamais deux sans trois, jamais deux sans trois. » Ma grammaire était chamboulée. Le monde devenait relatif au pronom « il », mis pour « bébé ».

Je me croyais pourtant vaccinée. Être mère, je savais ce que c'était, enfin presque. J'avais tant de tendresse pour tous les enfants qui faisaient partie de ma vie. D'abord mes petits frères Nicolas et Frédéric pour qui je ressentais, à cause de la quinzaine d'années qui nous sépare, un amour quasiment maternel. Puis ceux de Meyer : Adam et Jennifer, que j'avais connus si petits. J'avais tissé avec eux des liens très forts et leurs rires et chamailleries résonnaient dans la maison depuis sept ans déjà quand Sam est arrivé et a fait basculer ma vie.

– D'accord, Diablotin, je ne vais pas en faire des caisses. Je suis pas la seule à avoir connu ça, c'est vrai, c'est même assez courant de devenir maman. Je ne sais pas pourquoi ça m'a épatée comme ça. Peut-être que je pensais n'en avoir jamais le temps ni le courage…

Avant *Julie*, ma vie était déjà bien mouvementée et surbookée. Je me disais : « J'aurai un enfant le jour où je pourrai lui consacrer du temps et être à même de m'oublier pour lui. »

Avec le démarrage de *Julie Lescaut* c'était mal barré.

Je me suis mariée quelques jours avant le premier tour de manivelle de l'épisode numéro un, c'est vrai je vous jure ! Le 2 septembre 1992. Pour tout vous dire, le matin même de mon mariage, j'ai fait des essais maquillage dans mon appartement de la rue Béranger, le week-end nous sommes partis en pèlerinage-voyage de noces au festival de Deauville qui avait abrité les balbutiements de notre idylle, et deux jours plus tard je me lançais dans l'aventure *Julie Lescaut*… Pour vingt-deux ans, ça je l'ignorais. Avec Meyer, je savais où je mettais les pieds, nous vivions ensemble depuis déjà quatre ans. Mais avec *Julie*…

En fait quand on dit vingt-deux ans ça paraît énorme mais je ne m'en suis pas vraiment rendu compte. Les choses se font jour après jour. C'est comme écrire. On remplit des pages et un beau matin on a écrit un livre.

Le personnage de Julie était tellement dans la vie ! Il pouvait tout lui arriver et il lui arrivait tout. On traitait de tous les sujets de société, on pouvait la faire évoluer comme on voulait.

Je dois dire qu'après avoir signé les douze premiers épisodes j'étais sur un petit nuage. C'est quelque chose de connaître son planning sur les deux prochaines années. D'ordinaire dans ce métier on a plutôt une vision à court terme. D'un autre côté ça n'incite pas à aller au charbon pour donner naissance à d'autres projets. Enfin pas tout de suite.

*
**

Les premières années nous étions dehors presque tous les soirs.

Vous voyez, un soir comme celui-ci, si Adam et Jenny étaient chez leur maman, je serais allée chercher Meyer à la maison et on serait partis directement retrouver les copains Jean-Pierre Kalfon, Boris Bergman, Pierre Richard… dans un de nos endroits favoris tenu par un de nos potes. On y aurait rencontré les patrons de Canal+, les Nuls, Eddy Mitchell, Ticky Holgado, Claude Chabrol et bien d'autres.

On aurait pu aussi passer la soirée à bichonner nos motos, nous refilant le dernier produit miracle pour vitres, car on sait que ce qui passe par la tête d'un moustique qui s'écrase contre un pare-brise à 130 km/h c'est son cul, mais on ne sait toujours pas comment faire pour qu'il n'y reste pas collé. D'ailleurs à ce propos, petit conseil aux motards débutants : quand vous faites de la route, ne souriez pas trop ou bien emportez votre brosse à dents, un bon dentifrice et bifurquez par les toilettes les plus proches avant un rendez-vous important. C'est ce que j'aurais dû faire avant de sourire aux photographes en arrivant à Deauville. Si l'on reconnaît un motard heureux au nombre de moustiques collés sur ses dents, alors ce jour-là je devais être au nirvana.

On aurait peut-être fini la soirée aux Bains-Douches ou autour d'un verre à refaire un monde pas trop sérieux.

Superficiel ? Souvent. Un exutoire ? Parfois. Par peur de parler de ce qui est grave pour ne pas l'aggraver encore.

Ces plages d'insouciance et notre humour décalé pouvaient nous aider à supporter ce qui nous tombait dessus. Nous n'étalions pas nos douleurs. À part le noyau dur des amis proches, personne ne savait les drames auxquels nous tentions d'échapper.

À quoi bon rester à la maison et se morfondre ? Ça n'améliorerait pas l'état de mon frère. Le seul moyen que j'avais de le soutenir dans sa souffrance était d'avancer pour l'aider à survivre.

Ça faisait des années que je redoutais le pire et que je refusais d'y penser. Depuis que le nom de cette maladie avait été prononcé je la sentais suspendue sur nos têtes, prête à trancher le fil précieux qui me reliait à Olivier. Elle se faisait de plus en plus pressante, resserrant le cercle des amis qu'elle ne nous avait pas encore pris…

Le jour de mon mariage, il en restait si peu… Adieu Philippe, Jean-Philippe, Pierre-Étienne, Marc et tous les autres. Saloperie de sida, tu m'as volé une partie de ma jeunesse.

Olivier a été l'un des derniers à partir. Le 19 mai 1993.

Vingt ans, déjà ? C'était hier. Il n'aura jamais trente-huit ans.

J'aurais bien aimé qu'il connaisse Sam et la fille de Nicolas, Manon. Il les aurait adorés, j'en suis sûre.

Je retourne de temps en temps en Ardèche lui faire un petit coucou ainsi qu'à mon père. Je n'entre pas dans le cimetière, je les ai en horreur. De toute façon ils n'y sont pas, ils sont en moi. Je préfère me promener et que les pierres, les arbres, les maisons, le bruit de la rivière, les grillons et les carreaux des boules de pétanque me parlent d'eux.

J'y ai emmené les enfants et les voir crapahuter sur les rochers, plonger et se laver dans l'eau transparente sous le pont romain m'a réjouie autant que ça m'a bouleversée de les voir reproduire les gestes que j'avais si souvent faits avec Olivier. C'est, de leur propre aveu, un de leurs plus beaux souvenirs. Pourtant, je ne me résous pas à m'installer là-bas ni à me séparer de la maison de mon grand-père, qui reste désespérément vide.

J'y préfère un autre endroit, vierge de blessures. Un endroit où je m'étais réfugiée douze ans avant le début de la série, pour échapper à la pression naissante de l'après-*Nana.*

La Corse. Entre elle et moi ç'a été le coup de foudre.

Elle réunit le rocailleux, l'aride et le noueux de la nature ardéchoise que je chéris et la tendresse de l'eau douce, de l'huile d'olive et du soleil. Seule la mer, tout autour, en change l'horizon, et manque à l'appel la crème de marrons.

J'aurai moins d'indigestions.

Oui c'est beau aussi, Saint-Barth, les Bahamas, la Martinique, l'île Maurice, les Seychelles…

Quand Sam était bébé et jusqu'à ce qu'il entre à la grande école on en a bien profité. Je l'avoue, il n'a pas beaucoup fréquenté la maternelle les deux premières années. Juste ce qu'il faut pour s'acclimater et se sociabiliser. Il apprenait autant des tortues géantes et des crabes sur la plage que de n'importe quel programme scolaire. Les ronds, il les faisait avec un bâton dans le sable mouillé. À trois ans, il nageait comme un poisson et, muni de son masque et de son tuba, nous accompagnait à la découverte des petits fonds marins. Je l'ai toujours mis sous l'eau. Depuis tout bébé. C'est important de préserver cet instinct de naissance qui leur fait bloquer naturellement leur respiration et les empêche de paniquer. Ça se perd vite si on ne l'entretient pas. Tout bébé déjà, je le prenais dans mes bras et nous mettais la tête sous l'eau. Il adorait ce jeu, comme celui où je le faisais flotter sur le dos. Tout naturellement, quand il a eu trois ans, il a retiré les brassards que je le forçais à porter et a plongé derrière moi. Il nageait.

Mais ça passe vite et le temps du CP est arrivé. Fini les vacances au bout du monde quand on voulait, dès qu'on pouvait.

Retour aux sources. Pourquoi aller si loin quand on a l'eau transparente des plages de sable blanc à une heure d'avion, pas de décalage horaire et juste ce qu'il faut du dépaysement que t'offre une île de beauté.

C'est donc en Corse que j'ai calmé ma vie. Là que j'ai recréé la maison familiale où l'on se retrouve chaque année.

Et pour mieux profiter de ces moments et de mon fils, j'ai décrété les mois de juillet et d'août zone de travail prohibé…

Il y a eu quelques exceptions pour confirmer la règle. Par exemple, les répétitions de *Quand l'amour s'en mêle*, que j'ai jouée en 2004 au théâtre du Palais-Royal, où j'ai dû rentrer plus tôt. Je m'étais assez bien débrouillée. Il faut à peu près cinq semaines de répétitions pour monter une pièce et l'on commençait à jouer mi-septembre. Ç'avait été un peu compliqué mais j'avais trouvé au milieu d'un des tournages de *Julie* une douzaine de moments de liberté en juin pour qu'on débroussaille la mise en place. Ce qui nous avait permis de ne revenir que la dernière semaine d'août, texte su, pour les trois dernières semaines de répétitions dans le décor. C'était juste mais suffisant.

Il y a aussi eu le tournage de *La Dame d'Izieu*, que nous avons produit avec Meyer. Là, on n'avait pas le choix. Il y avait beaucoup de très jeunes acteurs et il était plus facile d'obtenir des autorisations de la DDASS pendant les périodes de vacances. Eh oui ! Il faut les demander et la commission ne les lâche pas comme ça. D'un autre côté ce n'est pas plus mal, ça limite les abus. Donc on a tourné du début juin à la mi-août mais ce n'était pas grave : on y était en famille et même si l'on travaillait beaucoup, ça prenait souvent des airs de villégiature. Où qu'on soit on sortait la table de ping-pong et les ballons pour les enfants et l'après-midi ils partaient en bande à la piscine.

Pour moi, c'était un peu plus difficile. Je sortais d'un tournage de *Julie* et replongeais dans dix semaines de boulot. Et pas les petites semaines à la française avec week-end ! Non ! Les bonnes grosses semaines de six jours qu'on nous autorise dès qu'on tourne à l'étranger. Ensuite de quoi, j'avais trois semaines pour me remettre avant de renfiler mon costume de Julie Lescaut pour huit semaines. Je n'allais pas en ressortir fraîche-fraîche, mais le bonheur et la fierté de tourner ce film me faisaient tout oublier.

Malgré la fatigue et la chaleur, c'était bon de rejoindre mes hommes, le soir, sur la terrasse du petit appartement que les Tchèques nous avaient loué et d'aller le dimanche à la découverte de Prague. J'en garde un excellent souvenir.

Les autres années sur *Julie,* à part un été il n'y a pas si longtemps où il a été impossible de faire autrement pour cause de retard de scénario et, quelques autres fois, des petits grignotages sur début juillet, ils ont respecté mon choix au maximum et j'ai pu avoir mes grandes vacances.

C'était le seul moment où je pouvais vraiment sortir de mon métier et de ses exigences.

Et il y en a forcément. Ce serait formidable si on pouvait se contenter de jouer la comédie, mais il y a aussi le service après-vente : les interviews, les émissions, les photos. C'est obligatoire. Il faut en faire un minimum. On ne peut pas dire non à tout.

C'est pourtant l'envie que j'avais. Après les tournages je suis un peu assommée, j'ai du mal à m'adapter à un autre rythme, je mets toujours un certain temps à atterrir et d'ordinaire, à peine suis-je sortie de ma léthargie, hop, je dois repartir au boulot. Quand je suis à Paris, je n'arrive pas à échapper à tout ça.

Là, deux mois complets de repos à me consacrer à ma famille, loin de Paris, du téléphone, des obligations, des rendez-vous, c'était pas mal pour remettre les compteurs à zéro.

Deux mois pour compenser mon absence et faire taire ma culpabilité ?

Non, je n'ai aucun sentiment de culpabilité. Je ne suis pas plus absente qu'une autre maman qui travaille, par moments même je suis plus présente mais disons moins régulièrement. C'est d'ailleurs assez compliqué pour l'organisation.

Quand j'ai accouché, je n'avais d'abord pris personne pour m'aider. Il serait bien temps d'y penser quand je recommencerais à tourner. La superwoman que j'étais s'en tirerait sans problème.

Déjà avant d'accoucher je ne m'étais pas ménagée et après, à la clinique, je voulais absolument garder Sam dans ma chambre, malgré ma césarienne, et je ne laissais à personne le soin de lui donner son bain.

– Reposez-vous, me disaient les infirmières.

– J'ai deux mois pour me reposer… Ça va aller, quand même !

Me reposer ?

Je crois qu'on met un certain temps à réaliser que c'est un mot à bannir lorsque l'enfant paraît. Du moins pendant quelque temps.

Jusque-là, quand j'étais crevée, je me couchais tôt un soir, et c'était reparti pour un tour. Je n'avais qu'à penser à moi. Faire à manger si j'avais envie de manger, dormir quand j'avais envie de dormir.

Et tout à coup il était là, ce petit trésor, si dépendant. Je dressais l'oreille au moindre soupir, je précédais chaque désir. Il va avoir faim, il doit être sale. Endormie ou réveillée, au milieu d'un repas ou sous la douche, je l'entendais, j'accourais.

J'étais perfusée au baby-phone.

Le tournage reprend dans deux jours ? On est quel jour ? Et puis c'est quoi le jour et c'est quoi la nuit ? Quoi ? Fatiguée, moi ? Bien sûr que non… À l'aide !

J'ai crié grâce et j'ai pris quelqu'un pour le garder le

jour… et quelqu'un la nuit aussi quand je bossais, on ne peut pas être partout.

Eh bien croyez-moi si vous voulez, dès qu'elle a été là, la nounou, il n'a plus réclamé son biberon la nuit… Et dès que j'ai eu fini de tourner, il a commencé à doubler ses gencives et je n'ai plus fermé l'œil.

J'ai engagé définitivement la nounou de nuit en plus de celle de jour. L'une arrivait quand l'autre repartait. Je n'aurais jamais pu travailler si je n'avais pas su que mon fils était entre de bonnes mains sur lesquelles je pouvais compter, qui allaient avoir le bon réflexe en cas de problème, si Meyer et moi étions absents.

Je ne savais jamais à l'avance à quelle heure j'allais rentrer et si je ne devrais pas ressortir. Allez courir après une nounou au dernier moment en lui disant : « C'est pour heuuuu… je sais pas combien de temps. Vous pouvez ? » Non. J'avais besoin d'être rassurée.

Ça ne m'empêchait pas de prendre le relais, de lire une histoire, de faire le câlin du soir quand je rentrais assez tôt et je ne m'en privais pas.

Il n'y a que le week-end où nous restions en famille sans personne. Je n'aurais jamais sacrifié ce moment-là. J'avais du mal à comprendre celles qui préféraient s'occuper d'elles, autant qu'elles avaient du mal à me comprendre.

– T'as bien le droit de te reposer, d'être tranquille, me disaient-elles.

Non, je ne m'en sentais pas le droit et je n'en avais pas envie. Je n'avais pas fait un enfant pour le larguer pendant que je prenais du bon temps. Il n'avait pas demandé à être là et puis j'aimais être avec lui, rire avec lui. On allait faire des pâtés au square, on faisait de la peinture, de la sculpture, du dessin, on partait bruncher en famille à Quai Ouest où Nicolas travaillait, on se baladait au parc de Saint-Cloud, au Luxembourg ou dans le bois de Vincennes, on faisait du vélo, du roller, on voyait des copains, on allait au cinéma. Tout normal quoi, tout comme les familles qu'on croisait.

C'était ma façon, à moi, de m'occuper de moi, de me ressourcer, d'avoir les pieds enracinés dans le sol, dans la vie.

Et le lundi la semaine repartait, imprévisible.

Je ne déteste pas ça, au contraire. C'est juste une question d'organisation. Tu dis non à tout comme ça tu n'es pas dans la mouise. C'est ce que j'ai fini par faire à force de poser des lapins involontaires.

Et vous savez que ça ne m'est pas facile. J'avais plutôt tendance à répondre :

– Être marraine d'un événement pour votre association ? Si c'est un samedi, pas de problème.

Ils conviaient la presse, faisaient de moi le clou du spectacle, leur cerise sur le gâteau des enfants. Ils comptaient sur moi.

– Mais bien sûr, Diablotin ! Moi, quand je donne ma parole je ne la trahis jamais.

Qu'est-ce qui pouvait m'arriver ? Que je tourne un samedi ? La probabilité qu'un décor ne soit disponible que ce jour-là n'était pas loin de zéro.

Oui, mais pas loin, c'est pas zéro.

Ils m'ont attendue, attendue… je ne suis jamais venue. J'étais mal.

Je déteste faire faux bond. Alors depuis je préfère dire non et quelquefois peut-être. Non aux soirées ou au théâtre parce que je ne suis pas toujours certaine de pouvoir être à l'heure.

Non aux festivals, également. Sauf quand j'ai été présidente du jury à Saint-Tropez et à Luchon et que ma production a tout fait pour que je puisse m'y rendre.

Ça ne me manque pas trop, j'en ai fait un peu le tour. Et puis je vous avoue que rien que de penser à ce que je vais devoir mettre dans ma valise me saoule. Il n'y aurait que moi, je serais toujours habillée pareil. D'ailleurs maintenant je le suis.

Quand t'es plus jeune ce n'est pas la même chose. Les festivals, c'est l'occasion de t'habiller, de te montrer. T'as envie de rencontrer du monde, de te faire connaître. Ceux que tu y rencontres sont souvent aussi là pour se faire connaître et ceux qui pourraient t'aider n'y sont que très rarement, ils bossent, mais ce n'est pas grave, tu t'éclates quand même.

Ce n'est pas désagréable de se faire inviter un week-end chez Disney ou une semaine au ski, ou au bord de la mer aux frais de la princesse avec en sus projections et soirées en tout genre. Je ne connais personne qui crache dessus. Et puis on ne la vole pas, l'invitation, on donne de sa personne, c'est pour ça qu'ils nous font moult courbettes et nous offrent mille avantages afin de nous attirer. Rien à dire, on nous traite comme des coqs en pâte. Train spécial, bagagistes, et à l'arrivée, c'est tout juste si on ne nous porte pas jusqu'à notre chambre.

– Non, posez-moi, je vous en prie nous ne sommes pas mariés !

Ça, c'est à l'arrivée, oui. Quand c'est terminé, ce n'est pas le même topo. Vas-y, trouve le bus et débrouille-toi pour y traîner ta valise, on n'a plus besoin de tes services, on ferme. Ça nous faisait toujours rire. Une année, à Avoriaz, on a même tous manifesté notre mécontentement en ne nous rendant pas au dîner de clôture aux tables qu'on nous avait assignées. Notre petite bande s'était donné rendez-vous dans un couscous. On avait fait passer le mot et presque toutes les personnalités du festival nous y avaient rejoints. Même les organisateurs qui avaient fini par nous trouver dans l'intention de nous dire leur désaccord ont terminé la soirée avec nous !

À part les grands festivals internationaux, les autres sont surtout créés dans le but de lancer une ville ou de redorer son blason. Ce qui est dommage, c'est que dès que la ville a fait le plein, le festival s'éteint ou on le déménage ailleurs. Le Festival du film fantastique d'Avoriaz, que j'adorais, est maintenant à Gérardmer, qui contrairement à ce que son nom pourrait laisser croire n'est pas au bord de la mer mais en Lorraine, à la montagne. J'allais y skier parfois quand j'étais petite. C'est adorable mais question ski… passé le flocon vaut mieux y aller pour voir des films.

Le festival de la télé, lui, est passé de Saint-Tropez à La Rochelle. La Rochelle ! Que vous dire ? Sympa, La Rochelle, mais pour une Méditerranéenne comme moi, c'est pas Saint-Tropez.

*
**

On passe à table ?

Non moi je ne cuisine pas, je vous avoue que le soir je n'en ai pas le courage. Je sais que beaucoup de femmes le font et je suis heureuse d'en être dispensée. Chez moi c'est la personne qui s'occupe de la maison qui prépare quelque chose quand je le lui demande. Et le week-end, c'est Meyer. Il cuisine super bien et ne veut personne dans ses pattes. Je n'insiste pas, je peux vous l'assurer.

Ce n'est pas que je n'aime pas cuisiner mais faut avoir le temps et puis si toutes ces années ils avaient attendu après moi pour manger ils n'auraient pas souvent été à table avant 22 heures et ils auraient dévalisé le Frigidaire avant. Ou alors il aurait fallu que je fasse comme Fanny, qui était généralement une des dernières à rentrer chez elle le soir et qui passait son week-end à faire des lessives et à préparer les repas de la semaine pour ses deux garçons. Franchement, je l'admirais.

Maintenant qu'ils sont grands elle doit respirer un peu.

Ce n'est pas que je n'aime pas m'occuper de mon intérieur, au contraire, et je ne laisse à personne le soin d'organiser ma maison. Ça me nettoie même la tête dès que je suis en repos. Pour beaucoup de femmes dont c'est le quotidien, le comble du luxe en vacances est de ne rien faire, moi c'est à ce moment-là que j'aime m'activer à la maison.

Vous trouvez que ça fait un peu « je joue à la dînette » ?

Peut-être après tout mais ce sont mes vacances, et en vacances, je fais ce que je veux et je ne laisse alors à personne le soin d'aller faire le marché et de préparer un bon repas pour toute ma smala.

– Non, personne ne m'embête. Les commerçants et les gens du coin me connaissent depuis longtemps. À Paris aussi, et certains même d'avant que je sois Julie.

Quand je pose mon habit de comédienne, je redeviens Véronique et je ne me promène pas en ayant à l'esprit l'idée que je peux être reconnue. Je ne vois d'ailleurs pour ainsi dire jamais les réactions des gens, ce sont les personnes qui m'accompagnent qui m'en font parfois un compte rendu amusé.

Il y a bien quelques comportements qui me ramènent à ce que je suis. Comme ces ados qui courent pour me dépasser, font demi-tour et reviennent vers moi, bras dessus bras dessous en me dévisageant et recommencent une fois, deux fois, trois fois. Là il est difficile de ne pas voir leur manège.

Et puis il y a ceux qui osent demander de faire une photo ou de leur signer un autographe. C'est parfois maladroit et drôle comme celui qui me dit : « C'est bien moi qui vous ai vue à la télé hier ? », mais ce n'est jamais embêtant. Ce qui le sera, c'est le jour où on cessera de me poser ce genre de question.

Dans l'ensemble, les gens se montrent très respectueux et font la différence entre vie privée et vie publique. Ils s'adressent à moi très discrètement pour que cela ne fasse pas boule de neige.

Bien sûr il y a toujours la fameuse exception qui met en valeur ceux qui respectent la règle. Celle qui m'interrompt, alors que je suis en train de parler à l'un de mes enfants et lui marche sur les pieds comme s'il était transparent, celle qui me tripote ou me prend la main pour ne pas me la rendre, celle qui veut absolument me faire la bise et se jette sur moi sans rien m'avoir demandé, ceux qui s'arrêtent pour me dévisager quand je bois un verre à la terrasse d'un café et qui font des commentaires, même gentils, à haute voix.

– Je vous en prie, faites comme si je ne vous entendais pas. Et puis jetez-moi des cacahuètes s'il vous en reste.

Avec ceux-là je peux parfois être désagréable car je ressens ça comme une agression.

Mais autrement, être abordée n'a rien de désagréable ni d'ennuyeux, surtout quand je ne suis pas pressée. En tout cas ça n'a jamais nécessité la présence d'un garde du corps.

Je ne plaisante pas, il y a des personnalités qui ne sortent pas sans leur garde du corps ! Quand on a reçu des menaces, je peux comprendre, mais sinon je trouve ça assez ridicule.

Je me souviens d'une fille sortie d'une émission de télé-réalité qui avait jugé absolument indispensable de se faire protéger de la nuée de fans qui la poursuivait.

Je l'ai croisée une fois. Elle faisait ses courses et les seules fanes que j'ai croisées, c'étaient celles des carottes au rayon légumes. Mais le fait qu'elle soit entourée de deux gardes du corps qui se la jouaient commando suffisait à créer un petit groupe de curieux. Je les entendais demander à leur voisin :

– Qui c'est ? Tu la connais ?

C'est fou comme le fait de mettre de la distance avec les gens incite aux débordements.

C'est très facile de créer un attroupement. Tenez, faites-en l'expérience. Mettez des barrières de chaque côté d'une entrée de grand hôtel pour empêcher le commun des mortels de s'approcher, placez deux-trois gardes du corps devant la porte et vous allez voir l'attroupement que vous allez déclencher.

C'est comme ça qu'ils font, à Cannes. On agglutine les gens derrière des barrières alors que chacun pourrait très bien décider d'entrer dans l'hôtel pour prendre un verre au bar ou demander un renseignement à la réception sans qu'on cherche à l'en empêcher. Mais il faut créer le show. Moi ça m'exaspérait. Que je le désire ou non, dès que je mettais le pied hors de l'hôtel deux gardes du corps m'emboîtaient le pas pour que la foule ne me piétine pas.

– Mais ils ne vont pas me piétiner, c'est bon, vous pouvez y aller !

Ils insistaient pour rester et ça ne manquait jamais, c'était la bousculade.

Quand comprendront-ils que l'interdit attire et que plus ils les repousseront, plus les gens pousseront, alors que si vous prenez le temps d'expliquer calmement que tout le monde sera servi et que la bousculade ne fera que retarder le processus, ils se repassent le mot et font eux-mêmes le service d'ordre.

C'est ce que je fais et je n'ai jamais eu de problème avec le public. S'il est là c'est par amour et ses excès ne sont que de l'excès d'amour.

Sur les tournages ce n'est pas pareil, les badauds ne sont pas toujours contents. Certains détestent qu'on s'installe dans leur quartier et font tout pour compliquer la tâche aux productions. *Julie* avait plutôt bonne presse auprès des gens, alors on obtenait pratiquement toujours les autorisations et les tournages se déroulaient sans problème. Même en banlieue dans les endroits dits à risques, et dans *Julie* on peut dire qu'on les a fréquentés, les endroits chauds. En vingt-deux ans, une fois seulement la police a jugé bon de nous exfiltrer d'un immeuble de la cité Fleury.

Pourtant la journée avait super bien commencé. On était en extérieur, les quelques gamins qui sortaient de l'école et s'arrêtaient pour regarder ne nous avaient pas embêtés. On leur avait expliqué quand et pourquoi on avait besoin de silence, on leur avait donné des paquets de gâteaux de la régie pour quatre-heures puis, une fois la séquence en boîte, nous étions partis dans nos cars-loges afin de nous changer pour les scènes suivantes en intérieur.

Soudain nous avons entendu une rumeur. Il se passait quelque chose près du lieu de tournage.

– Ce sont les grands de la cité qui ont débarqué et ils ont dévalisé la table régie, nous a expliqué un régisseur, maintenant ils s'en prennent aux camions de matériel, alors on a tout fermé. Restez dans vos caravanes.

La rumeur s'est rapprochée et la caravane s'est mise à tanguer dangereusement. Je n'aimais pas la tournure que ça prenait mais n'étais pas trop inquiète, Mouss était là et c'était un négociateur hors pair. Il connaissait leurs codes et trouvait toujours les mots justes.

Il a décidé que nous devions les affronter calmement en nous rendant sur le tournage. Qu'il a été long le chemin, même si je voyais qu'ils ne nous en voulaient pas personnellement et qu'à moins d'une provocation ils ne nous toucheraient pas, c'était la première fois que je ressentais une telle violence.

Bien plus forte que les canettes de bière ou autres objets qu'on avait déjà failli se prendre sur la tête.

À la fin de la journée, la situation ne s'étant pas calmée, les flics nous ont fait descendre par le garage et sortir de la cité, couchés à l'arrière de la voiture. Quel western !

Je te leur aurais passé les menottes, moi, si j'avais été commissaire !

*
**

Bien sûr que je blague ! Je crois que j'aurais fait un mauvais flic, je suis incapable d'appliquer quoi que ce soit au pied de la lettre, même la loi. Il aurait fallu que je discutaille, que je cherche des circonstances atténuantes à chacun.

Je fais pareil avec les personnages que je joue. Même les prostituées et les criminelles que j'ai interprétées ! Je ne peux pas leur donner vie sans les comprendre, leur trouver des raisons d'être ce qu'elles sont et si possible les racheter.

Quant à Julie, c'est vrai que c'est formidable d'incarner une héroïne qui est aimée de tous, pas parfaite mais presque. Je sais que vous êtes tristes qu'on ait décidé d'y mettre fin, vous me l'avez fait comprendre dans le tsunami de larmes qui a déferlé sur mes comptes Twitter et Facebook lors de la diffusion du dernier épisode.

– Oui Diablotin, tu peux te moquer. Un tsunami !

J'étais comme au théâtre, je vous sentais près de moi et je pouvais toucher vos larmes du bout des doigts. Ça m'a surprise, c'était très fort. Ce serait mentir de dire que je ne savais pas que vous aimiez *Julie*, vous n'avez cessé de le démontrer, mais je ne pensais pas que vingt-deux ans après c'était encore si vif.

Ce que je ne mesurais pas jusqu'à ce jour, c'est l'impact qu'avait eu *Julie* dans votre vie. Je ne connaissais que celui, magnifique, qu'elle avait eu sur la mienne et tout à coup vous me faisiez part, les uns après les autres, des moments de votre quotidien qu'elle avait partagés. Vous me donniez le sentiment d'avoir été invitée chez vous régulièrement et d'y être traitée comme un des vôtres. J'étais rattachée à vos souvenirs d'enfant ou vous avais accompagnés dans votre vie de femme ou d'homme. Bref, je faisais partie de vos souvenirs. Je vous rappelais des moments heureux en famille.

Ça me va bien. La famille, c'est ce que je préfère.

Je vous l'avoue, je n'ai pas regardé la diffusion du dernier épisode ce soir-là. Je ne me regarde jamais, d'ailleurs. Je l'ai vu à travers vos yeux, et vous m'avez émue au plus haut point.

Je suis fière de cette série et malgré vos larmes je suis heureuse d'avoir su l'arrêter, et surtout de lui avoir donné une fin pleine d'espoir.

Il n'a jamais été question de faire mourir Julie.

Comme je vous l'expliquais, il était plutôt question d'une méga fête qui réunirait tout le monde… Mais N'Guma n'était plus là, Roland avait failli y passer, Paul n'avait pas que failli, on allait perdre Motta.

Tiens ! Je me demande si finalement cette hécatombe scénaristique n'avait pas pour seul but de réduire la charge financière de la distribution du grand final.

– Hein ! Jean-Pierre ? Réponds ! Parce que vous n'y

êtes quand même pas allés de main morte, c'est le cas de le dire.

Roland, Paul, Motta… à qui le tour ?

– T'as raison Diablotin, il était temps que je tire ma révérence avant de prendre une balle perdue.

⁂

Les derniers tournages de *Julie* ont été à la fois gais et éprouvants. J'étais très heureuse de réunir les anciens mais triste que ce soit autour de la disparition de Motta.

Nous avons pourtant passé une merveilleuse journée. Ça faisait un peu retrouvailles d'anciens combattants et un peu enterrement aussi, comme quand on enterre un vieux pote en riant de toutes ses frasques, le cœur à la fois lourd et léger.

Et puis il y a eu l'ultime épisode. Nous l'avons tourné en juin 2013.

Je dois dire que ça n'a pas vraiment été un film comme les autres, peut-être un peu plus débridé et tendre.

Depuis quelques années les tournages étaient moins follement amusants qu'au début. On sentait une pression financière plus grande, on nous poussait à la course, au rendement. On nous donnait moins le droit de rire. On prenait encore souvent le gauche mais on se contenait pas mal. Ce n'était pas que sur *Julie*, c'était général et peut-être sur *Julie* moins qu'ailleurs, mais nous en ressentions les effets comme tout le monde.

Là, sur le dernier, je l'avais décidé, il ne fallait pas me gâcher mon plaisir. Les montres resteraient au vestiaire et tant pis pour les dépassements.

Je n'en ai même pas abusé.

Mon autre exigence avait été de terminer le tournage par la scène finale du film.

C'est tout, je ne voulais rien de plus.

Ah si, j'avais l'idée d'un petit cadeau pour vous. Je voulais prolonger le générique de fin par un bêtisier, ou un court métrage d'interviews et de mots doux des acteurs de *Julie* qui avaient compté. Comme un petit clip. Nous n'en avons pas eu le temps mais le principe d'un montage d'images de *Julie* à travers les vingt-deux années a été accepté.

Nous avons vécu un très bon mois de juin tous ensemble. C'est vrai, par instants, ça sentait la fin comme quand les vacances s'achèvent et qu'il est difficile d'apprécier le moment présent tant l'idée de la séparation se fait oppressante. Personne n'en parlait de peur d'en précipiter l'échéance mais c'était palpable.

Ce film a passé plus vite que tous les autres.

Et puis le dernier jour est arrivé. Jusqu'à la dernière minute je l'ai chassé de mes pensées.

Depuis des semaines, tous les midi dans ma loge je dédicaçais en secret les mugs que je voulais remettre à chacun et Leslie et moi préparions la grande fête qui allait fermer définitivement le livre en beauté.

On allait faire ça sur une péniche et on inviterait… pas tout le monde, ou alors il nous faudrait un paquebot. Nous avions réduit à deux cents invités triés sur le volet et chacun d'eux avait répondu présent. La fête aurait lieu une semaine après la fin, encore un sursis. On allait se revoir, ce qui rendait le dernier jour moins triste.

Nous venions de terminer la séquence avec l'adorable Jérémy Corallo et de l'applaudir après que René Manzor, notre metteur en scène, eut prononcé, comme on le fait pour chaque acteur, la formule consacrée :

– C'était le dernier plan de Jérémy…

Dans la grande cour de la maison, le monde commençait à affluer, tous ceux qui n'avaient pas tourné ce jour-là mais tenaient à être sur la photo de fin de film et au pot improvisé.

En place pour l'ultime séquence en famille. Babou retrouvée, Roland enfin avec Sarah, la famille ressoudée autour du bébé, l'idée de Julie grand-mère était devenue réalité.

Paradoxalement, l'ambiance était à la fête comme à chaque fin de tournage. C'était la quille et on ne réalisait pas que c'était un *strike.* Puis le dernier plan est arrivé. J'ouvrais la porte à Roland et à Sarah qui m'apportaient le bébé à garder, j'étais pressée de les voir partir, Babou nous rejoignait et nous posions pour la photo tri-générationnelle.

– Elle était excellente !

René allait prononcer la sentence traditionnelle pour chaque acteur et pour le film. « Et c'est le dernier plan… »

– On en refait une, me dit-il, on a eu un problème technique. Action !

J'ouvre la porte de nouveau et ce sont trois gros bouquets qui font irruption dans la pièce. Tous les copains sont là, émus, ils applaudissent et rient, s'embrassent et pleurent.

– Et c'est le dernier plan de la série *Julie Lescaut* ! hurle René.

Je ne peux contenir mes larmes.

– Oh non, ne pleurez pas… je ne voulais pas vous faire de peine.

Ce n'était pas une séparation facile pour moi non plus. Vingt-deux ans de vie, on n'en sort pas indemne.

La famille de Julie aussi a eu du mal à se dire adieu, d'ailleurs on ne se l'est pas dit. Comme toujours dans notre métier on s'est dit « à la prochaine ».

Je ne vous le dis pas non plus.

On sait qu'on va se retrouver.

Allez, on boit encore un verre à la santé de *Julie* avant de se séparer. Elle l'a bien mérité. Elle m'a donné la popularité, m'a nourrie et m'a installée confortablement dans la vie, elle m'a appris mon métier, m'a ouvert toutes les portes, me laisse des souvenirs magiques et, surtout, elle m'a offert la chance de vous rencontrer.

PRÉFACE EN POSTFACE

de

MEYER BOKOBZA

Je n'aime pas les préfaces.

Lorsque j'achète un livre c'est soit pour le sujet, soit pour l'auteur. Parfois pour ne pas mourir stupide j'en ajoute un autre... au hasard.

Dès que je suis rentré, ou souvent déjà au sortir de la librairie, je dévore fiévreusement le livre convoité. C'est dire que le moindre délai, le moindre obstacle visuel ou intellectuel entre le texte et moi m'est absolument odieux.

Voilà !

Mais je suis aussi respectueux donc je lis toujours les préfaces, mais après une lecture complète ! En postfaces donc.

Les postfaces, elles, ne me dérangent jamais, vu que primo c'est devenu aussi rare que les émissions de télévision où on ne fait pas le procès de l'invité, et secundo, comme je viens de finir le bouquin j'ai tout mon temps.

On m'a souvent présenté comme Monsieur Lescaut et souvent aussi, pour des motifs vils autant qu'obscurs, je me suis moi-même présenté ainsi, ou plus volontiers comme le mari de Véronique Genest ou celui de la « Commissaire » : mea culpa, mea maxima culpa.

De ce fait, je me sens légitimement fondé à prendre la plume pour vous faire partager mon sentiment sur ce livre et son auteur. D'autant que, j'oubliais, je suis également et légalement le roi des abeilles ! (Ça c'est pour voir si vous avez bien lu !)

Or donc, voici cette redoutable postface.

Je viens de terminer la lecture de cet ouvrage, il est exactement 04 h 22 du matin.

J'ai beaucoup ri des choses qui y sont écrites mais également de celles qui sont simplement évoquées. J'ai pleuré aussi, beaucoup...

En réalité, j'ai plutôt subi ces rires et ces larmes, ce qui fait de moi un initié sans délit.

Beaucoup de détails m'étaient bien sûr connus et même familiers. Avec le recul, il paraît cependant impossible de raconter vingt-deux ans en si peu de pages sans couper dans de la chair à vif ! Et si certaines parties de cette fabuleuse épopée que fut *Julie Lescaut* sont évidemment absentes de ce livre, j'espère que de prochaines aventures les mettront au jour.

Je tiens donc à vous faire part de l'immense admiration que je porte depuis un certain temps à celle qu'il me plaît ici de nommer « Mademoiselle Véronique Genest », comédienne et auteur de talent, alors que je l'appelle habituellement Bibou.

Je suis très fier aussi de cette française demoiselle qui, enfermée tous les jours dès 7 heures voire 6 heures du matin, commence une journée qu'elle ne termine qu'épuisée, sans horaires et sans fin, certes animée par la furieuse ire de l'auteur, mais secouée chaque jour par des myriades de souvenirs liés à plus de cent films afin de les trier, les ordonner, tirer de chacun sa substantifique moelle ! Waouh chapeau, je dis chapeau !

Décrire ses émotions, les revivre surtout, et les livrer avec pudeur mais sincérité, dire la vérité mais sans blesser, égratigner sans déchirer (certains comprendront, qui connaissent l'histoire du docteur...) : pas simple !

Bon, je vais arrêter là l'encens, ceux qui ne nous connaissent pas pourraient imaginer une certaine complaisance de ma part.

En réalité (et c'est souvent assez douloureux), nous ne nous passons rien, depuis toujours. Elle me traîne facilement dans les boues de mes contradictions et je la vautre volontiers dans les siennes.

De plus, singulièrement, nous sommes mariés et là, j'en suis sûr, mes compagnons de misère librement consentie me comprendront. Mais même si d'aucuns (mis au gin et au banc de la société !) pourraient parfois, à l'acmé de la dispute, souhaiter la mort de leur moitié, alors là non, je dis tout net non ! Je préférerais qu'elle souffre avant, car je l'aime encore...

Si vous vous en souvenez, une partie de cette journée de visite au pays des comédiens se déroule au HMC. Là, la comédienne tente de se détacher de la vraie vie pour, en quittant ces lieux, apparaître à l'objective caméra comme une star sortant du bain. Ainsi devra-t-elle s'émanciper des affreuses disputes de ses nuits aussi blanches que nombreuses, des fatigues sans repos et des discussions sans fin et souvent d'ailleurs sans objet.

Et encore, alors que tu pensais, ma chère Bibou, être enfin à l'abri dans le cocon douillet de ta loge, nombreux, trop nombreux furent les matins où mes appels insistants vinrent annihiler cette apparente quiétude... Et te déloger de ta détermination au bien.

Sache que je sais que c'était impardonnable et bien sûr, du fond de mon cœur noir : Pardon.

Donc voici le seul reproche que je te fais ici : j'aurais préféré que tu m'appelles Titou, j'ai détesté Meyer. C'est bien la première fois qu'en lisant mon prénom, je l'ai trouvé (comme vraisemblablement toi aussi) étranger et froid.

Bref j'ai bien aimé, et passé un bon moment à lire ce livre. Je souhaite que les lecteurs se divertissent autant que moi, bien que je sois un tricheur : je n'ai payé cet ouvrage… que de ma vie… avec toi.

Permets donc que je signe,
Titou

TABLE DES MATIÈRES

Direction littéraire :
Huguette Maure
Assistée de
Amandine Le Goff

Composition PCA
44400 – Rezé

IMPRIM'VERT® PEFC™ 10-31-1510

Imprimé en France

par Corlet Imprimeur
14110 Condé-sur-Noireau
Dépôt légal : mai 2014
N° d'impression : 157031
ISBN : 978-2-7499-2072-6
LAF 1799